TEHIRU

Ilustração da abertura:
Rembrandt van Rijn, *Velho de Barba Vasta Olhando para Baixo*, água-forte, 1631.

COLEÇÃO PARALELOS
dirigida por J. Guinsburg

Edição de texto: Adriano Carvalho Araujo e Sousa
Revisão de provas: Iracema A. de Oliveira
Projeto gráfico e capa: Sergio Kon
Produçaõ: Ricardo W. Neves, Sergio Kon e Raquel Fernandes Abranches

Ili Gorlizki
TEHIRU

TRADUÇÃO:
NANCY ROZENCHAN E MARGARIDA GOLDSZTAJN

Título do original em hebraico:
Tehiru

© 2009 Ili Gorlizki

Dados Internacionais de Catalogação na Publicação (CIP)
(Câmara Brasileira do Livro, SP, Brasil)

Gorlizki, Ili
    Tehiru / Ili Gorlizki; tradução Nancy Rozenchan e Margarida Goldsztajn. – São Paulo: Perspectiva, 2009. – (Paralelos; 26)

    Título original: Tehiru
    Bibliografia.
    ISBN 978-85-273-0869-4

    1. Romance israelense I. Título. II. Série.

09-07138   CDD-892.436

Índices para catálogo sistemático:

    1. Romances : Literatura israelense   892.436

Direitos reservados em língua portuguesa à
EDITORA PERSPECTIVA S.A.

Av. Brigadeiro Luís Antônio, 3025
01401-000 São Paulo SP Brasil
Telefax: (011) 3885-8388
www.editoraperspectiva.com.br

2009

Tudo – digo eu – vive e se move e existe em Deus

SPINOZA
Missiva 73

E tudo é Um […] e tudo a Ele se apega e
n'Ele é abrangido, e tudo n'Ele existe, e esta questão
[…] não é conveniente revelá-lo sequer boca a boca…

RABI MOSCHÉ CORDOVERO
Schiur Komá, capítulo 22

Nota da Edição Original

O ENREDO E A MAIOR parte das personagens deste livro são imaginários. As personagens históricas também receberam detalhes ficcionais, mas cada uma das figuras atuantes tem uma vinculação fiel com a realidade em que viveram. Optei por recriar o passado, tentar conhecê-lo com a ajuda da verdade histórica e da imaginação. Porque o desejo de saber sem imaginação é como a vontade de voar sem asas.

E algumas palavras de agradecimento: a Aliza Zigler, editora da coleção Prosa, que conduziu com sabedoria e dedicação a feitura do livro; a Hanoch Bartov, que leu meticulosamente o manuscrito e cujas observações importantes me auxiliaram; a Natan Shacham que as leu e cujas perguntas me levaram a encontrar soluções; a Dov Eichenwald, que propiciou hospitalidade alentadora e de apoio; e a Zissi Stavi, cujo talento ajudou que enredo, frases e pensamentos fluíssem.

Sumário

13   Introdução
17   A Transação
38   Com Spinoza em Voorburg
49   Com Rabi Schmuel Primo Levi em Jerusalém
69   Resposta de Spinoza
76   A Missiva
101 Barukh Spinoza
113 A Desgraça
125 Maria
136 Sofia
151 Uma Noite de Felicidade
178 Buscas na Itália
198 A Traição
211 Razão Áurea
220 A Conversa Secreta
243 Porta do Céu
249 O Enigma e sua Solução
264 Despedida

267 Tehiru – Diário de Escrita e Bibliografia

Vou morrer neste ano. Hoje já não pretendo saber o que ocorrerá em nosso mundo, mas o que acontecerá comigo, eu sei. Meus 89 anos neste mundo aproximam-se do fim. Dizem que no momento de sua morte uma pessoa vê toda a sua vida galopar diante de seus olhos a uma só vez. Isso amedronta. Minha vida longa e cheia de desdobramentos parece-me repentinamente como um piscar de olhos. Não será um sinal do céu? Por isso os meus olhos não estão voltados para os dias vindouros, mas aos que passaram, e a eles dirijo as minhas perguntas preocupantes. A minha felicidade neste mundo terá chegado ao usufruto total se, nos meses que me restam, eu apenas compreender por que o medo me rói enquanto continuo a ver determinadas coisas como certas.

Há três anos, quando visitei o meu amigo Rabi Schmuel Primo Levi, em Jerusalém, gotejavam flocos de gelo do céu e pinicavam os passantes. Mas quando o sol despontava por vezes entre as nuvens, ele estava vermelho. Sinal de milagres, disseram as pessoas. Quando um sol vermelho e quente espia dentre as fendas da cúpula nublada e carregada de geada e granizo, deve acontecer algo não natural. Eu estava certo de que o mundo se encontrava à beira do ano pelo qual há muito ansiávamos, o ano escolhido e milagroso de 1666. Neste ano ressurgiria o Messias e teria início o quinto reino de mil anos, após o governo dos quatro reinados da visão de Daniel. Então reinariam o Messias e os santos do Supremo em um mundo renovado e consertado.

Nós e os judeus temos muito em comum na nossa crença no Messias. Pois quem foram os primeiros que acreditaram em Jesus, nosso Messias? Foram judeus cristãos. Tenho certeza de que quando voltarem à sua terra e acreditarem novamente em Jesus, o Messias, estes serão os sinais da Redenção, do nosso mundo novo que se aproxima.

Mas a Redenção tardava em vir há três anos. Por quê?

A resposta está escondida em algum lugar no universo oculto dos mistérios.

A dúvida continuará a perturbar os pensamentos, mas devo demonstrar uma fé sólida na vida que me restou. É inconcebível que eu estilhace em um instante um mundo infindável de esperanças, e, com isso, a minha vida perdida se torne diante de meus olhos esvaziada de qualquer sentido.

Talvez eu seja vítima da grande necessidade de Redenção que há em mim? Talvez eu esteja impregnado de uma esperança de felicidade, somente porque ela não existe? E o Messias? Talvez ele seja apenas um anseio gravado em nós desde o nascimento?

Comecei a escrever estas minhas memórias depois daquele domingo, 31 de maio de 1665, em que Sabatai Tzvi se proclamou o Messias do Deus de Jacob. Todos os presentes viram, com seus próprios olhos, o quanto ele cresceu repentinamente na hora da oração na sinagoga de Gaza, como o seu rosto se iluminou e brilhou à grande luz à medida que as horas soavam.

E os presentes ainda viram como o Messias voltou-se para doze dos habitantes de Gaza e seus sábios, e os denominou de doze tribos, à semelhança dos doze apóstolos que Jesus, nosso Messias, escolheu...

Meu coração palpitou em meu íntimo, quando me foi contado sobre um homem de Deus que conhece os segredos do coração humano, Rabi Natan Aschkenazi, no qual pairava o espírito, e que profetizara algumas semanas antes em Gaza. Foi certamente uma imagem arrebatadora. Rabi Natan começou a dançar em elevação, lançando de si os seus trajes, peça após peça, até que por fim desmaiou. No silêncio que reinou ouvia-se apenas o murmúrio da voz surda dos sábios que entoavam hinos. E então pude, também eu, ouvir a voz maravilhosa que encheu o espaço do aposento em Gaza: "Prestai atenção cuidadosamente ao meu amigo Natan para realizar o que ele diz, prestai atenção cuidadosamente ao meu amigo Sabatai Tzvi..." E quando Rabi Natan voltou a si, proclamou em voz alta diante do público, que o Rabino Sabatai Tzvi merecia ser o rei de Israel.

Há um Messias, disse eu em meu íntimo, e também o seu profeta existe. Este é o início da concretização do sonho. Decidi, pois, escrever a minha história a respeito do maravilhoso e do oculto que nela há; talvez proporcionem uma resposta às dúvidas que me acompanham. Mas justamente o surgimento do rei-Messias não me deixou tempo para coletar memórias. Abandonei o projeto e comecei a me ocupar com os preparativos para a vinda do Messias.

Porque a Redenção não chega por si.

A Transação

Após dez meses ocorreu algo extraordinário que me fez voltar à escrita de minhas memórias com mais firmeza.

No dia 19 de abril de 1666, Sabatai Tzvi, o rei-Messias, foi preso e conduzido à fortaleza de Galipoli, por ordem do vizir turco Ahmed Köprülü. Exatamente no mesmo dia eu celebrava com Sofia, minha amiga de grande bondade, a véspera de Pessakh, e eis que chegou um emissário especial trazendo um convite apressado. No convite ornado de finos fios dourados destacava-se o nome, Christian Knorr von Rosenroth. Abaixo dele, em letras maiores, estava escrito:

> Ao ilustre sábio
> Peter Serrarius.
>
> Mui ilustre senhor,
> Ser-me-á uma grande honra vê-lo na celebração de meu trigésimo aniversário que se realizará em minha casa no dia 15 de julho, após o pôr-do-sol.

Aí se encontravam os detalhes do endereço de Von Rosenroth em Sulzbach e, na parte interior do convite, um adendo manuscrito:

> Serei grato à sua ilustre pessoa se puder adiantar a sua vinda para as primeiras horas da tarde, a fim de que eu possa conversar consigo a respeito de assuntos muito importantes.

Esta solicitação ousada me agradou. Um rapaz 56 anos mais novo do que eu, que jamais encontrei, ordena que eu vá da Holanda para a sua casa na Alemanha. O fato de ele ser tão mais novo não me incomodou. Pois qual é a idade de meu amigo íntimo Benedictus Spinoza? Só quatro anos mais velho do que Von Rosenroth. E, apesar disso, as minhas breves permanências em sua companhia me estimulam a acionar o meu pensamento tão desleixado. A minha experiência de vida me ensinou que, para pessoas que andam sem dar voltas, é mais importante a finalidade do que o caminho.

O nome de Christian Knorr von Rosenroth chegara a mim alguns meses antes. Apesar de ser um cristão alemão crente e de grande cultura, era aluno de cabalistas judeus, um fato raro naquela época. Este jovem demonstrava muito interesse no livro do *Zohar* e também na Cabala posterior do Ari de Safed*. Aprendeu bem hebraico e, na realidade, trilhou o mesmo caminho que eu tinha feito. Também ele crê em Jesus Messias, que ressurgirá para redimir o nosso mundo. Isto segundo a visão de João, o anunciador do reinado de mil anos, em que reinarão os santos com o Messias, enquanto Satã será agrilhoado e preso no abismo.

---

* Rabi Isaac Luria, estudioso e místico judeu em Safed, também conhecido como Ha-Ari (O Leão), acrônimo de Elohi Rabi Itzhak (O Divino Rabi Itzhak) (N. da T.).

Sofia me lembrou que alguns de meus amigos em Hamburgo haviam cantado para mim uma melodia que se tornara famosa na Alemanha um ano antes, cujas palavras tinham sido escritas por Von Rosenroth.

> Alvorecer da eternidade,
> não oculte mais o seu esplendor que rompe,
> a luz da fonte do esplendor que não acaba
> fulgiu sobre nós novamente nesta manhã.

Esse vínculo na canção com a luz da eternidade, a luz que não se acaba, tinha um brilho místico, assim senti. Por isso não me perturbou a questão de saber por que eu me dispunha a percorrer todo o caminho da Holanda para a Alemanha. A minha curiosidade me empurra sempre em direção a vivências que parecem surpreendentes, me incita a conhecer gente nova que, talvez com o tempo, quem sabe, também se tornará associada ao meu caminho.

Mas, confesso, somente Sofia podia me dar a bênção para o caminho e, apesar da minha idade avançada, me enviar para esta viagem tentadora.

– Vá, Peter. Se você não for, se arrependerá pelo resto de sua vida.

Como se me restassem muitos anos de vida. Há um tom otimista nas palavras dos jovens. É cômodo apegar-me a elas.

Quando Von Rosenroth me recebeu no portão de sua casa, apertou a minha mão cordialmente e abraçou-me como se eu fosse um antigo conhecido.

– Peter Serrarius – assim me chamou pelo nome, como se anunciasse um ilustre convidado entrando no palácio.

– Peter Serrarius – repetiu, e anunciou o meu nome novamente, como se tivesse me esperado por muito tempo.

– Estou feliz por me ter sido dada a rara oportunidade de encontrá-lo – disse abraçando-me com vigor. Com um gesto amplo conduziu-me ao seu aposento espaçoso e ornado de livros. Em todo lugar e em todo canto havia livros. A maior parte deles estava disposta orgulhosamente nas prateleiras das estantes especiais erguidas ao longo das paredes. Parte encontrava-se sobre a pesada mesa de madeira e parte estava espalhada no tapete que cobria todo o chão. Percebia-se que aquele homem jovem e enérgico ocupava-se muito da leitura. Christian Knorr von Rosenroth pareceu-me uma daquelas pessoas cuja figura jovem oculta na estrutura sinais nítidos de como será a sua figura posterior.

– A sua fama é grande – disse emocionado.

Fiquei um pouco constrangido e ainda me admirava por que ele havia me convocado com tanta pressa e qual seria a intenção oculta por trás dessa recepção generosa.

– Parece-me que não há em toda a extensão da Europa uma pessoa sábia e culta que o senhor não conheça – continuou e sorriu como se confiasse um segredo.

– Contaram-me que o senhor é muito próximo também de Benedictus Spinoza.

– Jamais ocultei a minha grande proximidade a Spinoza. Não é segredo que muitas missivas a ele dirigidas ou por ele enviadas a diversas pessoas passam por mim.

– Eu sei – continuou Von Rosenroth – que desde que foi excomungado há cerca de dez anos pelos rabinos de Amsterdã, ele fica fechado em casa, ocupado na escrita agitada de ideias heréticas sobre as Escrituras Sagradas, sobre a religião judaica e sobre esta nossa, a cristã, sobre Deus e a natureza e sobre o caráter da verdadeira felicidade suprema do homem. Contou-me isto um de meus amigos, que faz parte do círculo de seus conhecidos próximos, e ouviu de Spinoza falas assustadoras. Ele identifica Deus com a natureza. Não foi Deus que criou a natureza, diz Spinoza, mas Deus é a natureza e a natureza é Deus. A natureza é a sua própria razão, é o Deus de si própria. Deus e a natureza são uma única coisa. Quando Spinoza conversa com os seus amigos a respeito de Deus, ele denomina este ente eterno e infinito com o nome de Deus ou natureza. Nestas coisas reside um grande perigo.

Por um momento temi que as suas palavras indicassem uma intenção de maquinar contra o jovem filósofo que conseguira irritar muitos. Será que fora para isto que Christian von Rosenroth me convidara? De repente, veio-me à memória aquela noite difícil e assustadora, há alguns anos, quando Spinoza se salvara por milagre de ser assassinado; tinha sido um fanático criminoso que, atemorizado por ideias que lhe eram estranhas, tentou eliminá-las de modo abominável. Aquele o espreitara à saída do teatro e somente a reação rápida de Spinoza, que percebeu a mão e o punhal lançado, evitou o esfaqueamento. Será que também Christian Knorr von Rosenroth vê no jovem Spinoza um revoltoso apavorante e ameaçador? Por que, realmente? Pois o jovem hospedeiro diante de mim é um homem culto, por que não se parecerá comigo? Divirjo da maioria das ideias de Benedictus Spinoza, mas gosto dele da mesma forma.

Logo o temor se desfez.

– De todo modo, há em Spinoza algo tentador. E alguém sábio me confiou que Spinoza também tem... raízes na Cabala.

Fiquei um pouco aliviado.

– Desejo fazer uma transação com o senhor – disse repentinamente Von Rosenroth.

A minha curiosidade era insuportável. Temi que fosse um pedido que eu não pudesse cumprir.

– Que negócio é possível fazer comigo? – perguntei interessado.

Von Rosenroth disparou com firmeza:

– Vou lhe conferir uma soma de quatro algarismos, e sobre o primeiro algarismo chegaremos a um acordo imediatamente, se concordar em me transmitir os dados da conversa mantida há oito meses entre Natan Aschkenazi, que é Natan de Gaza, o profeta de Sabatai Tzvi, e Benedictus Spinoza, em sua casa em Voorburg, perto de Haia.

Espantei-me.

Como sabia Von Rosenroth sobre aquela conversa? Eu tinha certeza de que ninguém sabia a respeito dela. Spinoza na realidade abominara a ideia de manter um encontro destes, e somente depois que lhe prometi tomar todas as medidas possíveis para mantê-la secreta, atendeu por fim aos meus pedidos.

– Será verdade que a mão de Rabi Elischa, o pai de Natan, o profeta, esteve metida na organização da conversa? – perguntou-me repentinamente Von Rosenroth.

– Certo –, respondi quase com admiração...

Rabi Elischa Aschkenazi e seu sócio, o sábio e cabalista Schlomo Navarro, viajavam em missão junto às comunidades judaicas do Marrocos, Itália e Amsterdã, a fim de reunir donativos para os pobres de Jerusalém, e eu os ajudei muito a conseguir dinheiro. O meu jovem hospedeiro, sentado à minha frente em desafiante tranquilidade, viera bem preparado para o encontro e sabia exatamente o que me pedir.

– Estou sabendo – disse confiante – que o jovem Rabi Natan ansiava por conversar com Spinoza...

– Por quê? – testei-o.

— Porque Spinoza e Sabatai Tzvi tiveram destino semelhante. O jovem Von Rosenroth sabia, como eu, que os rabinos de Amsterdã viam em Spinoza um rebelde perigoso e o excomungaram, enquanto os rabinos de Esmirna viam em Sabatai Tzvi um herege perigoso e o expulsaram da cidade.

Von Rosenroth continuou:

— Rabi Natan quis ouvir e se fazer ouvir também sobre o segredo da Divindade.

Assenti com um gesto de cabeça, confuso e temeroso. De onde o jovem sabia de tudo, como se fosse a minha sombra acompanhando-me todo o tempo... e talvez ele tivesse utilizado os serviços de informação da Inquisição, que possuía emissários em muitos países?

Von Rosenroth demonstrou grande conhecimento.

— O segredo da Divindade ocupou Rabi Natan, porque Sabatai Tzvi, o seu Messias, assim ouvi, alega aos que lhe são próximos, ter encontrado este segredo. O Deus de sua crença é particular seu, proclama Sabatai Tzvi, ele O conheceu em sua alma, aceita os preceitos e proibições diretamente de Deus, e não há rabino ou juiz para ensinar-lhe o que é permitido e o que é vedado, porque nenhum deles tem uma ligação direta assim com Deus...

Von Rosenroth foi preciso, mas fiquei curioso em saber: se o estudioso da Cabala havia compreendido bem, por que Rabi Natan quis falar justamente com Spinoza sobre o segredo da Divindade?

Meu hospedeiro antecipou-se a mim:

— A relação pessoal com Deus não é estranha a Spinoza... não é?

Como não reagi, continuou:

— Spinoza diz aos seus amigos que a relação do homem com Deus é pessoal. Toda pessoa tem o direito de interpretar os fundamentos da fé de acordo com o seu desejo. Além disto, ele elogia a nação que possibilita a cada pessoa servir a Deus de acordo com o seu entendimento.

Rabi Natan sabia da identificação de Sabatai Tzvi com o divino e conhecia também, a partir de boatos que iam de boca em boca, as palavras de Spinoza sobre o amor a Deus que deleita a alma. E apesar da diferença entre eles, interessou-se pelo que havia de comum entre ambos, pela ligação pessoal do homem com Deus, uma ligação livre das imposições dos homens da religião que detêm o poder.

– Rabi Natan quis conversar com Spinoza também sobre Deus como infinito – continuou Von Rosenroth.

– Por quê? – perguntei.

– Porque Spinoza, assim como os cabalistas da casa de estudos do Ari de Safed, formula as mesmas perguntas: Como foi criado o mundo? Como é que encontrou o seu lugar? Pois se Deus é infinito, Ele preenche tudo, e não há lugar para nada além Dele. E se é assim, como há lugar para o mundo? Rabi Natan quis ouvir a resposta ousada de Spinoza, que é tão diferente da resposta do Ari.

– Meu culto senhor – disse eu admirado –, aprendo do senhor coisas que eu não sabia e, na minha idade, isto é extraordinário.

– De acordo com as minhas fontes – respondeu com satisfação Von Rosenroth – Spinoza costuma recompor na sua escrita os detalhes das conversas que mantém, e até lhes acrescenta observações. Assim foi neste caso, e esses papéis raros, meu ilustre Serrarius... o senhor sabe onde estão...

Toda a minha rica experiência de vida não poderia prever a situação surpreendente a que fui lançado. Eu trilhara um longo caminho da Holanda a Sulzbach a fim de ouvir, de um jovem exigente, detalhes que eu jamais imaginara serem tão públicos. Mais ainda, o negócio que ele propunha era simplesmente inaceitável.

Apesar de ainda não ter respondido afirmativamente à sua proposta, continuou como se eu fosse parte da transação.

– Essa não é toda a transação – determinou Von Rosenroth. – Ela tem várias etapas.

Tentei pensar o que ainda me aguardava, mas Von Rosenroth captou o meu olhar e falou com uma energia que não diminuía um instante sequer:

– Seu amigo Rembrandt Harmenszoon van Rijn escondeu em lugar secreto um quadro que pintou há pouco e eu preciso consegui-lo.

Von Rosenroth me golpeou de uma direção inesperada. Eu não sabia qual era a ligação entre o quadro de Rembrandt e as ocupações cabalísticas de meu hospedeiro, mas não tinha dúvida: Von Rosenroth tinha certeza de que eu era a pessoa que lhe conseguiria o que desejava.

– De onde, meu senhor, vem esta informação estranha? – perguntei meio sorridente.

– Um dos seus discípulos mais próximos me contou.

– E o que há de tão especial no quadro? – perguntei admirado.

– O nome que Rembrandt lhe dá.

– Qual? — perguntei.

– *Tehiru*.

Esta palavra me soou conhecida. *Tehiru* aparece na Cabala, e lembrei-me repentinamente que ela havia surgido algumas vezes na conversa secreta entre Spinoza e Rabi Natan, mas até aí eu não prestara atenção aos detalhes.

– Eu sei o que é *tehiru*... – respondi como que me desculpando, mas logo me ficou claro que os conhecimentos de Cabala do meu hospedeiro eram muito amplos.

– *Tehiru?* – disse ele com um sorriso. – Foi assim que o Ari denominou o espaço em que deverão ocorrer os processos de Criação do mundo, um espaço vazio que restou depois que Deus, o Infinito, o *Ein-Sof*, se contraiu e enviou um raio de luz para o espaço desse *tehiru*, a fim de erguer as edificações da Criação.

Fiquei deveras perplexo. Eu era próximo de Rembrandt desde que ele chegara a Amsterdã há 35 anos. No entanto, não era seu confidente, muito menos para questões pessoais. Qual a ligação dele com *Tehiru*? Por que havia escondido o quadro e não tentara vendê-lo? Não é assim que se comporta uma pessoa que, há já oito anos, fora declarada arruinada e cuja casa, com tudo o que ela continha, fora vendida em hasta pública.

Von Rosenroth leu os meus pensamentos.

– Talvez ele creia por algum motivo que o valor do quadro seja muito maior? Que talvez ele contenha algum segredo? Será que ele teme irar alguém? E talvez...

– O que há nesse quadro? – cortei as suas palavras.

– O santo Ari se encontra nele...

– O santo Ari? – perguntei com ceticismo. – Não posso imaginar...

Então Von Rosenroth discorreu sobre o quadro, como se fosse um texto encantado de Cabala. Descreveu em pormenores um quadro que jamais tinha visto:

– A maior parte do quadro é penumbra. O Ari se encontra nas montanhas de Safed. É difícil discernir se os seus pés tocam o solo, ou se ele está voando e subindo à Academia Superior. Apenas o seu semblante está iluminado e é angelical; há uma aura brilhante, como uma coroa real, em torno de sua cabeça.

O jovem Von Rosenroth pareceu de repente enfeitiçado. Seus olhos observavam um quadro vivo, como se este se encontrasse no aposento. Os seus braços longos moviam-se no espaço como um artista que tenta impressionar e convencer. Continuou a falar emocionado:

– O Ari está envolto em roupas brancas, como costumava sair para receber o *schabat*. Um dos braços está levantado, talvez convidativo, talvez voltado em uma oração e, na outra mão, segura um pergaminho com palavras escritas em hebraico...

Eu estava confuso.

– Um quadro maravilhoso – eu disse –, mas qual a ligação dele com o *tehiru*, com aquele espaço ao qual foi atirado o raio de luz divino que criou o mundo?

Von Rosenroth recuperou-se rapidamente e respondeu em tom prático:

– Isso é o que eu preciso descobrir. Onde está escondido no quadro o segredo do *tehiru* e o que ele insinua.

– E como o senhor sabe que a pessoa no quadro é o santo Ari?

– O segredo encontra-se na junção das letras das palavras do pergaminho.

– Quais são as palavras?

– Isso eu preciso descobrir.

– E se encontrar?

– Decifrarei o segredo delas.

– O senhor não estará atribuindo ao quadro coisas que não existem ali? – ousei perguntar.

Von Rosenroth respondeu com firmeza:

– Se eu tiver o quadro original diante dos meus olhos, lerei nele como se fosse um texto cabalístico, e poderei perceber o seu sentido.

Não é possível, pensei, que Rembrandt queira inserir alguma mensagem cabalística secreta em um quadro por ele pintado. Conheço todos os seus quadros, desde o retrato grupal da guilda dos cirurgiões, que pintou há 34 anos. É uma pintura da vida e não da imaginação. O cirurgião-chefe dá uma aula de anatomia aos colegas, que ouvem atentamente as suas palavras, e todos os olhos concentram-se no cadáver do homem no centro. As faces das pessoas estão iluminadas, enquanto o ambiente está imerso na escuridão. Um quadro maravilhoso, mas não há nada nele relacionado ao oculto... Descreve um acontecimento da realidade de Amsterdã. Assim também em seus outros quadros, Rembrandt pinta pessoas tomadas de seu ambiente próximo, mesmo que sejam personagens bíblicas.

– Rembrandt ocultaria segredos em seu quadro? – protestei. – Será que existe uma tolice maior do que essa?

Von Rosenroth expôs a sua hipótese:

– Talvez alguém, com certas intenções, tenha encomendado essa obra.

Isso ainda me parecia espantoso.

– Consiga-me este quadro – implorou Von Rosenroth. – Pagarei uma quantia enorme por ele. Seu amigo Rembrandt poderá resolver alguns de seus difíceis problemas e, com a sua comissão, o senhor poderá praticar todos os seus atos de caridade.

Eu não sabia o que responder. A história realmente me parecia ilusória, mas o meu hospedeiro realista soava convincente, como se tivesse recebido a minha anuência:

– O mundo está repleto de segredo, por isso encontra-se a Cabala em tudo. No quadro de Rembrandt e até... em Spinoza.

Compreendi que o cesto de seus anseios ainda não se esvaziara.

– A questão da Cabala não é tão estranha a Spinoza – disse ele com um sorriso sagaz. – Tenho conhecimento de que o livro de Avraham Cohen Herrera, *Schaar ha-Schamayim* (Porta do Céu), está exposto em uma das prateleiras de Spinoza.

Novamente me admirei. Spinoza realmente dissera que a *Porta do Céu* é um texto de um grande filósofo e cabalista, porque contém uma fusão entre a Cabala do Ari com as novas ideias platônicas de sua época.

– Necessito da *Porta do Céu* de Herrera no original espanhol – continuou Von Rosenroth.

Christian Knorr von Rosenroth começou a me agradar. Também ele era um homem de contrastes. Amante da Cabala apesar de cristão, atraído à interpretação filosófica que Herrera dera à Cabala do santo Ari, mas, ao mesmo tempo, curioso para saber o que dissera Spinoza a respeito de Herrera. Von Rosenroth demonstrava grande interesse em Herrera, que havia estudado a ciência da Cabala com Rabi Israel Sarug, que por sua vez era discípulo do Rabi Haim Vital, que ouvira da boca do Ari e até registrara por escrito as suas palavras. Esta dinastia encantava Von Rosenroth. Ele sentia que andava por uma ponte pela qual chegaria ao âmago da Cabala.

Von Rosenroth tentou me convencer que o texto de Herrera possuía um grande valor, pois nele se encontrava talvez a resposta para a pergunta profunda se a Cabala conduz, na interpretação filosófica de Herrera, à conclusão de Spinoza, de que Deus e a natureza são uma só coisa.

Fiquei admirado. De onde ele sabia que esta é a conclusão de Spinoza? Ficou-me claro que as ramificações de Von Rosenroth atingiam o círculo dos amigos mais próximos de Spinoza.

– O senhor me conseguirá o manuscrito espanhol da *Porta do Céu* – ordenou-me Von Rosenroth – com as observações de Spinoza nas margens das folhas, naturalmente. Se o senhor o conseguir para mim, pagar-lhe-ei muito dinheiro.

Aqui parou por um instante e concluiu em seguida:

– Pagar-lhe-ei também pela tradução hebraica que Spinoza possui.

Fiquei calado.
– Assim como o senhor, meu caro Serrarius, também eu estudei hebraico — tentou convencer.

Os meus pensamentos estavam voltados para os detalhes do pedido, que era muito difícil.

Von Rosenroth acrescentou num tom vencedor:
– Pagar-lhe-ei pelas duas versões o mesmo valor que receberá de mim pelo quadro *Tehiru* de seu amigo Rembrandt.

Esta transação é infindável, pensei, cada vez surge uma nova etapa. Uma tarefa quase impossível.

Como é que eu conseguiria o misterioso *Tehiru* de Rembrandt? E o original espanhol da *Porta do Céu*? Pois ele só existe em manuscrito, não foi publicado. Não me lembro sequer de tê-lo visto na casa de Spinoza, vi somente a tradução hebraica impressa, uma tradução feita pelo discípulo de Herrera, Rabi Isaac Abuhab da Fonseca, de Amsterdã, um dos que assinaram a excomunhão de Spinoza.

Será que eu poderia contrabandeá-lo com as observações de Spinoza? Será que eu poderia tirar da casa de Spinoza as suas anotações sobre a conversa secreta? Eu não poderia fazer isto por dinheiro nenhum do mundo. Não poderia trair a confiança que o jovem gênio depositava em mim. Por outro lado, jamais fui conduzido pelo desejo de fortuna, a não ser que a ele estivessem ligadas questões de bem geral. Com este dinheiro seria possível financiar objetivos bons e importantes. Em primeiro lugar, ajudar Rembrandt em seus problemas e dificuldades, auxiliar os meus companheiros cabalistas pobres de Jerusalém, como eu fizera no passado e, naturalmente, apoiar a importante atividade de meus amigos, os homens do quinto reino.

Eu não sabia o que responder.

Von Rosenroth era dono de uma diligência incansável. Parecia-me uma pessoa que sobe por uma escada de etapas infindáveis, permanece um instante em cada uma delas e depois continua. Agora chegava a etapa seguinte.

E realmente, os seus anseios envolviam tudo o que o ligava à Cabala. Propôs pagar-me 650 florins para cada manuscrito original relacionado à Cabala que eu conseguisse e 250 florins para cada missiva, texto ou obra de cabalistas, mesmo que não fossem originais, com a condição de que não fossem falsos. Mais ainda, ele me recompensaria fartamente para cada item ligado ao rei-Messias que eu lhe apresentasse.

– Creio que o motivo para tudo isto se encontra nas profundezas da Cabala – declarou.

Apesar do grande interesse de Von Rosenroth pela Cabala, não entendi por que ele insistia em transformá-lo numa operação de múltiplas etapas tão importante em sua vida.

Por fim, ele me revelou o mistério, e contou-me de sua intenção de dedicar dez anos de sua vida a um empreendimento gigantesco, a publicação de uma obra que abrangeria o universo amplo e oculto da Cabala, a fim de trazê-la em tradução ao latim para os nossos irmãos cristãos. Também destinou um nome em latim para o livro, *Kabbala Denudata*, que significa "A Cabala Revelada".

Von Rosenroth não me deixou a opção de recusar. Com uma simplicidade tocante dirigiu-se a mim: – Necessito do senhor, Peter Serrarius.

Logo depois partiu para o pedido seguinte: – O seu encontro com o Rabi Schmuel Primo Levi em Jerusalém no início do ano...

– O que tem ele?

– Me interessa muito.

— Por quê? — espantei-me.

— Porque se realizou antes da viagem de Rabi Schmuel a Constantinopla.

Também isto Von Rosenroth sabia. Rabi Schmuel realmente juntara-se a Sabatai Tzvi e ao grupo dos seus fiéis a fim de tomar a coroa do sultão turco. Esta informação exata ajudou Von Rosenroth a chegar às coisas que lhe eram necessárias. Ele compreendeu que, para saber a respeito do rei-Messias, seria bom ouvir as palavras de Primo Levi. Von Rosenroth iniciou uma campanha para me convencer sobre o quanto Rabi Schmuel era próximo de Sabatai Tzvi. Como prova, ele trouxe à conversa as missivas que Rabi Schmuel enviara em nome do Messias a todos os cantos do mundo e nelas informara sobre o início da Redenção. Tais missivas continham também ordens que Rabi Schmuel redigira em nome de Sabatai Tzvi, como se tivessem sido dadas pelo rei. Von Rosenroth frisou, emocionado, a ordem que ele enviara a todos os fiéis algumas semanas antes do meu encontro com ele em Jerusalém.

— O senhor viu o documento com os seus próprios olhos? — perguntei curioso.

— Com meus próprios olhos — confirmou Von Rosenroth —, e o documento em que enviou a instrução para anular o jejum do dia dez de Tevet, pelo motivo de que não haverá lugar para luto nos dias do renascimento de Israel. Vê-se, pois, que ele é uma pessoa muito próxima de Sabatai Tzvi, e talvez mesmo o seu secretário, seu confidente e escriba...

Von Rosenroth sabia de todo acontecimento que ocorria em nosso universo e, apesar disso, eu duvidava que soubesse que cinco meses antes do nosso encontro, o rei-Messias Sabatai Tzvi fora preso pelos turcos e, após dois meses, transferido para a fortaleza de Galipoli. Estas informações eram suficientes para colocar em dúvida a veracidade do Messias e dos sinais da Redenção. Pensei em como reagiria o meu amável hospedeiro se soubesse de tudo isso. Mas como ficou claro para mim, nenhum fragmento de informação ligada ao rei-Messias e ao seu movimento lhe era desconhecido.

– Sei que Rabi Schmuel Primo Levi esteve com Sabatai Tzvi, lá onde este se encontrava preso, na fortaleza de Galipoli. Dali enviou as suas missivas com as proclamações entusiastas sobre Sabatai Tzvi como o filho primogênito de Deus...

Von Rosenroth parou por um momento e repetiu emocionado o final da frase: – O filho primogênito de Deus... Será que isto não é uma alusão ao nosso Messias?

Vi as feições de meu culto interlocutor brilhar, sem qualquer sombra de dúvida.

– A fé entusiasta de Rabi Schmuel, estudioso e conhecedor da Cabala, em Sabatai Tzvi, é o exemplo de que tudo está correto – continuou tranquilamente. – O confidente do rei-Messias sabe o que nós não podemos saber. Por isso, não finjamos que as sendas ocultas da Redenção nos são claras.

– A minha opinião é igual à sua – alegrei-me em concordar com ele –, mas tenho uma pergunta delicada a lhe formular: de onde o senhor possui tanta informação a respeito de assuntos sobre os quais aparentemente pretendia perguntar a mim?...

– É difícil esconder em nossa época detalhes referentes a assuntos importantes – ele cortou as minhas palavras de forma decidida. E eu temi que houvesse uma rede oculta estendida sob nós, que transmitisse por suas artérias informações secretas entre os campos inimigos.

Era muito estranho, nós não dispúnhamos de instrumentos maravilhosos através dos quais pudéssemos transmitir informações de uma pessoa a outra ou de um país a outro. No entanto, era como se tudo fosse sabido e difícil de esconder; uma informação, um texto ou um livro, até mesmo de uma conversa reservada vazavam detalhes. Estamos expostos a quem quer que deseje colher informações a nosso respeito. Talvez isso somente ocorresse porque aqueles dias eram mais iluminados e não escuros como antes. As pessoas cultas e conhecedoras se mesclavam aos cabalistas, cristãos a judeus, e os crentes da fé messiânica aos dotados de mente filosófica.

Alguns dias após o meu encontro com Von Rosenroth, eu continuava profundamente imerso nos detalhes da transação que me fora proposta. O jovem me impressionara bastante como um interlocutor muito interessante, que causa espanto pela fluência de expressão, cultura abrangente, por sua habilidade de saltar com graça de um assunto a outro e pela firmeza de sua ação para concretizar os seus anseios.

Tinha diante de si uma tarefa gigantesca, agrupar em um livro muito abrangente os escritos da Cabala traduzidos ao latim, alguns deles desconhecidos até então. Se conseguisse fazê-lo, seria uma das grandes conquistas da vida espiritual de nossa época, uma obra exemplar, de muitos volumes, por causa da abundância de material que era preciso coletar. Pensei que eu gostaria muito de folheá-los, aspirar o cheiro embriagante da impressão, satisfazer-me com o contato. Mas o meu coração me disse que eu não teria tal privilégio. Por isso, era bom que eu me despedisse da vida com o conhecimento de que também eu tinha uma pequena parcela neste bem espiritual, que viverá eternamente, e que desse modo os meus irmãos cristãos poderiam travar conhecimento com a Cabala, cujo significado oculto, assim creio, é dirigido a nós.

Lembro-me de Herrera repetindo a proclamação de Pico della Mirandola, que em sua escola ensinou:

– Não há ciência que nos convença mais da Divindade de Jesus, o Messias, do que a magia e a Cabala.

Também eu creio nisso. Existe nela, na Cabala, o princípio da ideia messiânica, e é bom que também nós o conheçamos. Por isso, logo após voltar a Amsterdã, comecei a programar os passos para atender aos pedidos de Von Rosenroth.

Inicialmente, como descobrir o misterioso quadro "Tehiru" de Rembrandt?

Decidi consultá-lo diretamente.

Esperei por ele um longo e cansativo tempo fora do seu ateliê. Eu já estava acostumado com isso. Quando Rembrandt se encontra no meio do trabalho, ignora o universo ao seu redor, até mesmo os amigos mais próximos, e quando finalmente fica livre, é como se acordasse de um pesadelo profundo e lhe é difícil acostumar-se às luzes e às vozes dos vivos. Assim foi também desta vez. Ele saiu em minha direção, as mãos e roupas imundas de tinta, o grosseiro rosto bexiguento, seu olhar disperso e indiferente. De repente brotou um sorriso em seus lábios, um sorriso que não podia provir deste rosto confuso, mas era como se pairasse sobre ele das alturas.

Rembrandt convidou-me a entrar no ateliê. Fazia isto apenas com pessoas das quais gostava. Apontou com orgulho um quadro que, segundo ele, estava pintando há algumas semanas. Um quadro colorido, maravilhoso, de um casal de apaixonados. Uma das mãos do homem está no ombro da mulher e ela aproxima sua outra mão ao peito. Tratava-se aparentemente de um casal de noivos judeus, cheguei a esta conclusão pelas muitas imagens de judeus que conheci dos seus quadros. Seus trajes eram semelhantes aos de nossa época, o que não impediu que Rembrandt me perguntasse: – Eles não lhe lembram Isaac e Rebeca?

Não me senti à vontade para indagar acerca do quadro estranho e cheio de segredos, "Tehiru". Por fim, ousei, e temi a sua reação. Ele se lançou sobre mim aos berros e insultos por eu ter sequer imaginado algo tão abominável. Abominável? Perguntei a mim mesmo por que este rancor tão grande? Ele me parecia um pouco assustado.

– Não quero falar nenhuma palavra mais a respeito disso – disse decidido.

Algo o perturbara. Parecia que havia um fundamento para o que Von Rosenroth dissera. Decidi continuar e buscar informações por outros modos.

Pensei também como eu poderia tirar as anotações de Spinoza de sua casa e transferi-las a Von Rosenroth, para que pudessem servi-lo em seu empreendimento. Porém, todas as maneiras que eu imaginava nada mais eram do que um furto, simplesmente.

Por vezes, quando alguém cogita em como fazer algo, uma solução brota de uma direção inesperada.

Cerca de duas semanas após o meu encontro com Von Rosenroth, Spinoza me pediu que eu o ajudasse na cópia de páginas de seu estudo *Tratado Teológico-Político*, em cuja escrita estava empenhado, mas cujo final se retardava. O texto estava para ser impresso de forma anônima, porque Spinoza temia a dura reação das instituições religiosas e políticas. Por essa razão queria utilizar cópias, para não pôr em risco o original.

Com o pedido de Spinoza e com as tristes reflexões sobre o meu fim que se aproximava, uma ideia despontou em mim. Com muito esforço consegui convencê-lo a me entregar, a fim de serem copiados, missivas e resumos que estavam com ele, mas principalmente as suas observações anotadas nas margens das páginas da *Porta do Céu* de Herrera, bem como as suas observações sobre a conversa secreta entre ele e Natan de Gaza. Pelo motivo de que é bom conservar tudo de que ele participa. E então, em vez de uma cópia, preparar duas, e enviar a segunda cópia de cada folha que eu recebesse para Von Rosenroth.

Eu estava feliz. Coletarei material para uma grande obra em que a Cabala receberá o seu lugar adequado, mas a anotação rara de um gênio de outro mundo também estará nela cunhada.

O fato de eu ter concordado com os desejos da transação de Von Rosenroth me levou novamente, após um longo intervalo, a remexer febrilmente nas lembranças do meu passado complexo e a registrá-las. Pensei que assim me seria mais fácil descobrir conversas, documentos e acontecimentos decisivos que tivessem qualquer relação com a Cabala e com as ideias de Redenção que ela gerara.

Vieram-me à memória as palavras de Temístocles que eu havia aprendido na juventude:

"Não me ensine a arte da memória, mas a arte do esquecimento, pois me lembro de coisas que não quero lembrar, mas não esqueço coisas que quero esquecer".

Estas são palavras sábias para pessoas que ainda têm a vida pela frente, mas para uma pessoa como eu, cujos olhos já estão voltados ao passado e não a um futuro breve, é conveniente tentar lembrar o quanto mais. Não conseguirei trazer as coisas no original em todos os casos, mas me empenharei em estar o mais perto possível da verdade.

Quando decidi renovar a escrita do meu diário, eu soube que somente conseguiria insuflar vida em uma pequena parte do meu passado e, ainda assim, o pouco que será lembrado é preferível ao muito que será esquecido.

Com Spinoza em Voorburg

O QUADRO *TEHIRU* DE REMBRANDT continuou a agitar a minha imaginação. Decidi viajar para Voorburg, nas proximidades de Haia, a fim de encontrar Benedictus Spinoza e ouvir de sua boca se haviam chegado a ele os boatos sobre o misterioso *Tehiru* de seu amigo Rembrandt. Spinoza morava ali há quase três anos e gozava de uma tranquila vida campestre.

Um ditado popular diz: quem quer ser conhecido e não quer saber do mundo, que viva em uma aldeia; mas quem não quer ser conhecido e, sim, saber do mundo, que viva na cidade. Com toda a sua sapiência, este ditado não combina com Spinoza. É verdade, todos sabem a seu respeito na aldeia, mas ele também sabe tudo. Por isso eu tinha certeza de que se o quadro *Tehiru* existisse, ele certamente teria ouvido a respeito. Sua casinha, naturalmente alugada, era lugar de peregrinação para os seus numerosos e bons amigos e simpatizantes, dentre eles médicos, comerciantes, homens de ciência e pensadores. Como de hábito naqueles dias, eles criaram um *collegium* e ocupavam-se da leitura de manuscritos de Spinoza, defendiam os princípios de sua teoria, mas também formulavam perguntas e proporcionavam as suas próprias interpretações.

Neste lugar isolado que, por vezes, ficava agitado como uma colméia, reverberavam os sons extraordinários da época. Dali Spinoza acompanhava as experiências de Robert Boyle em química e física, a consolidação da teoria das cores de Hooke, Boyle e do físico holandês Huygens. Este último, que inventou entre outras coisas o relógio de pêndulo, era vizinho e conhecido de Spinoza e ambos interessavam-se muito por óptica e pelo desenvolvimento do campo das lentes, que ocupava muito Spinoza.

Deus derramou uma bênção sobre mim. Por um lado, posso me apegar às histórias da Cabala que chegam de Jerusalém e, por outro, aprender as novas invenções na refração dos raios de luz na casa de Spinoza em Voorburg.

Mas, o que farei? Não está ao meu alcance lutar com as extraordinárias coisas secretas que abundam em meu universo. Parece que a mim se referiu Júlio César quando disse: por vezes, um defeito humano comum nos leva a uma situação em que coisas estranhas e desconhecidas nos fazem acreditar nelas bastante e temê-las muito.

Eu sabia que Spinoza se dirigiria a mim de modo compreensivo quando eu lhe perguntasse se tinha ouvido a respeito do misterioso *Tehiru* de Rembrandt. No entanto, a reação dele me surpreendeu muito. Ele olhou para mim e irrompeu numa forte gargalhada, que me lembrou um pai rindo de alguma bobagem do filho pequeno.

– Não só ouvi a respeito – disse-me –, mas também me contaram que o rosto do cabalista no quadro é exatamente o meu próprio rosto...

Spinoza não parava de rir.

– O quê? – gritei espantado. – Pelo visto há um significado oculto que é preciso examinar a fundo.

– Que significado pode haver em questões fúteis? – riu Spinoza.

– Contudo – tentei defender-me –, a realidade é cheia de sinais que aludem a algo. É proibido ignorá-los.

Spinoza voltou a si e me repreendeu severamente, alegando que a minha fé era um erro tolo que me lançava à escuridão, porque vinha no lugar do conhecimento verdadeiro. Uma pessoa que possui somente fé, mas não tem pensamento, vê despertar em si o medo quando se depara com fenômenos estranhos e misteriosos. Em vez de examinar o misterioso com inteligência e lógica, interpreta-o da forma que lhe é cômoda, a fim de se sobrepor aos seus medos.

E assim Spinoza concluiu a repreensão:
– Por este caminho, meu caro Serrarius, o crente chega à fé e em muitos casos à superstição, mas não ao conhecimento.

Como sempre, também desta vez comportei-me como um avô tolerante, mais velho 52 anos do que o seu neto. A Spinoza não interessava em absoluto se existia ou não tal quadro, mas eu comecei a me sentir atraído por ele como que por uma magia. Uma história destas não circula pelo ar sem motivo.

Eu sabia também a respeito das relações profundas de Rembrandt, há vários anos, com Rabi Manassés ben Israel e com Herrera. Lembro-me dele sentado, bebendo com sofreguidão as histórias da Cabala que deles fluíam, e de repente pareceu-me que em suas pinturas, repletas de jogos de luz e sombra, talvez a obscuridade ocultasse detalhes significativos que era preciso desvendar.

– Rembrandt me disse certa vez, com ardor, que a pintura é neta da natureza, por isso está próxima de Deus – observei.

– Concordo com ele – respondeu Spinoza.

– Como? – perguntei. – Pois o desejo de estar próximo de Deus, de examiná-Lo, de estudá-Lo e observá-Lo, é o desejo dos cabalistas...

– É possível compreender as palavras de Rembrandt também de outra forma.
– Como?
– Por que Rembrandt diz que a pintura está próxima de Deus? Porque a pintura é neta da natureza, e a natureza é idêntica a Deus. Por isso também a pintura é identificada com Deus. Concordo, e isso nada tem a ver com a Cabala.

Senti como se nós dois lutássemos com Rembrandt e tentássemos atraí-lo, cada um na sua direção. Não desisti e continuei a perguntar:

– E talvez haja nos segredos do quadro algo bom para os seres humanos?

Ele sorriu com indulgência:
– Não, não há nada de bom nestes segredos.
– E na sua filosofia... há? – ousei perguntar.
– Não tenho a pretensão de trazer ao mundo a boa filosofia, mas sei que penso a verdadeira. Se você me perguntar como sei que é assim, responderei: do mesmo modo que você sabe que os três ângulos do triângulo equivalem à soma de dois ângulos retos.

Eu sabia a que ele se referia. Há já alguns anos ele gasta os seus dias e noites escrevendo sua *Ética*, e todas as partes são construídas pelo método geométrico, ou seja, ele começa com definições e axiomas que são claros e estes conduzem às proposições deduzidas e obtidas de forma indubitável.

Em suas palavras para mim, Spinoza pretendeu dizer que todo aquele que comprova a sua verdade de forma geométrica, tal verdade terá validade. Assim, foi como se me dissesse: você, Peter, não é esta pessoa. Eu, Benedictus Spinoza, eu sou a pessoa. Pensei que para alguém como ele, que vê o mundo com olhar geométrico, nenhum quadro carregado de enigmas desviaria a sua atenção. E se ele conhecesse detalhes sobre o quadro, não lhes atribuiria nenhuma importância.

Por fim ousei perguntar a Spinoza, em voz baixa, sobre a *Porta do Céu* de Herrera, e se ele possuía o manuscrito do original espanhol. Para minha surpresa, ele interrompeu a escrita e me olhou com interesse. Pareceu-me que o nome Herrera poderia fazer com que um sorriso se esboçasse nos seus lábios, como se eu lhe perguntasse sobre um amigo muito querido. A questão da escrita foi esquecida por um momento e ele me explicou com ênfase que, apesar da sua grande vontade de examinar o original espanhol, isto lhe fora vedado. O motivo era que poucos manuscritos estavam disponíveis nas mãos de uns raros judeus ou na biblioteca da comunidade e, desde a grande excomunhão, ele já não tinha acesso aos mesmos.

— Eu gostaria muito de obter um manuscrito destes — disse ele com avidez.

Ri para mim mesmo. Logo eu me transformaria em um emissário de dois: também Spinoza me incumbiria de conseguir para ele um manuscrito em espanhol, como fizera Von Rosenroth.

— Por que é tão importante o original em espanhol? — perguntei.

Eu pude ouvir uma inflexão de amargura na voz de Spinoza. Ele queixou-se do fato de Rabi Isaac Abuhab ter eliminado, em sua tradução, os dois primeiros volumes da *Porta do Céu* e sequer informado os leitores a respeito. Spinoza alegava irado que Rabi Isaac havia obscurecido as fontes não judaicas de Herrera, e amortecera a sua interpretação filosófica ou cabalística. Por isso o original espanhol era tão importante.

— Se você não leu o original, como sabe destes detalhes? — admirei-me.

Spinoza me revelou que um estudioso judeu próximo dos dirigentes comunitários de Amsterdã e que frequenta secretamente a sua casa de Voorburg, lera o original que se encontra na biblioteca comunitária. Foi por ele que soubera desses detalhes. Spinoza não me revelou, naturalmente, o nome do homem, mas a fim de limpá-lo da mácula de "traidor" da comunidade, acrescentou: — Alguns bons judeus tentam encontrar Deus na natureza e não no ensinamento dos rabinos comunitários.

Com estas palavras voltou com vigor à escrita, ignorando totalmente a minha presença. Teria dificuldades em saber como chegar ao amigo de Spinoza e convencê-lo a obter para mim o original hebraico da *Porta do Céu*, naturalmente com a ajuda do dinheiro de Von Rosenroth.

Quando retornei a Amsterdã estava firmemente convencido a continuar a busca pelo quadro *Tehiru*. Algo em meu coração me sinalizou que, no final das contas, chegaria a ele e encontraria coisas importantes e de interesse.

Enquanto ainda hesitava sobre quem seria o judeu, entre os membros do círculo de Spinoza, que eu poderia interrogar sobre a *Porta do Céu* e o quadro "Tehiru", chegou às minhas mãos uma carta urgentíssima de Spinoza, novamente sobre o assunto do "Tehiru". Dou por escrito parte dela.

> Peter meu amigo especial. Você me consultou se há nos segredos do quadro algo bom para os seres humanos. E eu respondi que não há nestes segredos algo bom. Desejo corrigir. Há nestes segredos algo ruim. O judeu que visita secretamente a minha casa esteve aqui ontem e me contou que, segundo o boato, o quadro é destinado a mim, para me dar indicação de que o meu amigo, o estudioso Oldenburg, e seus companheiros, que vivem em Londres, me

acautelarão quanto aos planos da guerra dos ingleses contra nós, que já dura um ano. Por que a mim? Porque sou próximo do governador De Witt. Por meios tortuosos ele chegou a conclusões que aos meus olhos são imaginárias, e, apesar disso, como precaução, convém afastar-se desse quadro tentador, que talvez contenha questões capazes de nos complicar a todos.

A minha curiosidade era imensa. Apesar de tudo, Spinoza não ignorava o quadro *Tehiru*, como o fizera em nosso encontro. Discerni também a suspeita que brotava das entrelinhas de sua carta. Como chegar a conclusões tão extremas? Enviei uma missiva urgente a Spinoza e pedi pormenores adicionais. Ele me respondeu com uma carta muito curta, mas tudo o que concordou em me fornecer foi este detalhe: no pergaminho, que se encontra nas mãos do cabalista, estão escritas algumas linhas, e nelas aparecem as palavras "e os esclarecidos resplandecerão".

Ocupei-me de uma atividade complicada de análises e cálculos. Entendi imediatamente que as palavras mencionadas por Spinoza eram as primeiras do versículo do livro de Daniel, "E os esclarecidos resplandecerão como o esplendor do firmamento". Deste versículo fora recortado o nome do livro do *Zohar*, o "esplendor". Os "esclarecidos" são, de acordo com o *Zohar*, Rabi Schim'on bar Yokhai e todos os leitores do *Zohar* os quais, por meio dele, se aproximarão de seu Criador. Eis uma alusão a segredos profundos, meu coração me sussurrou, mas não no sentido de Spinoza. Por "esclarecidos" tinha em mente, pelo visto, seu amigo Oldenburg, secretário da Sociedade Real de Ciências de Londres e seus companheiros. Comecei a remexer nas profundezas da *guemátria*, que estuda o valor das letras. Meus exaustivos estudos do hebraico na juventude vieram em meu auxílio. Verifiquei que "esclarecidos", em hebraico, equivale a 451; "resplandecerão", a 228; "como o esplendor", a 232; "do firmamento", a 385. E então uma ideia despertou em mim. Se juntarmos "resplandecerão" e "como o esplendor", teremos 460. Se deduzirmos disto 451 de "os esclarecidos", ficaremos com 9, e se acrescentarmos o 9 a 232 de "como o esplendor", teremos 241, e esta é a soma exata das letras de Benedictus...

Assustei-me e logo também percebi que a soma das letras de "resplandecerão", que é 228, equivale exatamente à soma das letras do nome hebraico de Spinoza, "Barukh", que também é 228... Será que, apesar de tudo, Spinoza estaria ligado ao quadro? E então descobri que a soma das quatro letras iniciais de Benedictus é 66, exatamente como a soma das últimas duas letras de Benedictus, que também é 66. Deus, o que os meus olhos estão vendo? Também as três letras centrais do nome Spinoza I – N – O, equivalem igualmente a 66. Será que todas estas não são claras alusões ao fato de que o Messias chegaria nos meses que ainda nos restavam deste ano maravilhoso de 1666? Mas o que tudo isto tem a ver com *Tehiru*, que é o nome do quadro? E qual a ligação com o Ari que, de acordo com Von Rosenroth, nele figura?

Meu pensamento se confundiu. Fiquei como que encerrado em um aposento escuro com infindáveis aberturas iluminadoras em torno, e eu não sabia por qual delas deveria sair para a luz. Decidi abandonar os cálculos tortuosos e procurar mais detalhes que me ajudassem na solução do mistério.

Dispus-me a colocar por escrito um encontro anterior que eu tivera com Spinoza. Lembro-me bem da data: 17 de dezembro de 1665. Cerca de sete meses antes do acordo com Von Rosenroth. O encontro ainda estava fresco em minha memória.

No aposento obscuro e modesto Spinoza estava então imerso na escritura de um texto e, de tempos em tempos, lançava-me algumas observações. Fiquei sentado, aguardando por um momento adequado em que eu pudesse introduzir uma frase ou duas sobre as questões pelas quais eu viera à sua casa. Assim também costumava proceder nas minhas visitas à casa de Rembrandt. Eu tinha respeito pelas pessoas que criavam e sabia que elas, quando estão consigo e dentro de si mesmas, necessitam de silêncio.

Fiquei sentado e aguardei. Após algum tempo, Spinoza endireitou-se e lançou um leve suspiro. Aproveitei a oportunidade e lhe passei às mãos a carta de nosso amigo, Heinrich Oldenburg, secretário da Sociedade Real de Ciências de Londres. Sua carta de 8 de dezembro fazia uma pergunta emocionada a Benedictus Spinoza: se ele possuía detalhes sobre as rumorosas informações que estavam perpassando Londres quanto ao retorno dos judeus à sua terra natal, e qual era a sua opinião a respeito. O momento em que entreguei a missiva ao brilhante jovem foi significativo para mim, pois a própria carta testemunhava que também dentre os homens de ciência penetrara a dúvida se os ventos messiânicos que sopravam ao derredor não eram apenas absurdos e bobagens. Um testemunho adicional para o fato de que Oldenburg se referia às coisas com seriedade viera do grande cientista Boyle, que contara a um dos meus amigos que também ele havia recebido uma carta de Oldenburg. Nela Oldenburg escrevera que as últimas missivas da Holanda revelavam que judeus e cristãos de Constantinopla confirmavam as notícias sobre as grandes esperanças dos judeus, de retornar mui brevemente à sua terra. Sendo assim, não sou o único louco, pois também os meus amigos estudiosos não rejeitam com desdém a possibilidade de que algo grande esteja para acontecer em nosso mundo. Antes de entregar a carta para Spinoza, a li algumas vezes e fixei bem todas as palavras: poucos aqui acreditam realmente no boato, escreveu Oldenburg, e acrescentou acentuando: muitos, porém, rezam para que ele se cumpra. Se realmente assim for, o mundo passará por um grande abalo.

Spinoza leu rapidamente o que estava escrito, releu com atenção uma frase, sorriu debilmente e voltou à escrita. Permaneci sentado, um pouco envergonhado, pois eu aguardava uma reação e esta não viera. Não esperava um tratamento respeitoso por causa da minha idade avançada, nem por causa das relações íntimas que reinavam entre nós, porque eu sabia que este rapaz, tomado repentinamente pelo ardor da escrita, este jovem sempre fazia o que considera correto. Por isto continuei a observá-lo com admiração por um longo tempo. Por fim, Spinoza murmurou como que distraído:

– Estou escrevendo... um tratado... teológico-político...

E retornou à escrita. Continuei calado, esperando ouvir algo de sua boca.

Depois de cerca de meia hora, ele despertou repentinamente como se do meio de um sonho, olhou para mim espantado e disse:

– Você está... aqui? Sentado e não solta um pio? – E então continuou constrangido:

– Serrarius, meu caro, quando estou imerso em pensamentos não vejo nada e não ouço nada...

Ele me parecia bastante satisfeito por eu ter permanecido ao seu lado. E eu me alegrei julgando que finalmente responderia à pergunta apressada de Oldenburg: será que há verdade nas notícias de que o Messias do Deus de Jacob conduzirá os judeus de volta à sua terra? Eu trilhara um caminho ao topo da montanha, que me exaurira. Meu anseio era divisar o amanhecer que espreita além do horizonte envolto em névoa. E Spinoza, em vez de dispersar a névoa, deixou-a como estava, e começou a falar sobre o que lhe interessava, o tratado teológico-político.

– Ocupo-me agora da escrita de um tratado sobre as Escrituras Sagradas – iniciou, talvez na esperança de me arrastar em uma direção diferente da que eu esperava. – E isto por diversos motivos – continuou –, em primeiro lugar, estou trabalhando com afinco na revelação das frases antigas das pessoas da religião e a sua exclusão do coração das pessoas sábias. Porque estas frases antigas impedem que as pessoas acionem o pensamento. Em segundo lugar, devo lutar contra as acusações de heresia que as massas do povo me lançam. E em terceiro lugar, é meu desejo fortalecer de todo modo a liberdade de pensamento e o direito de expressar o que pensamos. A arrogância dos governantes da religião e a autoridade que eles impõem sobre as pessoas reprimem a liberdade.

Compreendi que não receberia hoje a resposta à pergunta de meu amigo Oldenburg.

Decidi viajar a Jerusalém, para procurar o Rabi Schmuel Primo Levi, a fim de ouvir de primeira fonte se realmente estavam ocorrendo os grandes eventos que prenunciavam o retorno dos judeus à sua terra. Pensei que em uma questão tão decisiva não convinha confiar a informação às benesses da bastante difundida comunicação por cartas. Em nossa época, não se pode saber nitidamente se no caminho da remessa ao destinatário não interveio um fator adicional e modificou o conteúdo da carta no sentido que lhe serve. Por isso é preciso agir com muito cuidado, porque neste assunto próximo ao meu coração, todos falsificam documentos, os que creem no rei-Messias, por um lado, e os hereges, por outro. Há cartas que foram escritas ontem e modificadas intencionalmente hoje, porque houve acontecimentos entrementes, e o que escreveu quis adequar-se à nova situação e ocultar o que escreveu ontem.

Ainda falarei muito e em detalhes sobre cartas e documentos em que abundam a falsificação e a mentira.

Com Rabi Schmuel Primo Levi em Jerusalém

Na primeira semana de 1666, Sabatai Tzvi, o rei-Messias, partiu de Esmirna para Constantinopla. Após alguns dias, eu já caminhava como um vento tempestuoso pelas ruas estreitas e as vielas do bairro judaico de Jerusalém.

Depois de uma viagem exaustiva de duas semanas, passei por casas e construções pobres que estavam afundadas uma na outra, criando uma espécie de construção grande, complexa e confusa, que suga a pessoa para dentro com facilidade e a deixa perdida. Com energia e vigor, meu corpo moveu-se como de hábito de um lado ao outro, meus pés batendo com força no calçamento, para que eu não escorregasse na pasta lamacenta de restos de neve e granizo. Os olhares que investigavam para todo lado procurando saber para onde ir, o nervosismo de meus movimentos e meus trajes, chamando a atenção das pessoas solitárias que encontrei nas vielas escuras, tudo isso testemunhava a meu respeito que eu viera de longe. Dois rapazes apontaram para uma casa pequena e em ruínas, a casa do Rabi Schmuel Primo, para onde dirigi os meus passos. O Rabi Schmuel Primo me recebeu com alegria e entusiasmo, como se eu fosse um companheiro antigo que tivesse chegado de visita após muitos anos. Das missivas isoladas que trocamos naquele período, ele sabia da minha fé no rei-Messias, porém reconhecia e apreciava especialmente a grande ajuda que dei aos emissários de Jerusalém, que vinham a Amsterdã a fim de arrecadar dinheiro para os pobres da Cidade Santa.

Após uma magra refeição, que não era suficiente para saciar a minha fome, em geral grande e intensa, sentamo-nos para uma conversa pela qual eu esperara tanto tempo. Rabi Schmuel, totalmente apegado aos milagres do Messias e da Redenção, e eu, que ainda mantinha relações com sábios e pensadores de diversos países, mas, não obstante, ele sentia grande proximidade a mim. Liberou-se dos preparativos febris para a sua próxima viagem a Constantinopla, lugar de seu encontro com seu ungido Sabatai Tzvi, que lá chegaria com seus companheiros mais íntimos, vindos de Esmirna.

Não há uma fonte melhor do que Rabi Schmuel para ouvir detalhes sobre o rei-Messias Sabatai Tzvi, quando ele deverá tomar a coroa do sultão turco e conduzir os judeus à sua terra. Mas Rabi Schmuel ainda não estava pronto para uma conversa relevante e prática. Seus pensamentos vagavam alternadamente para as alturas e para as profundezas. Parecia-me imerso em exaltada elevação, em que há uma confusão dos sentidos. Ele balbuciava e eu olhava para ele sem pronunciar uma sílaba sequer, porque temia atrapalhar. Mas, por fim, quando lhe perguntei se já havia sinais da Redenção próxima, soou-me mais claro.

Registrei por escrito os detalhes da nossa conversa imediatamente após a minha volta de Jerusalém, e fui ajudado por alguns de meus amigos judeus na formulação das coisas e na sua vinculação às fontes que me eram parcialmente estranhas.

– Na última noite vi a lua minguante – contou Rabi Schmuel, e me pareceu discernir a melodia que acompanhava todo o tempo os seus murmúrios. – A lua estava minguante e quase desapareceu – continuou, e também explicou. – Sinal da *Schekhiná*, o espírito divino, cuja luz lhe foi tomada e ela foi enviada ao exílio. – E aqui Rabi Schmuel acentuou cada palavra: – Tal como a lua, assim também a *Schekhiná* sem luz própria, ilumina com a luz solar que nela se reflete. Somente com a vinda da Redenção a lua voltará à sua luz total, e a *Schekhiná* voltara à sua grandiosidade. Você não está vendo? – perguntou, e seus olhos brilharam na fé ingênua como a de um menino. – Passeie os olhos em torno, meu ilustre Senhor Serrarius, já brilham muitos sinais no ar e penetram na escuridão. Justamente agora, quando a lua está imersa na escuridão, eles anunciam os passos da Redenção...

Assenti com a cabeça, interessado, para estimulá-lo a continuar, e Rabi Schmuel sussurrou para mim como se me associasse a um grande segredo: – Contam entre nós que nas noites o Santo Bendito Seja se lembra dos seus filhos e deixa cair duas lágrimas que fervem mais que toda chama no mundo, e elas congelam a água no mar. E então irrompe um lamento do Santo Bendito Seja e abala os 390 universos. E desperta o vento setentrional do Jardim do Éden, carrega consigo uma chama que chega ao nosso mundo, e ela bate sob as asas dos galos e estes acordam para cantar à meia-noite. Esta é a hora em que todos nós somos ordenados a acordar e a nos ocupar dos segredos da *Torá*, fazer orações e súplicas e entoar cânticos para a *Schekhiná* que permanece no exílio. E então, a partir do meio da noite, a *Schekhiná* entoa cânticos de louvor e exaltação ao Santo Bendito Seja e ambos conversam. Esta é também a hora do acasalamento sagrado.

– Acasalamento sagrado? – perguntei com ansiedade.

– Sim, quando a sexta *sefirá*, a central, que é denominada de *Tiféret* – a beleza divina – e a décima *sefirá*, que é denominada de *Malkhut* – o reino de Deus, se acasalam.

– Não entendo, Rabi Schmuel, não entendo... – balbuciei.

Para dizer a verdade, eu sabia a respeito das *sefirot* dos meus estudos da Cabala no *Zohar* e no ensinamento do Ari. Deus, ou o *Ein-Sof*, o "sem-fim" como é denominado pelos cabalistas, emana a sua força oculta em dez estágios. Ele se revela na Criação em dez degraus diferentes que são as *sefirot*. Porém tudo está unificado na unidade de Deus como uma "chama presa à brasa". Assim é em todos os livros da Cabala.

Não é este o lugar para me estender. Mencionarei apenas que certo dia, em julho de 1661, quando levei pela primeira vez Heinrich Oldenburg a Spinoza, à casa onde ele vivia então em Rijnsburg, o jovem pensador nos surpreendeu ao nos explicar em minúcias, entre outras coisas, a teoria das *sefirot*.

Antes que eu continue a relatar as palavras de Rabi Schmuel, é meu desejo trazer aqui, em resumo, o teor da minha conversa e de Oldenburg com Spinoza, como eu a anotei depois de sua conclusão. Spinoza nos abriu uma fresta para a compreensão das *sefirot* na Cabala, e eu pude assim acompanhar com muita facilidade as palavras de Rabi Primo, em meu encontro com ele em Jerusalém.

Oldenburg e eu estávamos surpresos. Perguntei a Spinoza:

– O que um homem da razão como você tem a ver com o desenho das *sefirot* do mundo da Cabala?

Spinoza enfatizou que também o sábio Avraham Cohen Herrera, a quem amava e respeitava, explicara o segredo da Criação pela emanação das forças ocultas de Deus nas *sefirot*, ainda que tivesse expressado a concepção da Cabala em termos tomados da nova filosofia platônica.

Isso nos parecia muito estranho, e Oldenburg perguntou:

– Como é possível a ligação entre a Cabala e a nova filosofia platônica?

Spinoza, à semelhança de um mestre que não deseja sobrecarregar os alunos excessivamente, nos explicou que a Cabala absorvera a ideia da emanação da nova teoria platônica, que também de acordo com ela a Criação ocorre por meio da emanação. Assim como na Cabala o *Ein-Sof* emana Sua força oculta por meio das *sefirot*, na nova teoria platônica o "Um" emana o *noûs*.

– O quê? – exclamei admirado.

Spinoza nos explicou que o "Um" é a fonte da existência, é o bem supremo, completo, e ele emana o *"noûs"*, que é a inteligência ou o universo das ideias. O *"noûs"* emana a alma e as almas únicas, e estas emanam de dentro de si o universo dos corpos. Na nova teoria platônica e também na Cabala, a Criação ocorre dentro da emanação, em uma espécie de estágio. E aqui Spinoza nos surpreendeu com uma pequena confissão:

– A ideia da emanação na Cabala me cativa — disse.

– Por quê? – perguntamos ambos, curiosos.

– Porque na Cabala a natureza emanada de Deus está muito mais próxima de Deus, da identidade com Deus, do que nas religiões que creem na Criação do mundo a partir do nada.

E então Spinoza voltou a Herrera e disse num tom de elogio:

– A Cabala de Herrera fala de Deus que se torna um mundo.

Spinoza estava sentado, pensativo. Pareceu-me perceber o que o cativara naquela emanação do mundo pelo *Ein-Sof*. Ela não era idêntica, porém havia nela algo próximo ao seu ensinamento, que Deus e o universo são uma coisa só.

Spinoza não se satisfez com as suas breves palavras de explicação. Seu caráter cuidadoso levou-o a acentuar para nós que a questão das *sefirot* aparece de forma distinta na Cabala do Ari. O estágio da emanação das *sefirot*, o estágio da revelação de Deus ao seu próximo na Criação, não é o primeiro estágio do Criador. No primeiro estágio, em vez de Se revelar, o *Ein-Sof* contraiu-se de

Si para Si mesmo, e deixou aquele espaço livre, chamado *tehiru*, em que viria a ocorrer o estágio da emanação e da Criação. E assim, apenas depois que o *Ein-Sof* Se ocultou e Se contraiu, veio o segundo estágio da emanação das *sefirot*, de Criação dos universos.

– Ou seja, apenas porque o Infinito Se contraiu e ocultou-se dentro de Si Ele poderia Se revelar? – perguntei.

– Exatamente – respondeu Spinoza, e acrescentou: – Herrera, no entanto, interpretou o *tzimtzum*, a contração, não como tal, mas como exemplo, como um conceito percebido na inteligência humana, mas disso falaremos em outra ocasião...

Após a conversa, Oldenburg me disse admirado:

– Você percebeu? Spinoza tem simpatia por Herrera. Convém ouvir a respeito, ainda mais de sua boca.

Concordei com ele.

Volto ao meu encontro com o Rabi Schmuel Primo Levi em Jerusalém no início do ano.

Foi uma situação surpreendente, a ponto de ser ridícula. Eu estava sentado diante do cabalista Rabi Schmuel. Ele falava de Redenção, de acasalamento sagrado entre a *Schekhiná* e o Santo Bendito Seja, das *sefirot*, enquanto na minha mente fluíam um pouco as palavras de Spinoza sobre Herrera, e a relação entre a Cabala e a nova filosofia platônica.

Rabi Schmuel continuou a falar sobre o acasalamento sagrado como se as suas palavras fossem automaticamente compreensíveis:

– A *sefirá* da beleza divina – *Tiféret* – é o masculino da Divindade, e a última *sefirá* – *Malkhut* – o reino divino, é o feminino da Divindade, é o espírito divino, a *Schekhiná*. Quando eles se acasalam, é o acasalamento entre o masculino e o feminino da Divindade...

– Estas coisas não são heresia? – perguntei. E em meu coração brotou o temor de que Knorr von Rosenroth recebesse estas questões eróticas do desejo como palavras vãs que não têm lugar na Cabala.

Enviei a Von Rosenroth esta parte da conversa, e acrescentei as dúvidas que me afligiam. A sua carta de resposta foi direta e clara:

> Ilustre homem de valor, amigo muito querido, senhor Serrarius.
> Tudo, tudo, tudo! Envie-me tudo! Meu culto amigo. Por favor, não filtre nada, pois é forte o meu desejo de conhecer e de saber tudo o que o senhor viu, tudo o que ouviu e leu junto a essas pessoas estimulantes. Eu insisto, não hesite em me escrever a história do apego deles ao Messias Sabatai Tzvi em todos os seus tons, o que pensaram, o que disseram e o que fizeram. Assim ser-me-á mais fácil compreender o escrito que tem uma profundidade oculta e que lhes serviu de força condutora. Também me envie opiniões contraditórias a estas; assim como as suas hesitações e dúvidas, me são elas muito importantes. Eu amplio agora as minhas propostas e anseios em relação ao senhor. Grande e generoso será o mar tempestuoso e dele extrairei pérolas para mim. Toda informação, mesmo que lhe pareça sem importância, é uma pequena pedra na parede do palácio da Cabala. Por favor, lembre-se, eu o recompensarei generosamente.
> Concluirei aqui e aguardarei a sua carta.
> Sou-lhe devotado de coração e alma.
>
> C. K. V. Rosenroth.

Recebi, portanto, autorização para escrever de modo mais livre e sem entraves. Continuei a colocar no papel a descrição do meu encontro com Rabi Schmuel em sua casa, em Jerusalém, e tentei ser tão exato quanto possível nos detalhes do diálogo que se desenrolou entre nós.

Rabi Schmuel estava tomado de um desejo muito intenso. De olhos fechados continuou a falar sobre o acasalamento sagrado do Rei com a sua dama, a *Schekhiná*, que na época do exílio separou-se de seu esposo, o Santo Bendito Seja.

–Veja – disse-me com vigor –, a *Schekhiná* que se exilou é como o povo de Israel que foi exilado. Contudo, é possível encontrar na Criação uma alusão a este exílio, quando Deus Se exilou de Si para dentro de Si, contraiu-Se e deixou um lugar vazio, *tehiru*, dentro do qual foi criado o mundo. Ou seja, toda Criação tem seu início no exílio e somente o novo acasalamento da *Schekhiná* com o seu esposo restaurará a situação ao seu princípio perfeito e trará a Redenção.

– Este acasalamento, será que há também alguma prova nos escritos? – perguntei cuidadosamente ao meu amigo interlocutor, cujo rosto irradiava sonambulismo, mas quando falava me parecia absolutamente desperto.

– No livro do *Zohar* a *Schekhiná* é "a mulher superna" – assim me contou ele —, ela é a essência de tudo o que é feminino no mundo, ela é o feminino eterno. E já disse o sábio Rabi Yossef Gikatila que a *Schekhiná*, na época de Abraão, denominava-se Sara, e na época de Isaac, Rebeca, e nos dias de Jacob, Raquel. As forças divinas se unificam quando a *Schekhiná* se une no acasalamento sagrado com o masculino da Divindade.

As ilustrações da Cabala, segundo Rabi Schmuel, pareciam mover-se todo o tempo, sem que se detivessem em um único ponto sólido capaz de me conferir uma sensação de clareza. Como é possível compreender, sem um ponto de apoio?

— Ou seja — eu disse, a fim de estar certo de que havia entendido —, a décima *sefirá* é a fêmea e a sexta é o macho, é isso?

E novamente Rabi Schmuel me confundiu: — Antes de responder à sua pergunta, devo dizer algumas palavras sobre uma questão importante, a do justo...

— O justo? — perguntei desesperançado. — E o que tem a ver a questão do justo com o acasalamento sagrado?

— Não estamos falando de um justo de carne e osso, mas do Santo Bendito Seja, "o justo do mundo", conforme foi denominado nos livros de nossos sábios, o verdadeiro justo. Ele é especial para a *sefirá* que antecede a última, a nona *sefirá*, denominada Yessod — "a base de todas as forças ativas em Deus". O justo é a base do mundo e sobre ele o mundo se sustenta, ele é a fonte da vida e a árvore da vida. Por isso a força fértil da vida fundamenta-se na nona *sefirá*.

— Ou seja, esta *sefirá* destaca uma atividade masculina na Divindade...

— Sim, sim.

— Mas antes o senhor disse que o masculino é a sexta *sefirá*, a beleza divina —, observei com vontade de apegar-me finalmente a algo estável, mas Rabi Shmuel continuou:

— É verdade que a sexta *sefirá*, a beleza divina, é uma atividade do masculino divino, mas esta atividade se transforma, na nona *sefirá*, na força da procriação, na força da frutificação e da multiplicação. Esta é uma *sefirá* que simboliza como que o órgão sexual do homem, para dentro do qual fluem as *sefirot* superiores, e esta abundância de vida flui da *sefirá* de Yessod para dentro da *sefirá* feminina, a Schekhiná...

Meu companheiro, o rabino Manassés ben Israel, que demonstrava um grande apreço pela Cabala, me contou pela primeira vez, há anos, que as descrições de amor no Cântico dos Cânticos são interpretadas entre os cabalistas como um relato de amor entre Deus e a *Schekhiná*. Além disso, ele me confirmara com certeza que o livro do *Zohar* realmente transforma o texto do Cântico dos Cânticos em uma descrição de acasalamento sexual da Divindade consigo própria.

Rabi Schmuel Primo Levi repentinamente se entusiasmou e como que saltou de dentro de si. Seus olhos saíam das órbitas, mas não era medo que deles se refletia e sim júbilo e satisfação.

– Quão ardentes são as descrições que o Santo Bendito Seja faz de sua amada *Schekhiná* – cantarolou, e imediatamente iniciou uma viagem festiva entre os versículos do Cântico dos Cânticos. E eu recorri mais tarde à *Bíblia* hebraica, a fim de colocar as suas palavras no papel: "A uma égua entre as bigas do Faraó já te comparei, minha amiga; belas tuas faces entre brincos circulares, belo teu colo entre colares". Rabi Schmuel me olhou como se esperasse a minha reação. Brilhando de felicidade voltou-se para mim com a intenção de me convencer: – O Santo Bendito Seja ama cada parte do corpo dela, cada membro: "Seus dentes [são] feito um bando de ovelhas brancas que vêm saindo do lavadouro; feito metade de romã são suas faces por trás do véu; o redondo de suas coxas como as curvas de um adorno, obra do torno de um artífice; seu ventre um acúmulo de trigo emoldurado de rosas; feito um fio escarlate seus lábios; seu pescoço uma torre de marfim feito a torre de David, construída para altivas seteiras; seus dois peitos como dois filhotes gêmeos de uma corça". – Assim ele louva o seu corpo: "Seu porte como o da palmeira e seus peitos são iguais a cachos". O ar está totalmente repleto de anseios fortes pelo toque desejado de sua amada esposa...

Depois Rabi Schmuel deixou-se levar pela descrição feita pela *Schekhiná* de seu amado, o Santo Bendito Seja, descrições do amor divino da mulher pelo homem. "Suas pernas pilares de alabastro firmes nos pedestais de ouro; seu semblante semelhante ao Líbano sobressaindo como os cedros; sua cabeça ouro fino, ouro de lei, seus cabelos racimos de palmeira de cor negra feito o corvo; seus lábios parecendo rosas, úmidos de mirra liquescente; seus braços torçais de ouro crivados de crisólitos de Társis..."

O rosto de Rabi Schmuel brilhava de felicidade, e as descrições ardentes aqueceram o seu coração e o seu corpo. Quase com devoção, continuou a descrever as revelações do desejo feminino da *Schekhiná* por seu amado divino. "Meu amado é para mim, entre meus seios dormirá; eu dormia e o meu coração vigiava; já despi minha túnica, de novo a terei de vestir? Já lavei os meus pés, de novo os terei de encardir? Meu amigo levou a mão até a fresta, minhas entranhas por ele estremecem; levantei-me para abrir ao meu amigo e minhas mãos úmidas de mirra..."

Havia algo de especial e estranho nestas descrições que brotavam da boca de Rabi Schmuel. Descrições físicas e sensuais são em geral recebidas por nós como verdadeiras, como tomadas da nossa realidade próxima. Porém, neste caso, as descrições de amor da Divindade em termos de mulher e homem, justamente elas me pareceram imaginárias e ornamentadas de mistério.

Rabi Schmuel acrescentou palavras do *Zohar* sobre a *Schekhiná* no seu saudoso anelo pelo esposo:

"Meu esposo vinha a mim e deitava entre os meus braços, e tudo o que eu lhe pedia e todos os meus anseios ele cumpria, neste momento, quando vinha a mim e colocava em mim de seu turbilhão e divertia-se entre os meus seios".

Este capítulo das relações ardentes entre o Santo Bendito Seja e a Sua noiva, a *Schekhiná*, ou o povo de Israel, Rabi Schmuel completou com o livro do *Zohar*, com as últimas palavras de Rabi Schim'on bar Yokhai antes de sua morte, as quais ensinaram que não há Sion, mas há o útero da *Schekhiná*, em que o Santo Bendito Seja gera a bênção ao mundo.

Apressei-me a enviar o material a Knorr von Rosenroth, e sua resposta foi emocionada:

> Cada palavra é um tesouro oculto, ajuda na percepção de coisas que desejo esclarecer.

Ele me instou a registrar por escrito também o final da conversa. Assim, anotei a segunda parte da minha conversa com Rabi Schmuel Primo Levi em Jerusalém. Lembro-me que eu quis interromper seu vôo pelo céu, que é todo Deus e *Schekhiná*, e a palpitante história do amor entre ambos. Eu queria fazer perguntas sobre fatos da vida a cujo respeito, duas semanas antes, não obtivera resposta de Spinoza. O que acontece com o rei-Messias, aos seus fiéis e aos processos presentes e futuros. Mas Rabi Schmuel se ateve às suas coisas, ainda entregue ao seu sonho.

– Na Cabala do Ari, nosso mestre sagrado, a *Schekhiná* tem duas revelações – disse emocionado. E fui novamente arrebatado.

– Quais são estas revelações? – perguntei.

– Raquel e Lea.

– O que significam? – admirei-me.

– Na primeira revelação, a *Schekhiná* é exilada e fica longe do Santo Bendito Seja, abandonada e distante, e na segunda revelação ela volta e se acasala com ele.

– Mas o que estas coisas têm a ver com a nossa vida? – insisti.

– Temos o hábito das preces noturnas de *Tikun Hatzot**, as orações de restauração – tentou explicar –, inicialmente o *tikun*

---

* "As Lamentações da Meia-Noite", orações pela restauração do Templo e expressão de angústia pelo exílio da *Schekhiná* (Presença Divina). A primeira parte é

de Raquel. Levantamo-nos à noite e envolvemos o rosto e, como sinal de luto, passamos sobre nossa testa cinzas dos fornos, inclinamos a cabeça e cobrimos o rosto com o pó da terra. Este *tikun* é todo um lamento pelo exílio da *Schekhiná*.

– E o *tikun* de Lea?

– Vem após o de Raquel, e nele há hinos litúrgicos que não abordam o exílio, apenas as esperanças da Redenção. Com feições sonhadoras os lábios de Rabi Schmuel murmuraram palavras de um conhecido hino, em que o Santo Bendito Seja estimula e tranquiliza a sua *Schekhiná*: "Minha filha... de uma terra distante reunirei os teus dispersos... e te vestirei de bordado e te envolverei em rico tecido..."

– Mas se chegou a Redenção, qual é o sentido do *tikun* de Raquel? – perguntei.

– Realmente, não há mais sentido em dizer o *tikun* de Raquel, porque a *Schekhiná* já se ergue de seu pó, e todo aquele que está de luto por ela é como se estivesse de luto no *schabat*.

– Se é assim, então os senhores só cumprem o *tikun* de Lea...

– Realmente – confirmou Rabi Schmuel de olhos fechados –, porque estes são os dias da Redenção, e nosso rei-Messias, Sabatai Tzvi, estabeleceu um novo hábito: em vez de lamentações, cânticos de alegria e melodias de consolo. E ele enviou aos seus amigos este novo *tikun*.

Fiquei um pouco aliviado. Confirmou-se para mim que a fé dos crentes na Redenção próxima e que os atos do Messias, em transcurso nesses dias, eram ainda mais fortes do que antes. Pois por isso eu havia feito uma trajetória tão longa.

---

chamada de "Tikun de Raquel", e a segunda de "Tikun de Lea", em referência às duas esposas do patriarca Jacó (N. da T.).

Sofia me dissera mais de uma vez que ela gosta da forma como eu falo. Disparo rajadas de palavras ritmadas e movo os braços com força para todos os lados. – Mas a sua cabeça, Peter, a grande cabeça com cachos cinzentos, está plantada como um carvalho em seu pescoço espesso, sem que você possa movê-la para a direita ou para a esquerda. E então, quando você se volta para os lados, a cabeça e os ombros se movem como um bloco. Isso é um pouco amedrontador, porém muito divertido...

Agora eu estava sentado congelado em minha cadeira, e me calei. Rabi Schmuel não sabia e talvez não quisesse saber o motivo prático de minha visita. E assim continuei a aguardar que expressasse o que tumultuava o seu coração, mas ele não interrompeu o seu vôo.

Depois de suas histórias envoltas em expectativas de Redenção, começaram as histórias da luta contra Satã, o *sitra akhra* – o outro lado – como o denominou, e a expulsão de demônios, espíritos e demais forças más. Ouvi a respeito dos demônios que, de acordo com a tradição, foram criados antes do início do *schabat* e não lhes foi dado corpo, e por isso, desde aquele momento, eles se arremetem sobre os seres humanos, à procura de um corpo para si. Ouvi sobre as "pragas dos seres humanos", que são demônios nascidos de um acasalamento defeituoso do primeiro homem com espíritos femininos por ele engravidados, e sobre demônios que nasceram de atos de masturbação ou por polução noturna.

– No *Zohar* – assim me contou Rabi Schmuel com ardor – é mencionada Lilit, a rainha dos demônios, que junto com as suas companheiras excitam o instinto dos homens para que lhes nasçam corpos do sêmen que é desperdiçado. Desse modo, o mau uso da força da procriação, como os atos de masturbação e de polução noturna, dá ao *sitra akhra* – Satã – a sua força, e causa o nascimento de demônios danosos, enquanto o acasalamento do homem com a sua esposa, de forma correta e limpa, é sagrado.

E novamente Rabi Schmuel voltou a Lilit e contou trêmulo que ela é uma fonte de perigo também para o acasalamento puro do homem com a sua esposa. Falou comigo como alguém que quisesse me ensinar comportamentos úteis de vida. Por isto frisou que, para afastar Lilit do leito conjugal, utilizam-se palavras mágicas originárias do *Zohar*. Apressei-me em anotar as palavras, tanto quanto pude, porque pensei que Von Rosenroth se interessaria muito por elas. E assim dirá o homem quando está se acasalando com sua esposa:

> Envolta em veludo – será que você está aqui? / Permitido! Permitido! / Não entre e não saia! / Não é seu e não lhe pertence! / Volte, volte, o mar está revolto / suas ondas a chamam...

Rabi Schmuel explicou-me que o mar e suas ondas são aqui mencionados porque os abismos marítimos são o lugar onde Lilit habita, e descreveu o final do ritual:

> E cobrirá a sua cabeça e a cabeça da esposa até uma hora... e depois que completou o ato derramará água fresca em torno do seu leito.

Entreguei todo este amplo material a Sofia para que ela o verificasse, organizasse e encurtasse, antes de ser enviado a Von Rosenroth.

– São coisas muito importantes – disse Sofia –, especialmente para Von Rosenroth, porque das profundezas da Cabala irrompem sentimentos tempestuosos de pessoas que procuram Redenção, e eles estão voltados contra forças destrutivas ocultas.

Sofia me pareceu muito entusiasmada com o material que eu lhe trouxera.

– Estes pensamentos e hábitos estão justamente ligados à vida sexual – esclareceu em um tom simpático. – Veja, Peter, também a guerra contra o mal, como o anseio pela união de Deus com a Sua *Schekhiná*, encontram expressão no sexo.

Espantei-me com a visão rápida e profunda que ela possuía das coisas.

– É espantoso – Sofia continuou – que tanto Sabatai Tzvi, rei-Messias em quem você crê, meu caro Peter, e também o seu inverso absoluto, Spinoza, que você admira, estejam ambos totalmente isentos de sexo.

As palavras de Sofia aqueceram o meu coração. É provável que somente uma mulher seja capaz de me encaminhar em direções que absolutamente não me vieram à mente. Aproximei-a de mim, e quando ela estava envolta em meus braços, beijei-a nos lábios e acariciei o seu cabelo liso.

– Acasalamento divino – riu Sofia, mas logo ficou séria.

– E o que ocorreu no final do encontro? – perguntou curiosa. – Por acaso aconteceu aquilo que motivou sua ida a Jerusalém, saber sobre o grande movimento pela boca de seus sacerdotes?

– Amanhã escreverei a respeito do final do encontro – prometi-lhe, e assim fiz. Recompus as histórias entusiásticas de Rabi Schmuel sobre os acontecimentos do Messias do Deus de Jacob em dezembro de 1665. As histórias que dele ouvi eram para mim um elixir de vida e dissiparam as dúvidas de meu coração, de que realmente o Messias estava para vir.

Eis o que escrevi:

– Em Esmirna há um ambiente de festa – exclamou em voz alta Rabi Schmuel Primo Levi –, são dias abençoados, ilustre Serrarius. Informaram-nos de Alepo, que o profeta Elias foi visto na velha sinagoga. Também em Esmirna centenas de pessoas o viram andando pela cidade. E o nosso Messias Rabi Sabatai Tzvi retardou a festa de circuncisão na casa de Avraham Gotiyeri, porque percebeu que Elias ainda não havia chegado, e somente quando Elias chegasse e Rabi Sabatai o visse, daria autorização para iniciar a celebração. E conta-se que muitos avistaram, com seus próprios olhos, uma coluna de fogo no meio do dia e também à noite. A lua surgiu para um homem e ela era totalmente um fogo vermelho, para outro, o céu se abriu e ele viu com seus próprios olhos um portal de fogo e, em seu interior, uma pessoa, e a imagem era a de Sabatai Tzvi com uma coroa na cabeça. E um mercador holandês contou que, com seus próprios olhos, viu mais de duzentos profetas, homens e mulheres, tremendo, agitando-se a ponto de perderem os sentidos, e eles clamavam que Sabatai Tzvi é o verdadeiro Messias e rei de Israel, que conduzirá o povo de Israel à Terra Santa... e até o ilustre herege, o rico Haim Peña, quando voltou para casa, encontrou as duas filhas tremendo, com espuma nos lábios, tomadas de tonturas, e elas profetizavam e murmuravam: "o sábio Sabatai Tzvi está sentado em um trono, no céu, com uma coroa sobre a cabeça, coroa, coroa, coroa..." Isto estimulou o rico Haim Peña a modificar a sua opinião e a reconhecer Sabatai Tzvi como rei-Messias. Haverá testemunho maior do que este? Já se ouviu algo semelhante? O herege é um homem sábio e também ele se tornou um crente?

– E o feito dos dois emissários que foram de Constantinopla para Esmirna e tinham em seu poder um documento em pergaminho dourado, com uma declaração de todos os judeus, de que Sabatai Tzvi é seu rei e de que a ele haviam confiado as suas almas. Pediam-lhe que antecipasse a sua vinda à capital, porque o grande sultão queria vê-lo. E contaram os emissários que Elias se revelou ao chefe dos rabinos da capital, e lhe mostrou fora da cidade um exército de infantaria e de cavalaria. Disse-lhe Elias: estes são os exércitos de Israel. E Elias mostrou-lhe o nosso mestre Sabatai Tzvi descendo do céu e sentando-se no trono de ouro enfeitado de safiras e diamantes, e o rei proclamou que a Redenção havia chegado aos judeus e pediu que celebrassem.

Rabi Schmuel suspirou profundamente e acrescentou com paz de espírito, como se houvesse pousado, vindo de universos superiores:

– Estas coisas enchem o meu coração de emoção ante a minha viagem a Constantinopla para me juntar ao rei-Messias, quando ele estiver a caminho para tomar a coroa do sultão turco.

Tais foram suas palavras e elas verteram em mim a segurança que eu buscava.

Decidi enviar as minhas anotações a Von Rosenroth, a fim de que soubesse o que eu sabia. Também para o meu amigo Oldenburg, que questionara Spinoza sobre o mesmo assunto e não recebera resposta, decidi transmitir as palavras de Rabi Schmuel. Era preferível que recebesse a descrição dos grandes eventos de uma fonte muito mais fidedigna do que Spinoza.

Enviei essas alvíssaras também a todos os meus conhecidos. Estava tomado pela febre de redigir folhetos e missivas a Hamburgo, a Frankfurt, a Livorno, a Casale, a Veneza, a Londres e a outras cidades. Era importante que os que me eram próximos soubessem: encontrávamos-nos diante do evento mais sublime da sabedoria humana, e a mão divina conduzia o mundo à Redenção.

Sofia leu, entrementes, o que eu havia escrito sobre a minha conversa com Rabi Schmuel. Estava claro para mim que lhe seria difícil digerir assuntos que escapavam ao pensamento natural. Ela conversou comigo de forma muito amistosa e explicou a sua posição:

– Serrarius, meu homem da sabedoria, não precisaremos sequer de Spinoza, que faz pouco de milagres e maravilhas, a fim de compreender que estes feitos maravilhosos são imaginações do espírito. Basta que recordemos a revelação terrível dos rabinos de Constantinopla, que investigaram e descobriram uma oficina especial para a falsificação de cartas sobre milagres e maravilhas. Pode haver algo mais abalador, milagres e maravilhas que são pura falsificação? E não somente isso, mas os falsificadores vendem tais cartas por dinheiro vivo, e as mentiras falsificadas incandescem a imaginação das pessoas. Uma pedra se agrega a outra e assim se constrói um palácio de milagres e maravilhas e seguindo-se a ele muitos outros palácios e, por fim, também os falsificadores começam a acreditar nas suas próprias falsificações. É um mundo de sonhos, estando-se acordado. E as missivas são enviadas de toda parte para toda parte, e todas contam o que todos querem ouvir.

Eu sabia que, apesar da relação reservada de Sofia com as coisas extraordinárias que me enfeitiçavam, ela continuaria a ficar do meu lado. Em sua opinião, a fé no Messias, como todo fenômeno que tem defeitos e maravilhas, deve ser examinada para que se possa compreender as suas motivações e aceitá-la como uma questão humana. E como é bem sabido, toda questão humana não nos é estranha.

Depois que Sofia acabou de redigir todas as minhas anotações do meu encontro com Rabi Schmuel Primo Levi, enviou-as a Knorr von Rosenroth e ao meu amigo Oldenburg em Londres.

Passadas algumas semanas, recebi de Knorr von Rosenroth, por um emissário, um pagamento em dinheiro, uma grande quantia. Enviei a metade a pessoas da comunidade de Jerusalém, porque Rabi Schmuel já se encontrava distante de lá, com o rei-Messias Sabatai Tzvi e sua esposa Sara, na fortaleza em Galipoli. Remeti a segunda parte a um dos meus amigos cristãos, próximo de mim e de Benedictus Spinoza. Acertei com ele que transferiria o montante a Spinoza em dois pagamentos anuais, sem indicar a identidade do remetente.

Resposta de Spinoza

Em minha conversa com Spinoza em Voorburg, não recebi, como foi mencionado, uma resposta sobre as minhas indagações e as perguntas de nosso amigo comum, Heinrich Oldenburg. Viajei a Jerusalém e ali encontrei a resposta.

Uma espécie de prazer travesso me satisfez. Era o pensamento de que Benedictus Spinoza, sem que soubesse disso, aproveitasse o dinheiro cuja origem estava nas palavras do cabalista Rabi Schmuel Primo Levi, que eu havia enviado a Von Rosenroth.

Um dia depois que recebi a paga de Von Rosenroth, Sofia me entregou repentinamente uma carta de Spinoza, em cuja abertura ele destacava um importante item adicional sobre o quadro *Tehiru* : "Tive ciência recentemente que também a palavra David se encontra no pergaminho". Fiquei muito curioso para saber o significado deste indício, mas a continuação da carta se ocupava da resposta de Spinoza às perguntas de Oldenburg, que haviam chegado com atraso de alguns meses. Por isso li a missiva de um só fôlego, do início ao fim.

– Uma resposta obscura e escapadiça – suspirei quando acabei de ler. Sofia tirou a carta de minhas mãos e, como se conhecesse o seu conteúdo, começou a lê-la em voz alta com os acentos de um mestre que tenta inculcar em seus discípulos um texto que eles têm dificuldade para entender. De sua boca as palavras pareciam totalmente diferentes. Um jato de água fria esfriou as minhas esperanças messiânicas. Ouvi Sofia ecoando em suas palavras:

– Os judeus não têm atualmente nada que possam atribuir a si mesmos diante dos outros povos. Ela olhou para mim com olhos irados, como se tivesse me derrotado em uma disputa difícil entre nós, e começou a golpear:

– Se você quis a opinião dele, recebeu. Os judeus não têm no momento nenhuma missão com conteúdo mundial. Meu caro Peter, você não quer e talvez não haja em você a força para ler as palavras claras e nítidas da carta. Posso continuar? – ela me maltratou com um sorriso, e eu anuí com a cabeça.

– Apesar de estarem espalhados por muitos países – continuou Sofia –, os judeus conseguem se manter há tantos anos, o que é digno de nota; porém, na verdade, isso acontece porque eles se distinguem dos demais povos nos hábitos externos, algo que desperta em relação a eles o ódio das nações, e realmente os preserva. A circuncisão apenas tem igualmente o poder de manter este povo para sempre. Ademais, considerando que as pessoas vivem mudanças e trocas, existe realmente uma possibilidade de que algum dia, na época certa, eles restabeleçam o seu reinado, e Deus os eleja novamente. A vida das pessoas gira numa longa corrente de motivos e consequências. É provável que se desdobre de tal forma que os judeus estabeleçam a sua nação. Porém, se isso acontecer, o evento terá causas naturais e não se dará por atos milagrosos.

Tentei encontrar pontos de luz no quadro sombrio.

– E apesar disso – disse eu –, ele só expressa a sua opinião, mas não diz absolutamente nada sobre os boatos e testemunhos de que na realidade esteja ocorrendo algo grande...

– A única grande coisa que ocorre na realidade é que o Messias, entrementes, está na prisão turca em Galipoli – Sofia cortou as minhas palavras como uma navalha –, o ano do Messias em grande parte já passou e não há nenhum milagre à vista. Mas vocês não se referem aos fatos tais como são e, como lunáticos, denominam a prisão de Sabatai Tzvi de fortaleza, como se fosse a torre de um vencedor...

Eu não quis entrar em discussão com Sofia. Como sempre, assim estou convencido, as pessoas não interpretam os fatos pelo sentido que está profundamente oculto neles.

– E mais uma coisa – continuou Sofia –, os acontecimentos na superfície, como vocês os veem, são para ele questões vãs, porque na opinião dele o messianismo é uma alucinação. Tudo na história ocorre por causas naturais, de acordo com as leis da natureza, e não com coisas contrárias às leis da natureza.

– O retorno dos judeus à sua terra, vindos de todas as dispersões, não é um evento excepcional?

– É um evento natural que pode acontecer – disse Sofia, tranquila e confiante –, mas não haverá nem milagres, nem maravilhas, nem o advento do Messias e nem a loucura que está consumindo atualmente tudo o que é bom. Será um evento como todos os eventos da história, resultado de um desenvolvimento natural.

Sofia me beijou levemente nos lábios, como uma mãe depois de repreender o filho pequeno. E então convocou novamente Spinoza a fim de debilitar a minha fé em signos, em milagres e maravilhas a respeito da vinda do Messias.

Naquele período Sofia me passara anotações de Spinoza, do *Tratado Teológico-Político*, obra de que ele então se ocupava, para que eu os mandasse copiar. De acordo com as palavras de Sofia, ela se convencera do que havia lido. Em minha opinião, ela prezava o que lera.

Quando Sofia falou, pareceu-me como alguém que se municiou de armas modernas que lhe dão confiança.

– Meu caro Serrarius – ela me disse –, sua opinião é como a opinião da massa, segundo a qual o poder de Deus se revela quando ocorre na natureza algo que contradiz suas leis. Como se uma realidade de Deus, Seu desejo e Seu poder recebessem comprovação total quando a natureza não cumpre suas leis.

– Não tenho vergonha de crer nisso, que Deus revela o Seu poder crescente sobre as leis da natureza – eu disse me desculpando.

Sofia riu:

– Ou seja, em sua opinião, enquanto a natureza se comporta conforme o seu hábito, Deus fica ocioso; e, ao contrário, quando Deus age, a força da natureza e as causas naturais se anulam. Como se existissem duas forças separadas uma da outra: de um lado, uma força divina, de outro, a força da natureza.

– Sim, penso desta forma.

– E você está enganado – disse ela, e ouvi Spinoza falar de sua garganta –, as leis eternas da natureza são decisões divinas que decorrem da obrigação da natureza divina e de sua inteireza. Por isso, se você disser que Deus age em oposição às leis da natureza, com seu ilustre perdão, estará dizendo uma bobagem, uma grande besteira.

– Uma grande besteira?

– Sim, como se você dissesse que Deus age em oposição à Sua natureza.

– Mas será que o fato de Deus não ser capaz de modificar as leis da natureza não testemunha uma falha em Sua força?

– Ao contrário, se Deus modificasse as leis da natureza, isso seria um testemunho para o fato de Ele ter criado uma natureza defeituosa, que precisa ser modificada, o que é inaceitável pela mente. Pois as leis da natureza são decisões divinas, ou seja, elas não têm medida e não necessitam de nenhum apoio e ajuda.

– A conclusão é grave – respondi –, pois não há na natureza nenhum acontecimento que não decorra das leis da natureza.

– Certo e correto. E quando você fala de milagre, meu caro Serrarius, você fala apenas de uma coisa cuja causa natural você desconhece. E, além disso, pode-se deduzir a realidade de Deus e Sua providência justamente da ordem fixa e imutável da natureza.

– No entanto, a Redenção está vinculada a signos, a milagres que não são naturais.

– De maneira alguma! Tudo será pelo modo natural, e se ocorresse algo que não fosse natural, que contradissesse as leis da natureza, isso contrariaria a ordem que Deus estabeleceu na natureza para sempre, por Suas leis eternas. Algo que contradiga as leis da natureza levaria você à heresia ante Deus.

Era claro para mim que numa conversa relevante Sofia teria supremacia, e que a conclusão óbvia seria que o milagre é uma bobagem absoluta.

Eu quis ler as anotações de Spinoza, mas não havia tempo para fazê-lo, por esse motivo me satisfiz com o que ouvi de Sofia. Para concluir, decidi tentar arregimentar para o debate as Escrituras Sagradas.

– Mas, apesar disso, as Escrituras Sagradas estão repletas de milagres – eu disse.

– Também nelas o milagre é um feito natural, que é elevado ou considerado elevado ao alcance humano — reagiu Sofia. – Assuntos que você considera milagres, são nas Escrituras Sagradas apenas coisas naturais.

– Por exemplo?

Sofia respondeu rapidamente:

– Por exemplo, quando Deus disse a Noé que faria o arco-íris. Na realidade, trata-se aqui de uma ação natural de refração dos raios do sol em gotas de água. Ou o caso do sol que pára em Guibeon e a lua no Vale de Aialon, como se o sol e a lua tivessem se detido, como se tivessem interrompido seus movimentos, mas não houve nenhum milagre aí. Hoje sabemos que o sol em absoluto não se move, conforme os hebreus acreditavam na época de Josué. Ele está parado, enquanto o globo terrestre não repousa, como se pensava então, mas se move em torno do sol. Por isso, aquele dia foi simplesmente um dia mais longo que o comum. Ou seja, quando é mencionada na Bíblia a palavra divina, ou uma decisão divina, trata-se de uma ação natural.

Sofia adorava Spinoza. Com que fidelidade ela se pronunciava sobre as palavras dele. Também as palavras de Hobbes foram por ela trazidas naquele momento com este mesmo temor respeitoso. Será que havia alguma relação? Fiquei com um pouco de inveja. Estou convencido de que ela não cita as minhas palavras com simpatia. Mais de uma vez ela me seduz para que eu dê ouvidos às palavras de Spinoza, talvez os sons de um novo mundo. Sofia, minha cara, digo-lhe, a minha fé é a verdade. Ela beija a minha fronte com um beijo infantil, e responde clemente: – A sua verdade é mais uma sombra no meio das sombras do universo que envelhece... e você já não percebe isso...

Fiquei ocupado a noite toda na decifração do indício "David", do *Tehiru*.

"David" me conduziu primeiramente ao "Messias, filho de David". Imediatamente descobri também que "David", no jogo do valor das letras, corresponde a "mão", 14. Voltei ao indício anterior que Spinoza me enviara, "E os esclarecidos resplandecerão", cuja segunda parte é "como o esplendor do firmamento". Juntei "resplandecerão", que vale 228, a "como o esplendor", que vale 232, e obtive 460, e eis que a metade, 230, equivale exatamente a "Tehiru". E quanto aos 230 da segunda parte? "David" equivale a "mão", que vale 14. Faltam-nos 216 a fim de chegar a 230, que se encontra em "O Ari", que vale 216. Assim teremos "a mão do Ari", alusão ao Ari no quadro que está no topo do monte em Safed e acena com a mão.

Pensei em meu íntimo se isso não seria uma alusão nítida.

Eu estava feliz.

– Há Ari e também há *Tehiru* – exclamei para Sofia com entusiasmo. E ela, tranquila e tolerante, me respondeu.

– Você os encontra no lugar onde quer encontrá-los.

Sofia não capta todas estas alusões, e talvez isso seja bom para mim. Aqui é o lugar e o momento para registrar por escrito a história de como conheci Sofia, o planeta em torno do qual se movem os meus atos e pensamentos há muitos anos. Sem ela muitas coisas em minha vida pareceriam diferentes.

A Missiva

Retorno a um dos dias do outono do ano de 1650, quando recebi uma curta missiva que modificou inteiramente a minha vida.

Foi no auge dos dias repletos de atividade febril para o avanço da ideia do Messias, minha e dos meus companheiros. Conto sobre aqueles dias a fim de explicar a dimensão do choque que me atingiu com o recebimento da carta decisiva.

Já em janeiro do ano anterior, quando o puritanismo na Inglaterra estava no ápice, o casal Cartwright fez um ato merecedor de apreciação. Estes meus amigos, ingleses puritanos de Amsterdã, apresentaram ao governo britânico um pedido de ajuda para que os filhos de Israel voltassem à terra que fora prometida como legado eterno aos seus antepassados. Na petição havia também instância para anular o édito de expulsão dos judeus da Inglaterra, expedido 350 anos antes, de modo que pudessem negociar e viver nesse país. Para muitos, o ato pareceu espantoso, porém eu arregimentei todas as minhas forças a fim de apoiá-lo. Na Bíblia hebraica, que meus companheiros e eu adotamos, encontramos uma promessa feita aos judeus, de que o reino de Israel viria a todas as nações do mundo quando o povo de Israel retornasse à Terra Santa. Então, acreditamos,

Israel aceitaria a religião cristã, e o Messias se revelaria pela segunda vez.

Também na mente de meu amigo Manassés ben Israel, o grande e sábio rabino, havia a ideia messiânica em uma versão um pouco diferente da minha, naturalmente. Tudo começara alguns anos antes, em um encontro incomum com um dos conversos à força, o viajante judeu Antônio de Montesinos, que eu levei à casa de Ben Israel em Amsterdã.

Ambos nos admiramos com a história do viajante, que nos contou a respeito das tribos indígenas nas ilhas da Índia Ocidental, que preservam os preceitos dos judeus.

– São os filhos da tribo de Rúben, das dez tribos perdidas – contou ele entusiasmado.

Estávamos encantados com a história espantosa. Antônio fizera uma cansativa viagem de uma semana pela selva, pelas montanhas e pelos rios, com um guia índio que, por fim, também revela o seu segredo, que é dos filhos de Israel. E o auge da história se dá quando o judeu-índio promove o encontro de Antônio com uma comunidade de índios barbados e falantes de hebraico, que até mesmo proferiam diariamente a oração *Schemá Israel*.

Não haveria nestas notícias um sinal de algo grande, cujos primeiros passos estavam se aproximando? – perguntamos a nós mesmos.

Hoje, vinte anos depois, parece-me que por vezes acreditamos nas coisas que gostamos de ouvir. A dúvida aninhou-se em meu coração: não seria o homem de visões uma mentira?

– Tudo isto é verdade? – estremeceu a voz de Ben Israel.

– Vi com os meus próprios olhos.

Manassés ouviu e ficou aliviado. Índios barbados e falantes de hebraico, que rezam o *Schemá Israel* diariamente? Como é possível pôr isto em dúvida? Pois ele, com os seus próprios olhos, vira os vestígios das dez tribos.

– Por acaso você poderia contar esta história também para os amigos da comunidade? – perguntou Manassés.

– Estou pronto até a jurar – respondeu Antônio com segurança.

E realmente, dois dias depois, antes do anoitecer, na sinagoga em Amsterdã, Antônio de Montesinos assinou uma declaração de juramento, de que suas palavras eram a verdade.

Absorvi muita força e fé da reação resoluta de meu amigo, o culto e sábio Manassés ben Israel. Também ele crê nas coisas que parecem extraordinárias e até opostas à lógica humana.

A história de Antônio levou Rabi Manassés a escrever em espanhol o seu extraordinário *Mikvê Israel* (A Esperança de Israel), que surgiu em Amsterdã naqueles dias agitados do ano de 1650. Em seu livro, ele anunciou que as palavras dos profetas, sobre a eternidade de Israel em todas as suas dispersões, se realizaram e que mesmo as dez tribos perdidas surgiram na América do Sul. O coração de meu amigo pendeu para a crença de que se os judeus habitassem em todos os países do mundo, somente então se reuniriam todos os dispersos de Israel dos quatro cantos da terra e viria o Messias, conforme as palavras do profeta. Por isso, este homem grande e querido considerava que era preciso permitir aos judeus voltar para a Inglaterra, e com isto cumprir-se-ia o que está escrito no livro de Deuteronômio 28, 64: "E Deus te dispersará por todos os povos, de uma extremidade da terra à outra". E "extremidade da terra", assim estava ele convencido, era a Inglaterra, em que não havia judeus. Ou seja: enquanto não fosse dada autorização aos judeus para viver na "extremidade da terra", não viria o Redentor.

Eu e meus companheiros de fé, que aguardávamos o reinado dos santos e acreditávamos que o retorno a Sion deveria abranger as dez tribos, acatamos as opiniões de Manassés com vontade. Por isso, pouco tempo após o surgimento do seu livro, ajudei-o em seus contatos oficiais com a missão inglesa, que fora enviada à Holanda a fim de selar um pacto de união com os holandeses. Oliver Cromwell, o comandante e governante inglês, sabia bem da contribuição decisiva dos judeus ao comércio internacional, e esperava poder obter deles a fortuna de que o governo muito necessitava. Das minhas fontes na Inglaterra eu sabia de suas intenções em aproveitar as ligações dos mercadores judeus com as nações do mundo, para receber deles informação sobre os planos comerciais dos países inimigos. A maior parte da sua atenção estava voltada para os mercadores, aos donos de navios e aos intermediários judeus de Amsterdã, que ajudaram os holandeses em seus sucessos. Cromwell queria muito que estes judeus se transferissem para a Inglaterra, para que a ajudassem na concorrência com a Holanda. Portanto, instruiu a missão a encontrar-se também com Manassés ben Israel.

Devido às boas ligações com alguns dos puritanos influentes na Inglaterra, estive presente em todos os encontros, e tive a impressão de que existia uma possibilidade factível para efetivar a volta dos judeus à Inglaterra. Estimulei, pois, o meu amigo a apresentar uma petição oficial ao conselho da nação.

Contudo, eu não tive dúvida de que a bem-sucedida e orgulhosa Holanda responderia negativamente à proposta de união com a Inglaterra, e assim foi. Cromwell, cujos sentidos lhe prenunciavam uma guerra próxima contra a Holanda, apressou-se em enviar um passaporte ao rabino Manassés a fim de que viesse e, com o grande talento de persuasão de que era dotado, influenciasse os círculos importantes de Londres a aceitar o seu programa. O sábio rabi instou para que eu viajasse com ele, a fim de "lhe abrir portas" com meus amigos próximos do poder. Concordei imediatamente, convicto de que estava desfrutando do privilégio de participar de uma grande missão que promoveria a vinda do Redentor.

Coloco as coisas por escrito não para descrever uma história pessoal, mas para derramar luz sobre o mundo complexo em que vivi, sonhei e teci os meus ousados projetos.

Eu ainda me preparava para a grande viagem e a minha cabeça estava voltada para os altos assuntos do mundo, quando chegou a mim aquela missiva que mudou a minha vida, e este era o seu teor:

>Ao excelentíssimo e ilustre senhor
>Peter Serrarius
>
>Ilustre senhor
>   Necessito vê-lo o mais rápido possível.
>Apesar do muito tempo que se passou desde que nos encontramos, estou certa de que se lembrará de mim.
>No aguardo de sua rápida anuência,
>A filha de Juan e Branca da Costa
>Amsterdã, 9 de outubro de 1650.

No ardor dos acontecimentos senti uma tempestade de flocos de gelo atirados repentinamente e com vigor contra mim, meu corpo congelou, meus pensamentos turvaram...

A filha de Juan e Branca da Costa? Não seria Maria? Aquela menina bonita, de cabelo preto e olhos verdes? Eu a encontrara com a mãe na casa do Rabi Manassés em meados dos anos de 1630. Desde o primeiro instante, Maria não demonstrara simpatia por mim. Ao contrário, até sentira aversão.

Mas começarei com Juan e Branca da Costa, os pais de Maria.

Juan, cerca de quinze anos mais jovem do que eu, nascera em 1595 em Portugal, em uma família rica e prestigiosa de convertidos à força, "cristãos-novos". Seu pai, um dos importantes mercadores de especiarias de Portugal, pertencia ao grande grupo de conversos, cujos membros se assimilaram à sociedade católica e lhe foram fiéis. Os membros da família receberam a melhor educação que era dada naquela época aos ricos e Juan, que fora educado como católico em todos os sentidos, estava também impregnado da nova cultura, cujos brotos começaram a surgir lentamente em diversos lugares da Europa. Conheci-o ainda jovem, depois que sua família se mudara em, 1601, de Portugal para um lugar mais tolerante, Amsterdã, quando os conversos que o desejassem foram autorizados a sair de Portugal rapidamente e a vender os seus bens.

Juan, como todo intelectual jovem daquela época, falava livremente sobre o fato de a Terra girar em torno do Sol, como Copérnico havia estabelecido, e não o contrário. Sabia das pesquisas de Tycho Brahe sobre as órbitas dos planetas, sobre os primeiros telescópios que Lippershey e Galileu Galilei construíram e sobre as primeiras observações das manchas solares, da Via Láctea e dos anéis de Saturno, efetuadas por Galileu com a ajuda do seu telescópio. Juan estava também atualizado com relação à nova descoberta de Johannes Kepler, segundo a qual os planetas giram em torno do Sol, em órbitas elípticas e não circulares. Mas é interessante, o jovem Juan, o cristão-novo de origem judaica, comportava-se como um intelectual muito cuidadoso e foi justamente ele quem levantou a questão se não haveria um fragmento de heresia nas descobertas de Kepler. Pois a Igreja estabelecia que as formas geométricas perfeitas são circulares e não elípticas, que não são completas. Daí se deduz que Deus, que criou órbitas perfeitas, criou-as circulares.

Por isso Juan perguntava: – Como são possíveis as órbitas elípticas de Kepler?

Quando Juan estava com cerca de trinta anos e soube que a Inquisição compelira Galileu, seguidor do sistema de Copérnico, a voltar atrás publicamente em suas ideias, seguindo-se à desqualificação do sistema pela Igreja, parou de falar desses assuntos, mesmo em um lugar como Amsterdã tido como o mais aberto e livre. Realmente, Juan era um intelectual temeroso. Crescera e se tornara um homem de cultura e um cristão crente, uma combinação que me agradava. Todavia, a sua obediência religiosa não era uma fidelidade entusiasmada, nem tampouco uma dedicação por submissão, mas uma política familiar, pois assim era mais fácil realizar negócios em todos os países, inclusive nos católicos. E a família realmente fazia ótimos negócios. O pai, que mantinha relações comerciais ramificadas pelo continente, era um dos empreendedores da Companhia Holandesa das Índias Orientais, em correspondência imediata à companhia inglesa, que fora fundada dois anos antes. Era uma empresa extremamente poderosa, que recebera exclusividade do governo holandês para negociar com a Ásia. De seu centro, na Batávia, a empresa controlava cerca de cento e cinquenta barcos comerciais, e protegia os seus interesses com a ajuda de uma força militar de cerca de quarenta navios de guerra e aproximadamente dez mil soldados. A família Costa, das mais ilustres e prestigiosas e dona de grande influência na Holanda, era proprietária de grande parte das ações da companhia. E era também uma família muito generosa.

Juan seguiu a tradição familiar, e doava para diversas instituições religiosas cristãs e outras culturais que se dedicavam à atividade científica. Porém, o meu amigo, Rabi Manassés ben Israel, me contou que Juan havia doado secretamente, mais de uma vez, à editora hebraica que Manassés estabelecera em Amsterdã. Mais tarde contribuíra também para a academia rabínica fundada pelos irmãos Pereira, que era dirigida por Manassés. Também doara em segredo a outras instituições da comunidade judaica na cidade. Por que secretamente, perguntei-me. Pois na sua posição e em Amsterdã, que não era Portugal ou Espanha, poderia fazê-lo abertamente.

Como Juan, também Branca era filha de uma família de conversos que viera a Amsterdã procedente de Portugal. Porém, em contraste absoluto com a família Costa, os membros da família Serrano, como a maioria dos convertidos à força, voltaram abertamente ao judaísmo ao chegarem ao novo lugar. Haviam sido no passado cristãos-novos e agora passaram a ser judeus-novos. Durante toda a vida Branca carregara nos ombros o pesado fardo do passado familiar, um passado de conversos, como eram denominados os convertidos à força na Espanha e em Portugal, ou pelo nome pejorativo de marranos, ligado à palavra porco. Os pais dela, que em Portugal comportavam-se como cristãos em todos os sentidos, ao chegarem mais tarde a Amsterdã, não eram mais cristãos verdadeiros, tampouco eram judeus verdadeiros. Em Portugal buscaram as suas raízes judaicas, mas o temor da Inquisição que levara à fogueira alguns de seus amigos, os impedira de viver como desejavam. Na primeira oportunidade que se lhes surgiu, o pai, o médico Diego Serrano, decidiu mudar-se para Amsterdã com a família a fim de concretizar o sonho de viver uma vida comunitária judaica sem medo, sem pressões religiosas, mas também sem extremismo excessivo. Não é fácil desligar-se do passado cristão, assim como não é fácil recomeçar uma vida judaica.

Branca recebera uma educação judaica sem o rigor de um cumprimento rigoroso dos preceitos. Seus pais, à semelhança de outros conversos de Portugal, estavam desligados das demais comunidades judaicas. Uma parte considerável dos preceitos lhes era desconhecida, ou fora desleixada em benefício dos costumes religiosos mais fáceis de serem cumpridos secretamente. Porém, na paisagem judaica de Amsterdã, Branca era uma judia como os demais irmãos e irmãs. Naquela época, todo aquele que acreditasse abertamente e sem medo no dito "A Redenção da alma não está em Jesus, mas na Lei de Moisés", era considerado judeu, mesmo se apenas conhecesse vagamente a Lei de Moisés. A jovem Branca não ocultava o seu judaísmo. Contudo, poucos seriam capazes de imaginar que esta jovem fosse judia. Seu rosto brilhante era ornado por ondas de cabelo cacheado, negro como carvão, e seus olhos verdes, espertos e insolentes, chispavam sobre todos que a viam.

Ouvi os detalhes que se seguem alguns anos depois, da própria Branca, em circunstâncias que destacarei mais tarde.

Juan encontrou Branca pela primeira vez quando estava aproximadamente com 28 anos, numa ocasião na qual ela acompanhara o pai médico em uma de suas visitas à casa da família Costa. Dois dias depois Juan enviou a Branca, de vinte anos, por intermédio de dois de seus serviçais, uma missiva curta com um pedido do qual transpirava um tom de ordem cavalheiresca:

> À ilustre senhorita
> Branca Serrano
> Muitas saudações
> Por favor, acompanhe os meus fiéis portadores desta mensagem e venha à minha casa.
> Seu, mui afetuosamente
> Juan da Costa

A missiva carregava uma dose nada desprezível de insolência e ousadia.

Branca atendeu ao pedido de Juan. Na minha opinião, este passo determinado e surpreendente de quem se encontra no topo da sociedade de Amsterdã, até agradou à moça. Talvez houvesse nela uma curiosidade para conhecer de perto o famoso converso que renegava o passado. Hoje estou certo de que o olor de aventura que exalava do bilhete a embriagara.

Depois que portas ornamentadas com enfeites de ouro se abriram uma após outra ante a jovem visitante, e um grande exército de serviçais correu de um lugar para outro em grande confusão, para prover a longa mesa com louça brilhante, com bebidas e comidas da cozinha da casa, Branca e Juan ficaram sozinhos na grande e bela sala da família Costa.

Juan lhe propôs casamento. Ela não se surpreendeu e nem se atemorizou. Branca conhecia o seu próprio valor. Em sua jovem idade já se defrontara mais de uma vez, com sucesso, com diversas tentações. Tranquilamente, com voz calma e segura respondeu:

– Preciso de uma semana para decidir.

– Uma semana? – perguntou Juan ferido pelo espanto. – Amanhã!

Branca, porém, não se rendeu. – Uma semana – disse e se pôs de pé, como se se tratasse de um negócio entre mercadores, em que neste momento se estabelecera o preço final.

Pela primeira vez Branca encontrara um homem mais orgulhoso e firme do que ela.

– Amanhã, nem mais um dia – disse Juan e, com elegância, fez com que ela se sentasse à mesa. Cearam fartamente sem acrescentar nenhuma palavra a mais sobre a questão, mas Juan, com sua esperteza, dirigiu a conversa para assuntos pelos quais qualquer pessoa curiosa se interessaria. Contou-lhe sobre as diversas cidades que havia visitado por causa dos negócios e, como que por acaso, mencionou aquelas em que floresceram comunidades judaicas, como Constantinopla, Salonica, Esmirna, Livorno e Hamburgo. Admirou-se com o grande interesse que Branca demonstrou por suas histórias sobre as novas descobertas científicas que trazem progresso ao mundo. Mantiveram uma conversa vivaz e fluente, como se ambos se conhecessem há muito.

E então chegaram os momentos que Branca jamais esqueceria. Talvez os mais difíceis de sua vida.

Com frieza e uma reserva características de homens de negócios, Juan lhe apresentou uma incumbência quase impossível, uma difícil e cruel decisão. Como quem está disposto a comprar mercadoria e estabelece condições impossíveis ao vendedor, Juan lhe explicou, em voz casual e tranquila, que a família de conversos Costa, cujos negócios abrangiam o mundo, cuidava criteriosamente para que não se juntasse a ela ninguém com algum traço judaico capaz de interferir no seu caminho. Por isso estabelecia uma condição para o casamento com ela: Branca deveria renunciar ao seu novo passado judaico e voltar a manter um modo de vida cristão, como fizeram os seus pais conversos em Portugal, se bem que naqueles dias fosse permitido manter em Amsterdã uma vida judaica aberta.

Em que medida a força pode ser repulsiva? Lembrei-me das palavras de Sêneca: "Quem possui força excessiva, procura uma força que supere a sua".

Branca e seus pais passaram uma noite de vigília. Haviam sido lançados contra a vontade a águas ferventes e, mesmo se conseguissem delas sair bem, ficariam com as queimaduras.

Branca não conseguiu resistir ao encanto da vida que a família Costa seria capaz de lhe oferecer, e tampouco seus pais ignoraram este fato. Estavam convencidos de que, sob as asas da rica família, sua filha gozaria de segurança e riqueza. Espantosamente, Branca fora atraída pela força que Juan irradiara no encontro em sua casa. Mesmo quando ele sorria, falava por frases curtas e cortantes. Mulheres são por vezes atraídas por homens fortes. Por outro lado, o jovem Juan sabia proporcionar muito calor, possuía modos delicados de cortejar que uma moça judia não conhecia naquela época. Era culto e rico, uma combinação que era o sonho de toda jovem judia de boa casa. Nas três horas que passara na casa de Juan, imagino que Branca se apaixonara por ele.

Branca precisou trilhar um pequeno caminho para trás, para o lugar de onde há não muito tempo haviam chegado seus pais conversos, e novamente fingir.

Foi um casamento que deu expressão à história triste e incomum dos judeus nos países em que viviam e cuja vida é, de todo modo, falsa.

Com o tempo, Branca tornou-se uma conversa em casa de conversos. Secretamente, porém, ela mantinha alguns hábitos judaicos que conhecia. Não posso imaginar uma vida mais dolorida. A bela e orgulhosa Branca se cuidava muito, não por medo dos caçadores da Inquisição, que perseguiram os seus pais em Portugal, mas por medo de judeus conversos que pensavam apenas em seus negócios e pelos quais estavam prontos a pisotear tudo o que estivesse em seu caminho.

Branca vivia com um vazio que exauria as suas forças. À semelhança de um fruto bonito e cobiçado, no qual penetra um verme, eliminando lentamente tudo o que está ao seu redor e deixando um espaço pútrido, assim também no amor, um pequeno vazio cresceu nela e a corroeu como um verme na fruta. E conforme o tamanho do espaço, tal era o tamanho do desejo de preenchê-lo. O espaço fez nascer em Branca uma fome de vida que ela foi obrigada a abandonar.

Dois anos após o casamento, o casal viajou em uma missão da família para Esmirna. Juan estava à testa do ramo turco do reino da família Costa. A família possuía sentidos desenvolvidos e eles sinalizavam que Esmirna estava para se tornar um dos grandes centros comerciais, já que a guerra entre a Turquia e Veneza atrapalhara as rotas marítimas para Constantinopla. O jovem casal se encontrou, portanto, na cidade e porto de Esmirna, na companhia de muitos mercadores que vieram da Itália, Holanda, França e Inglaterra. Como os demais negociantes, os Costa também tiveram de recorrer aos serviços dos agentes judeus de Esmirna, que dominavam várias línguas e podiam ajudar na criação de laços em diversos países. Juan empregou um agente judeu de muita energia chamado Mordekhai Tzvi que viera da Grécia e até estabeleceu laços de amizade com ele.

Eram dias agitados. Os negócios prosperavam, mercadorias passavam de mão a mão, de um porto a outro e de uma cidade a outra, e a família em Amsterdã, assim como Juan, estava satisfeita com o que se fazia na cidade turca.

Esta vida vibrante, porém, que aparentemente tinha tudo a que um casal jovem aspirava, revelou também aquele vazio de insatisfação e falta de felicidade.

Maria nasceu no sábado, véspera da festa de *Schavuot*, dia 6 de *Sivan* do ano judaico de 5386 (1626), um ano depois que Juan e Branca chegaram a Esmirna. Branca estava convencida de que o dedo de Deus conduzira as coisas de tal forma que a filha deles nascesse na festa de *Schavuot*, data em que cristãos e judeus se alegram. Foi o que ela me contou alguns anos mais tarde. Para mim a festa de *Schavuot* era uma data de grande aproximação com os meus amigos judeus, pois é a festa de Pentecostes, que marca a data em que Deus emanou o espírito divino sobre os apóstolos, enquanto os meus amigos judeus nela celebram a entrega da Lei. Branca via na filha que nascera em *Schavuot* um símbolo da situação complexa e carregada em que ela própria estava envolta.

Dois meses mais tarde, nasceu o segundo filho de Mordekhai Tzvi, o agente de Juan. Como ele nasceu no sábado, foi chamado de Schabtai. Era o sábado do dia 9 do mês judaico de Av, dia da destruição do Segundo Templo, data do nascimento do Messias. Isto eu sabia de meus amigos cabalistas de Jerusalém, e por essa razão, quando do nascimento de Sabatai, Maria ouvia as crianças gritando em meio ao riso, "Messias Sabatai". Alguns até o alcunharam de louco, porque o seu comportamento lhes parecia muito estranho. Maria contou aos pais que Sabatai era dado a mudanças de estado de espírito. Por vezes, estava imerso em grande depressão, e assim todos se afastavam dele com medo de suas reações assustadoras e irritantes. Mas quando seu estado de espírito era elevado, sempre havia um grande grupo de crianças ao seu redor, ouvindo as suas histórias, imitando os seus atos e também obedecendo às suas instruções.

Quando Maria estava com cerca de dez anos, a família voltou para Amsterdã. Juan encarregou Mordekhai Tzvi da próspera agência comercial que havia construído e que fora bem sucedida graças a ele. Mordekhai empenhou-se em manter boas relações com a família que dominava o mundo todo. Era bastante inteligente para compreender que isso seria conveniente e ignorou o fato de que a família dos ricos voltara as costas ao judaísmo. Pelo visto havia adotado para si o dito popular, cuide de seus negócios e seus negócios cuidarão de você. Para muitas pessoas os negócios vêm antes de tudo.

Durante cerca de 35 anos a família Tzvi manteve contato íntimo com a família Costa e, de vez em quando, encontravam-se, seja em Amsterdã ou em Esmirna.

Certo tempo após seu retorno de Esmirna para Amsterdã, encontrei pela primeira vez Branca e Juan com a filha única Maria. Isso ocorreu na residência do meu grande amigo, o Rabi Manassés ben Israel, que costumava receber em sua casa judeus e cristãos, pessoas de cultura e ciência e homens de negócios, que possuíam em comum a sua posição ilustre e o seu poder de influenciar. Até Hugo Grotius, cujo nome era pronunciado com admiração por todos, encontrei certa vez na casa de Ben Israel. Ficar na companhia do grande estudioso, cujo livro, *Sobre as Leis de Guerra e da Paz*, foi como uma rajada de vento no direito internacional, uma experiência emocionante. E, naturalmente, também o meu amigo Rembrandt esteve ali presente várias vezes. Rabi Manassés orgulhava-se e vangloriava-se: – Meu grande amigo preparou quatro ilustrações em água-forte para o meu livro *Éven Tiféret* [Pedra da Glória] e não fez apenas isso: a minha imagem estava diante de seus olhos quando pintou O *Rabino de Amsterdã*.

Juan gostava de manter contato com pessoas cultas que encontrava na casa de Rabi Manassés e este, de sua parte, gostava da proximidade de Juan, por causa do apoio financeiro às suas atividades públicas variadas.

Branca me cativou desde o momento em que a vi.

Toda a população de Amsterdã sabia das circunstâncias em que se dera o casamento de Branca e assim, naturalmente, também eu. De modo natural, interpretei o sistema de relações entre ela e o marido como é certo interpretar relações que se originam na compulsão.

Naquela noite, na casa do Rabi Manassés ben Israel, Branca se me afigurou como se não pertencesse em absoluto a Juan. A tranquilidade de seu rosto me parecia como que uma tristeza, talvez infelicidade. Ela não reagiu de modo algum às palavras do marido, nem riu das suas inúmeras piadas e, se ficou irritada de repente, foi quando Juan falou sobre a rigidez dos rabinos de Amsterdã em relação aos membros de sua comunidade, por causa dos muitos éditos e proibições que eles publicavam. Rabi Manassés não disse uma só palavra, mas Branca respondeu com firmeza:

— A rigidez deles é a vontade de sobreviver, mas a rigidez dos homens da Inquisição é a vontade de compelir e dominar.

Juan lançou-lhe um olhar que semeou medo, mas ela continuou sentada alheia em sua poltrona, demonstrando interesse pela filha Maria, que exigia a sua constante atenção. Tentei divertir a pequena Maria, e concorrer com a mãe nos esforços de satisfazer a sua vontade. Maria, contudo, pareceu entender que eu demonstrava para com ela uma relação amistosa apenas a fim de agradar à sua mãe. Ela se mostrou indiferente a todos os meus esforços e aparentemente me abominou, já desde o primeiro momento.

Rembrandt contou que Juan, como os demais ricos de Amsterdã, lhe encomendara retratos de seus pais e pagara muito dinheiro por eles. No entanto, ele depois fora obrigado a recusar a solicitação de Juan que, entre pedido e exigência, era a de pintá-lo ao lado de Branca em um retrato, à semelhança do retrato duplo de Rembrandt com sua amada esposa Saskia, feito alguns anos antes.

O pedido de Juan me irritou muito. Eu conhecia o extraordinário retrato duplo de Rembrandt e de Saskia que é todo profusão de felicidade, amor e prazer dos prazeres da vida. Algo me impelia a negar a possibilidade de que Juan e Branca lavassem os meus olhos de forma semelhante, até mesmo a partir de um retrato.

A beleza de Branca confundiu o meu universo. Minha mulher morrera alguns anos antes e não deixara em mim sequer uma pequena lembrança de desejo, nem de beleza. Filhos, não me dera. Permaneci, pois solitário com ou sem ela.

Estes anos geraram em mim um anseio de ligar-me a pessoas jovens, talvez como substituição do laço com filhos que me fazia muita falta. Desejei Branca por causa da sua beleza e porque era 23 anos mais jovem do que eu. Eu estava com 56 anos quando a vi pela primeira vez. Hoje, trinta anos depois, entendo quão velho eu era, porque não entendi quão jovem uma pessoa de 56 anos podia ser. Eu queria, com um desejo incompreensível, conseguir rapidamente tudo o que havia perdido até aquele momento. Após algumas semanas, senti que o caminho da minha vida, dedicada a um objetivo sublime de missão em prol da Redenção, fora turvado pelo esplendor de uma mulher muito bonita.

Nos meses seguintes eu me convidava, por iniciativa própria, para a casa do Rabi Manassés cada vez que ficava sabendo que a família Costa estaria entre os convivas. Nas oportunidades isoladas e rápidas que passaram pelo meu caminho eu e Branca mantivemos breves conversas. Demonstrei interesse pelo seu modo de vida cristão, mas não ocultei as minhas boas relações com judeus ilustres de países diversos e o respeito que tenho por eles e seus dirigentes. Percebi que as minhas palavras a impressionaram muito.

Certa véspera de Pessakh, quando Juan estava como de hábito no Oriente a negócios, arregimentei forças em minha alma para convidá-la à minha casa. Em uma missiva particular que lhe enviei, escrevi explicitamente:

...Um desejo tenho, jovem:
Celebrar consigo o jantar da festa de Pessakh.

Pensei acertar o seu desejo oculto, que ela dominava à força durante todos os anos de sua vida com Juan. Comigo ela poderia estar segura de que ninguém saberia de seus atos. Pois apesar de toda a sua vida de fartura, nada a faria mais feliz do que a festa da noite de Pessakh.

E assim conclui a minha mensagem:

> Ilustre jovem,
> A senhora não precisa me avisar de antemão
> Se atender ao meu convite,
> Eu a aguardo de noite.
> Se vier, isto me dará grande prazer
> Se não, continuarei reconhecido...

Eu não sabia se ela viria, mas estava convencido de que se atendesse ao meu ousado convite, ela o faria em segredo; e se o fizesse em segredo, era sinal de que o desejava muito e confiava em mim; mais ainda, que ela confiava, mesmo sendo eu cristão, que se criariam entre nós relações de proximidade forte. Era o que eu mais queria.

Durante toda a véspera da festividade fiquei ocupado com os preparativos. Arrumei a mesa do *Sêder* cuidadosamente, de acordo com os costumes judaicos que eu conhecia. As comidas tradicionais, que comprei especialmente de meus conhecidos judeus, foram dispostas com destaque, como testemunho de que eu havia dedicado tempo e atenção aos detalhes. Preparei igualmente uma surpresa: a *Hagadá* de Pessakh copiada à mão, ornada e ilustrada por um artista, que eu adquirira há anos de um rico judeu. Deixei-a aberta na página em que se iniciava a segunda parte do *Sêder*, "derrama tua ira sobre os povos...". Na lateral da página aparecia uma ilustração do profeta Elias, anunciador do Messias, montado em seu jumento. Deste modo também eu senti uma proximidade especial com a *Hagadá*.

Fiquei sentado aguardando e quando uma pessoa espera, e espera, os pensamentos percorrem sua cabeça. A minha lógica dizia que ela viria, talvez porque eu quisesse isto com toda a minha vontade. Por outro lado, uma mulher casada, conhecida como cristã, na casa de um homem estranho, cristão, ambos celebrando uma festa judaica... era uma história absolutamente louca.

Branca chegou. Não sei qual de nós dois ficou mais surpreso.

Coisas que trazem alegria às pessoas vêm, por vezes, quando não se pensa absolutamente nelas, e então fica claro o quanto faziam falta. Assim foi também naquela noite. Pareceu-me naquele momento que Branca dava a entender com os olhos que aquela celebração modesta e oculta do *Sêder* era-lhe mais próxima ao coração do que coisas luxuosas, de que dispunha à vontade. Ela estava tranquila e lentamente começou a se expor. Leu em voz alta do meu livro de orações, que eu preparara de antemão, e pulou tudo o que não conhecia. O vinho fez sua parte, Branca estava com uma disposição alegre e reagiu a algumas das histórias tradicionais de Pessakh com uma piscadela. Ela me surpreendeu com seu senso de humor, contou piadas que ouvira na casa paterna e deixou escapar grandes gargalhadas que preencheram o espaço da sala. E eu me perguntei quando teria rido assim ultimamente.

A sua formação cristã chamou atenção noite inteira. Era natural que na casa do pai que judaizara, mas que carregava consigo o seu passado cristão, os símbolos cristãos encontrassem expressão irrefletida. Desde que Branca ingressara na família Costa, reconhecia-se o espírito cristão até nos seus modos e fala. Quando jantamos, falou do pão sagrado e referiu-se às *matzot* da festa de Pessakh. Confessou-me que no dia de *Iom Hakipurim* fazia tudo o que estava a seu alcance para rezar secretamente, não só pela expiação dos pecados, mas também por redenção e misericórdia, que, como cristão, me são tão bem conhecidas. As vítimas da Inquisição dela recebiam o título de "santos", como os primeiros cristãos. Branca me contou também que costumava rezar para a Santa Ester, a santa que lhe dava proteção e aos de seu povo. Quando eu lhe disse que somente cristãos utilizam tais conceitos, respondeu-me que a rainha Ester fora a primeira conversa, e por isso, com a sua santidade, ela defendia os conversos.

A noite de Pessakh foi um grande sucesso. Branca estava sedenta de tudo o que lhe fora roubado, principalmente de uma vida sem coação religiosa. Por isso era meticulosa em cumprir na minha casa as coisas que lhe proibiram fazer na sua. Ela me visitava com frequência e, no início, senti uma pitada de vergonha, porque esta mulher bonita vinha a mim não pelo que eu era, mas por causa do refúgio que encontrava em minha casa. Com o tempo, acostumei-me à ideia. Até me alegrava com o fato de ser eu, e não outra pessoa, quem lhe proporcionava o que tanto lhe faltava. No entanto, nunca houve dúvida em meu coração de que, com o tempo, viria o hábito e com o hábito viria também a relação íntima entre nós.

Em toda festa, quando Juan estava fora de Amsterdã, ela viria à minha casa mesmo sem avisar de antemão. Também as noites da véspera de *schabat*, quando ficava sem o marido ocupado, passávamos juntos conforme a tradição judaica, em tudo o que sabíamos e conhecíamos dela.

Tive um quadro real das relações dela com o marido quando me contou desgostosa sobre uma noite que jamais esqueceria. Juan a surpreendeu em seu quarto particular enquanto ela lia o tratado talmúdico *Sanedrin*. O grito de medo que lhe escapou iria acompanhá-la para sempre:

– Bobinha, você pode destruir a família!

Ele recolheu nervosamente as folhas e as atirou à lareira.

Branca zombou dele e também da explicação que ele deu imediatamente, do medo dos espiões da Inquisição espalhados por todo o continente, que recolhiam informações que poderiam ser prejudiciais aos negócios da família na Espanha, Portugal e Itália.

Este acontecimento estilhaçou a frágil relação que ela ainda mantinha com o marido. Parte da culpa eu assumo, pois fora eu quem lhe dera as maravilhosas páginas do tratado *Sanedrin*, que contam sobre o Messias que está sempre aguardando em um lugar oculto, à espera de revelar-se, enquanto se encontra à porta de Roma entre os mendigos e leprosos da "cidade eterna". Eu quis despertar-lhe o interesse pelo Messias, para que soubesse que ele já existe, se oculta em Roma, esta que destruiu o Templo Sagrado e dispersou o seu povo na diáspora. Estranho, tais palavras foram escritas há 1.500 anos, muito antes que nessa mesma Roma existisse um chefe da Igreja, representante do nosso Messias. Não haveria aqui uma proximidade oculta entre o Messias judeu, que aguarda a sua revelação em Roma, e o nosso Messias?

Eu tinha certeza de que Branca gostava de ler aquelas coisas, e esperava que as mesmas despertassem um desejo natural pela Redenção que viria ao mundo e a libertaria da sua prisão. A rudeza com que Juan a tratara, quando a vira lendo avidamente as linhas do tratado *Sanedrin*, eliminara os resquícios da ligação que existia entre eles. O grande Juan lhe parecia uma folha jogada ao vento, um homem bem pequeno, em que havia muita feiura.

Com o passar do tempo, deixou de dormir com ele. Tampouco sentia ciúmes do marido ou sequer curiosidade em saber se ele possuía outras mulheres nos países que visitava.

Esta era a vida monótona de Branca entre uma visita e outra à minha casa.

Vinha sofregamente ler o que lhe era proibido. Aqui, lia naquelas páginas do *Sanedrin* a excitante frase sobre o advento do Messias: "O filho de David somente vem na geração que é totalmente merecedora ou é totalmente devedora". A ideia de que o Messias pudesse vir também na geração que é toda heresia, licenciosidade, transgressões morais, a espantou. Como pode a Redenção ser uma destruição de tudo o que sabíamos até agora, desmoronamento dos valores e surgimento de um novo universo que não tem vinculação com o nosso?

Deixei-a ler trechos de um manuscrito que eu possuía do *Zohar*, a respeito do qual eu não contara a Von Rosenroth. Era um manuscrito raro, em que Rabi Yehudá Massoud transcrevera a obra para o hebraico, há cem anos. Assim, Branca leu a descrição do local do esconderijo do Messias que se revelará no fim dos dias. O lugar que se encontra em um dos átrios do Jardim do Éden e é denominado "Átrio do Jardim do Pássaro". Com avidez leu sobre os sofrimentos do Messias, que são as tribulações do povo de Israel e sobre a queima das forças do mal e da impureza nos dias da Redenção.

Com o tempo a questão da Redenção e do Messias transformou-se em uma base que nos unia. Pela primeira vez na minha vida eu soube até que ponto uma questão espiritual, que é totalmente expectativa e esperança, pode aproximar duas pessoas inclusive do ponto de vista físico. Em mim, devo confessar, havia todo o tempo o desejo de tocá-la, segurar a sua cabeça com minhas mãos, acariciar o seu cabelo. E eis que, sem eu perceber, estas pequenas coisas ocorreram no decurso da conversa e leitura conjunta de manuscritos interessantes, ou quando jantávamos juntos.

Quando nos deitamos pela primeira vez, foi aparentemente um acontecimento natural. Mas, ainda assim, com toda a felicidade envolvida, o meu mundo caiu. O desejo que tomara conta de mim me atemorizaria durante muitos anos.

Quando disse a Branca sobre a força da surpresa que senti quando nos deitamos, ela reagiu dizendo:

– Não houve surpresa nenhuma aqui.

E então ela me contou como um mestre ao seu aluno, a extraordinária história talmúdica que lera em minha casa, sobre a revelação da luz do Messias, que irromperia e brilharia, não de repente, mas lentamente. Com muita satisfação ela me contou sobre Rabi Hiya e Rabi Schim'on, que andavam ao nascer do sol no vale de Arbel, e viram o irromper da aurora. Disse Rabi Hiya: Assim é também a Redenção de Israel. No início vem pouco a pouco, depois ela irrompe, aumentando e multiplicando-se, e depois floresce...

Branca me ensinara um capítulo de vida. Ela comparou o momento em que nos unimos no leito à Redenção, que vem devagar e não desponta de repente. E então um sorriso se espalhou pelo seu rosto e ela me disse: – Todos os atos divinos não virão a um só tempo, mas como no caso de um doente que não se recuperará de uma só vez, apenas lentamente, até que se fortaleça.

A fim de aliviar-se da pesada carga e do sofrimento da culpa que sentia pelo pecado que cometera como mulher casada, Branca adotou um dos relatos do Ari de Safed. Ouvi-o pela primeira vez dos lábios dela, e ela o narrou com visível prazer:

> Certo dia, ao amanhecer, levantou-se um dos encarregados dos pecados, escolhidos pelos sábios de Safed, e de sua janela divisou uma mulher enfeitada saindo do pátio de sua casa. Seguiu-a e viu que ela entrou no pátio de um homem suspeito de trair a esposa. O encarregado apressou-se a ir à sinagoga a fim de contar aos demais encarregados sobre a

prostituta que vira pela manhã. Antes de abrir a boca, antecipou-se o Ari e lhe disse: Cale-se. A mulher que você viu está isenta de qualquer pecado. Por isso, para que as pessoas não a vissem, durante a madrugada, foi receber a carta e o penhor do marido que alguém vindo do Ocidente lhe trouxera. Quando o encarregado se prostrou ante os pés do Ari para pedir perdão, o justo o mandou prostrar-se diante da mulher e pedir perdão a ela, por ter suspeitado de gente honesta.

Branca estava certa de que o magnífico Ari sabia que a mulher, na verdade, tinha ido ao amante e, mesmo assim, como não havia uma prova conclusiva, inventara uma história e a isentara publicamente de todo pecado. – E talvez – assim disse Branca com uma pitada de esperança – aquele justo não visse nisso um pecado tão grande.

Apreciei a percepção clara e pura daquele homem misterioso, a que brotara das profundezas de sua alma delicada, pois logo pendera para o bom e o justo, enquanto a severidade sempre existe nos intelectuais. Talvez por isso eu esteja na realidade tomado pelos dois extremos, mas as minhas faces estão voltadas para as pessoas do enigma e do segredo, como o Ari. Branca me contou a respeito dele, que ele ouvira no gorjeio dos pássaros as vozes das almas dos justos que vieram ensinar a verdade.

Hoje, muitos anos depois daqueles dias, confesso que tais coisas ainda dominam o meu coração. Em oposição, as palavras de Spinoza excedem em lógica, mas não me conquistam facilmente. Assim, por exemplo, anotei para mim um trecho curto da conversa que mantive com ele há um ano em Voorburg. Spinoza discorria para mim sobre o caminho para alcançar a verdade e disse:

– A observação filosófica examina a mais pura verdade e discerne entre ela e o que é próximo da verdade.

— Aquilo que está próximo da verdade tem valor? – perguntei.

— Na vida nós nos satisfazemos também com o que está próximo da verdade – respondeu para surpresa minha.

— O que significa próximo da verdade? – continuei a perguntar.

— O próximo da verdade deve ser tal que seja possível pô-lo em dúvida, mas de modo algum negá-lo.

— Por quê?

— Porque uma coisa que pode ser negada não está próxima da verdade, e sim da mentira.

Maravilhoso, mas racional, racional demais. Existe a verdade, existe o que é próximo da verdade, e o intelecto observa ambos. Mas o homem do mistério encontrou a verdade no canto dos pássaros. Branca e eu gostávamos desta verdade, e eu a aprecio até hoje.

Barukh Spinoza

Retorno aos dias distantes do ano de 1644.
No auge da minha relação maravilhosa com Branca, eu estava preso aos encantos do Benedictus Spinoza de doze anos, Barukh, como era então chamado. Também hoje gosto de seguir a trilha de obstáculos de sua lógica. Confesso que em muitos assuntos costumo ouvir as suas opiniões e posições. Mesmo quando não me são cômodas e não me atraem, são entremeadas uma na outra, compondo uma ideologia que abrange o universo e tudo o que há nele.
Conheci-o quando ainda tinha oito anos, numa visita que fez com o pai Mikhael a casa do Rabi Manassés ben Israel. Desde o primeiro momento, o menino me espantou com o seu grande conhecimento do saber judaico, por seu anseio pela sabedoria das ciências e dos estudos gerais. Em especial surpreendeu-me a sua sapiência, a de um adulto. Mas, quando eu quis falar com Branca sobre o menino Spinoza, ela contorceu o rosto em aversão:
– Este menino é herege de nascença!
– Herege? – esbravejei. – O menino é um gênio, e aos gênios é permitido pensar também de forma diferente.

– O destino dele será como o de Uriel da Costa – disse com vigor.

Ela se lembrava bem das palavras inesquecíveis de Spinoza em um dos encontros excitantes na casa do Rabi Manassés. Spinoza tinha então apenas doze anos, e entre os convidados encontravam-se o meu amigo Rembrandt e seu patrono naquela época, Avraham Pereira, que havia comprado vários de seus quadros. Pereira, um dos mais ricos mercadores e donos de fortunas em Amsterdã, que mais tarde construiu a academia rabínica Hessed Avraham, em Hebron, gozava de uma posição especial. Não me lembro de que alguém houvesse discutido com ele em público, pois não convém divergir de uma pessoa tão afortunada e que também desfruta de uma posição de destaque. Poucos ousaram protestar contra ele, mesmo quando ofereceu toda a sua fortuna a Sabatai Tzvi, que se tornara conhecido como Messias.

Spinoza não economizou palavras arrojadas, não obstante a presença de Pereira.

Recompus as palavras do menino de doze anos alguns dias mais tarde. Meus sentidos me levaram a fazê-lo, porque eu jamais tinha ouvido um pensamento tão estranho e tal sabedoria, nem de um adulto e certamente não da boca de um menino de doze anos.

Trago aqui a minha anotação de suas palavras do modo como ela foi escrita:

19 de abril de 1644

No início da semana fui testemunha de uma conversa rara na casa de meu amigo Rabi Manassés ben Israel, da qual participou um garoto judeu de doze anos, de nome Barukh Spinoza.

Ao contrário dos meninos comuns da época, o pequeno Spinoza demonstrou muita simpatia por Uriel da Costa, que se suicidara com um disparo de pistola exatamente quatro anos antes. Ninguém dentre os presentes ao encontro podia negar o conhecimento incomum do menino Spinoza, que há cinco anos estudava na escola religiosa "Etz Hayim", e dominava a *Bíblia* com interpretação de Raschi, gramática hebraica, *Guemará*, jurisprudência e legisladores, e também um pouco de Cabala.

Todos os presentes, cristãos e judeus, falavam mal de Uriel da Costa, cujas concepções inovadoras despertaram a ira das pessoas do governo, assim como as da religião. Spinoza interrompeu a conversa e corajosamente proclamou que concordava com a maior parte das ideias de Uriel da Costa. Num sorriso infantil, cativante, voltou-se a todos e os deixou pasmos com o seu saber:

– Vejam, por exemplo, as palavras que Da Costa falou: "Há pessoas que se orgulham em dizer: sou judeu, e há os que se orgulham em dizer: sou cristão, mas quem não ousa ser nem isso e nem aquilo, é muito preferível a eles".

– Qual é a conclusão? – perguntou-lhe o pai Mikhael. – Que não é preciso acreditar em Deus?

– Em Deus, sim – respondeu Spinoza –, mas não em qualquer religião, porque não há nelas uma verdade eterna, porque foi o homem quem as criou.

O garoto Spinoza defendeu Da Costa contra todos os adultos, cristãos e judeus, e alguns deles tentaram tratá-lo com indulgência, como a uma criança.

– E por que motivo tanto se enfureceram com ele? – perguntou desafiador. – E por que o excluíram de forma cruel? Por ter publicado a sua opinião, de que o costume de colocar filactérios não tem fundamento na *Torá*? Penso como ele. Porque no livro do *Deuteronômio* (11,18) está escrito: "Colocareis estas palavras sobre o vosso coração e a vossa alma", e eu friso: sobre o vosso coração e a vossa alma, e não está escrito que é obrigatório escrevê-las em um pergaminho e atá-lo com tiras à cabeça e ao braço.

É meu desejo ressaltar os ditos de Spinoza porque hoje, quando escrevo as minhas memórias e evoco as palavras de então, sou levado a crer que a semente do seu ousado modo de pensar começou a brotar ainda na infância. Pois, nele, as palavras divinas são aquelas gravadas no coração humano.

Spinoza continuou a provocar o grupo dos adultos.
– Concordo também com o que Uriel da Costa disse quando voltou a uma vida de fé, depois de uma existência de isolamento e infortúnio.
– O que mais disse ele? – perguntou Johannes van der Meer, um conhecido mercador holandês, um dos amigos do Rabi Manassés.
– Que decidiu viver como macaco entre macacos.
As pessoas irromperam em um riso de constrangimento. Agradou-me a situação em que um garoto de doze anos fustigava um grupo de adultos ilustres e sábios.
O único que permaneceu sentado, sério, o queixo amplo apoiado no punho fechado, como que concentrado nas palavras do menino, foi Rembrandt. E eu não sabia se demonstrava interesse por ele como tema de um retrato, e ponderasse com seriedade as suas palavras, ou talvez estivesse imerso em sua depressão e nem tivesse, absolutamente, prestado atenção no que ocorria. Era um período de crise para Rembrandt, apesar de ter pintado dois anos antes o extraordinário quadro *Turno da Noite*, cujo valor, assim me fora dito, era muito alto. Naquela época sua amada

esposa Saskia falecera, e ele ficara sem "o raio de luz da minha vida", como a denominava. Suas dívidas começaram a crescer, por causa da dificuldade em pagar a bela casa que adquirira com Saskia no bairro judaico, não longe da casa do Rabi Manassés. E talvez, assim pensei eu, Rembrandt estivesse sorvendo as forças que emanavam daquele menino. Todos nós sabíamos que a morte sucessiva de duas de suas filhas e do filho, todos pequenos, perturbara sua vida, e após o falecimento de Saskia ele ficou só com os grandes problemas, ligados à criação do filho Titus, de três anos, centro de seu universo.

– Menino – rugiu de repente Rembrandt, enquanto eu continuava imerso em meus pensamentos –, quando você fala, olhe por vezes também para mim, e não sacuda os braços para todos os lados.

Pela primeira vez naquela noite um tênue sorriso esboçou-se nos lábios de Spinoza. Pareceu-me que justamente Rembrandt, com seu rosto grosseiro e feio, seus trajes desleixados e sujos das tintas neles impregnadas, justamente ele agradara ao menino. O desprezo que transparecia todo o tempo em seus olhos desapareceu por um momento; ele dirigiu o olhar diretamente a Rembrandt e disse:

– Por que motivo baniram Uriel da Costa uma segunda vez? Por ter dito que a religião de Israel não é a religião da *Torá* pura? Ele estava com a razão. Por ter dito que é uma religião de rabinos, que acrescentaram leis e jurisprudências próprias? Ele estava com a razão. Por ter se oposto à grande autoridade deles? Por ter pensado que a *Torá* oral é uma *Torá* nova? Porque disse que na *Torá* de Moisés não há recompensa e castigo no mundo vindouro? Tinha razão em tudo isso. E também quando não acreditou na imortalidade da alma, também então teve razão!

– Bem – observou Rembrandt –, você está ferindo o seu irmão, porém, por que nos ferir? A imortalidade da alma é sagrada também para nós.

— Eu digo somente a verdade — Spinoza resumiu de forma decidida.

Eu estava convencido de que Rembrandt, diversamente dos demais presentes, apreciava ouvir as palavras duras do menino. Já tinha ouvido e lido palavras semelhantes e jamais se abalara com ideias que continham uma inovação revolucionária.

Lembro-me de uma frase que era usual em sua boca: — Para chegar à verdade é preciso tentar ir em todas as direções e todos os cantos. E eu pensei que apenas um pintor como ele fosse capaz de se expressar numa formulação deste tipo.

— Continue, Barukh, continue — disse Rembrandt.

E Spinoza continuou com ardor:

— Não bastou terem obrigado Da Costa a confessar pecados que não cometera, ele ainda é açoitado com 39 chibatadas, obrigam-no a deitar-se à entrada da sinagoga, e todos os membros da comunidade humilham-no pisando cruelmente em seu corpo. Então é de espantar que o homem haja dado fim à própria vida?

— Todo aquele que fere as Escrituras Sagradas fere com grosseria a fé em Deus — disse irado Avraham Pereira.

— Pode-se criticar certas coisas escritas nos textos sagrados e ainda acreditar em Deus e nas palavras de Deus que se encontram em nosso coração — respondeu Spinoza.

— Menino — fervilhou Pereira, irado —, este foi o caminho que conduziu pessoas tolas a alegar que Moisés não escreveu a *Torá*.

— É também a minha opinião — respondeu Spinoza. — É claro como o sol do meio-dia que os cinco livro da *Torá* não foram escritos por Moisés, mas por uma pessoa que viveu muitos anos depois dele.

— São questões demasiadamente graves — Pereira admoestou o menino, mas este não arrefeceu.

– Será possível que Moisés tenha escrito o que foi dito no final do *Deuteronômio*: "E não surgiu ainda em Israel um profeta como Moisés"? Somente alguém que viveu muito depois de Moisés, conheceu outros profetas e pôde compará-los, somente ele escreveu isto.

– Basta, Barukh – o pai o repreendeu, mas ele aproveitou a liberdade juvenil de que dispunha e declarou:

– Há ainda uma outra frase que é impossível atribuir a Moisés. Quando o texto da *Torá* narra um fato que ocorreu e acrescenta "até esta data", tais palavras combinam com um escriba posterior, que descreve um fato do passado, que permaneceu na memória até a sua época, e ele registrou o caso por escrito.

Rabi Manassés via os olhares de temor das pessoas, mas sinalizou com a mão a Spinoza para que continuasse.

– E mais um exemplo – disse Spinoza. – Está escrito que o homem Moisés é mais modesto do qualquer pessoa que vivia na face da terra. Uma frase dessas não poderia ter saído da boca de Moisés a respeito de si próprio, uma pessoa modesta não dirá isso a seu próprio respeito.

Muitos convidados falaram contra as palavras heréticas do menino Spinoza, mas não se empenharam realmente em interrompê-lo. Pareceu-me que num certo sentido até o apreciavam. De todo modo, em seu coração curioso, esperavam que continuasse. E realmente Spinoza continuou a fundamentar as suas declarações rebeldes.

Também eu, cuja fé nas Escrituras Sagradas é firme, alegrei-me em ouvir palavras estranhas e novas. As descobertas da ciência nas últimas décadas me ensinaram a não fazer ouvidos moucos nem a coisas que sejam capazes de abalar a minha fé.

Com a satisfação e o prazer de um menino que revela aos pais coisas que estes ainda não aprenderam, Spinoza frisou, ante os rostos espantados dos presentes, que certos lugares descritos na *Torá* são mencionados por nomes estabelecidos muito tempo depois da época de Moisés, pelo historiador que escreveu as coisas.

— Historiador? — berrou Pereira. — A *Torá* é um livro de história?

Spinoza ignorou e continuou em sua voz tranquila:

— Por exemplo, de acordo com o que está escrito no *Gênese*, Abraão perseguiu os inimigos até Dan, mas este nome foi dado à cidade muito tempo após a morte de Josué.

Spinoza continuou a aduzir mais e mais exemplos sem que ninguém abrisse a boca. De vez em quando eu lançava um olhar para Branca, que estava sentada com feições graves junto a Juan e muito me ressenti pelo fato de haver de repente algo que os unia: a concordância de que as palavras de Spinoza fossem de heresia. Senti ciúmes. Quando nos encontramos após uma semana, Branca me explicou que as palavras de Spinoza a amedrontaram, porque também Maria, a sua filha de dezoito anos, se expressava em termos semelhantes.

Quando Spinoza concluiu suas palavras, as visitas começaram a dispersar-se, cada qual por seu caminho. Pareceu-me que lançavam olhares misericordiosos a Mikhael Spinoza, o pobre pai, que lhe acenavam com as cabeças como se lhe dissessem, "Prezado senhor, abra o olho para o que cresce em sua casa".

Apenas Rembrandt aproximou-se de Mikhael e, com um gesto canhestro, apertou a sua mão, acariciou o cabelo do menino, segurou o seu rosto com as duas mãos, e aproximou seus olhos aos do rapaz, como se quisesse extrair dele algo adicional. E então enveredou por seu caminho sem dizer nada.

Quando caminhávamos pela rua ao longo do canal, havia uma grande lua pendurada no céu e um feixe de luz pálida juntou-se ao canal, como em uma pintura. Rembrandt me disse:

— Quando o menino falou, vi um feixe de luz brilhando e eu não sabia se a sua fonte era algum lugar em cima no céu infinito ou talvez brilhara de seus olhos e subira...

As palavras de Rembrandt de 1644 me devolveram ao *Tehiru* de 1666, que, de acordo com Von Rosenroth, Rembrandt havia pintado. Também neste quadro há um raio de luz cuja origem não é clara. Será que ele brilha do céu sobre o rosto do Ari ou é emanado de sua testa para o alto, para o espaço escuro?

Teria Rembrandt realmente pintado o quadro? Pensei que talvez as hipóteses de Benedictus Spinoza, na carta a mim dirigidas, não fossem tão imaginárias. Talvez eu esteja tentando transformar um pequeno arbusto numa grande árvore, em que há coisas ocultas entre as suas folhas e galhos muito ramificados.

Escrevi o registro seguinte cerca de quatro anos depois, em 1648:

O sistema de relações íntimas entre Branca e eu estendeu-se por cerca de dez anos, até este ano, que é 5408 da contagem judaica, mencionado no livro do *Zohar* como o ano da ressurreição dos mortos, e muitos viam nele o início da Redenção. Mas justamente neste ano ocorreram os distúrbios cruéis e terríveis, em que os cossacos, com Bogdan Khmelnitzki à sua testa, irromperam e assassinaram judeus da Rússia e da Polônia. Multidões de fugitivos começaram a chegar do leste, e milhares de prisioneiros foram resgatados nos mercados de Constantinopla.

No decorrer daqueles dias de calamidade realizou-se mais um encontro na casa de Rabi Manassés, em que novamente esteve presente Spinoza, já com dezesseis anos. O jovem Spinoza nos fustigou com desdém por termos encontrado suporte no livro do *Zohar* para a vinda da Redenção no ano de 1648, o ano judaico de 5408.

– Até onde chega o espírito da estupidez de pessoas adultas? – ele nos golpeou. – Como os cabalistas, os senhores interpretam o versículo "neste ano do jubileu cada um voltará à sua propriedade" e alegam que como "este", na *guemátria**, equivale a 408, exatamente a soma das letras desta data, chegam à conclusão de que o ano 408 trará a Redenção. Mas em vez de Redenção receberam destruição, e ainda assim os senhores acreditam...

Palavras afiadas como uma navalha.

Em meados de agosto de 1666, enviei a Von Rosenroth as palavras de Spinoza, que estavam guardadas comigo desde aqueles dois encontros. Von Rosenroth é como eu, acredita firmemente no Messias Redentor, e a sua sede pela Cabala é ilimitada. Contudo, considerei que seria bom se ele discernisse, à luz do *Zohar*, as expressões de zombaria do jovem Spinoza em relação à Cabala e ao Messias.

A resposta polida de Von Rosenroth chegou a mim rapidamente e trazia agradecimentos pelas declarações do jovem Spinoza que eu lhe enviara. "As palavras do jovem são a semente da qual cresceu o seu ensinamento", escreveu-me. Preocupado comigo, as palavras de Von Rosenroth trataram principalmente de minhas tentativas de chegar ao quadro *Tehiru*:

> Por favor, meu caro, culto e sábio Peter, tente consultar e investigar a respeito do quadro *Tehiru*, de forma secreta e com astúcia. Não é segredo que um grande perigo se reflete atualmente em todos os que se ocupam da busca de escritos e quadros. Lembre-se, por favor, meu ilustrado amigo, de que há uma guerra em curso no momento e o seu comandante,

---

* Método hermenêutica de análise da relação entre termos bíblicos, baseado no valor numérico das letras hebraicas que os compõe, sua comutação e combinação. Os dicionários brasileiros grafam gematria em vez de gramátria (N. da E.)

De Ruyter, derrotou a armada inglesa há algumas semanas, causando-lhe oito mil vítimas. Três mil outros homens, ingleses e escoceses, passaram a trabalhar na esquadra holandesa. O ar está carregado de vapores de ódio e suspeita. Por vezes são utilizados quadros e manuscritos singelos para transmitir uma informação sigilosa neles oculta. Assim, uma pessoa correta, que não saiba interpretar adequadamente o conteúdo da escrita ou do quadro, pode ser arrastada ao centro de uma conspiração nacional, ou até a um caso de subversão e revolta. Muitos atos de engodo são comuns atualmente, em tudo o que está ligado à sabedoria da Cabala e ao anúncio do Messias.

Meu caro e mui estudado e agradável Peter, também o meu coração me diz que Rembrandt tem algo a ver com o quadro. Mas ouça o meu conselho, aja como faz o seu amigo Spinoza. Ele, como o senhor bem sabe, assina as suas missivas com uma assinatura acima da qual está gravada a palavra "caute", que significa "cautela!"; este é o hábito dele, faça o mesmo, meu caro amigo, seja cauteloso!

E novamente, após duas semanas, recebi uma carta de Von Rosenroth, instruindo-me a dirigir-me a Jarig Jelles, discípulo e amigo de Spinoza, bem-sucedido mercador de especiarias que deixara os seus negócios nas mãos de seus gerentes, enquanto ele próprio ficava livre para tratar de questões do espírito. Quando o conheci, era uma pessoa de boas e dadivosas ações que, a exemplo de seu mestre Spinoza, educava-se tendo em vista o controle dos instintos e desejos, para alcançar a salvação da alma. Von Rosenroth contou na carta que Jelles pretendia publicar dentro de alguns anos os escritos de Spinoza em latim e em holandês, e que ele apoiaria também o grande empreendimento de Von Rosenroth, da edição da *Kabbala Denudata*. Para este fim

Jelles havia arregimentado muitos fundos seus e de seus amigos e, com o acréscimo dos fundos do próprio Von Rosenroth, foi estabelecido um grande capital secreto do qual Jelles estaria encarregado. O objetivo do fundo era apoiar a publicação de obras culturais que servissem à reflexão. Dizia ainda na carta que daí em diante Jelles seria o responsável pelo pagamento que me era devido do acordo com Von Rosenroth.

Cheguei a Jelles que me recebeu afetuosamente, mas quase não falou comigo. Entregou-me como que casualmente um envelope, e seus olhos me indicaram que nele eu encontraria respostas para todas as minhas indagações.

Toda esta condução dos assuntos pareceu-me um pouco estranha, como se trilhássemos um caminho lateral secreto do qual ninguém podia ter conhecimento.

No envelope encontrei instruções que destinavam uma quantia de dinheiro para mim e uma soma especialmente grande para Rembrandt, por conta do "quadro".

Novamente aquele quadro, *Tehiru*, o que havia por trás dele? O que era toda aquela insistência em obtê-lo?

Quando voltei para casa, verifiquei que ela fora arrombada por desconhecidos que procuraram e vasculharam os aposentos e armários, mas nada roubaram.

Na cômoda do escritório havia uma folha grande e nela, escrita em vermelho, a palavra *caute*, ou seja, cautela! Eu não sabia se a advertência era de Von Rosenroth ou dos desconhecidos que estiveram na minha casa.

Acautele-se, Serrarius, disse-me o meu coração, mas eu não sabia ante o que.

A Desgraça

Quando o jovem Spinoza fustigou a nossa fé na Redenção naquele ano de infortúnio, o ano de 5408, que corresponde a 1648, ele não imaginou em absoluto que naqueles dias terríveis desabaria sobre Branca e eu uma grande desgraça.

Eu sabia todo o tempo: espiões, informantes e também pessoas particulares, que retornavam à Espanha ou a Portugal, transmitiam notícias para a Inquisição. Não era segredo, o Santo Ofício estava muito interessado em saber dos atos daqueles que haviam partido da Espanha e de Portugal para a Holanda. Jamais dei atenção a isso porque todos os meus feitos estavam no limite da lei. Porém, para meu grande espanto, ficou claro que durante um longo período eu fora constantemente acompanhado pelos agentes daquele Tribunal. É uma sensação ameaçadora saber que um olho externo me observava, e que algumas das muitas pessoas com que me encontrava eram amáveis comigo simplesmente porque estavam me espionando. Porém não pude imaginar que os olhos investigadores acumulassem também informação que aparentemente não devia interessar à Inquisição.

Branca e eu ocultamos cuidadosamente as nossas relações íntimas. A desgraça que nos atingiu começou quando aqueles que nos seguiam por motivos religiosos transmitiram a informação que haviam descoberto a nosso respeito a Juan da Costa, naturalmente por um bom preço.

Contaram-lhe que a esposa, Branca, o traía comigo.

Juan tratou desta história complexa como trataria, pelo visto, de um negócio em que tivesse de repente começado a perder. O que o interessava mais do que tudo era que o escândalo não se tornasse público. Por isso não tentou sequer me envolver. Com frieza, sem sentimentalismo exagerado, com determinação controlada, impôs a Branca um acordo rígido de separação que a fez sair de casa sem nada, apenas com uma pensão anual que atendia às suas necessidades modestas. Branca foi obrigada a concordar e a abrir mão de tudo e, em troca, foi-lhe prometido que a questão das relações proibidas que mantinha seriam guardadas em segredo, e assim preservaria a sua honra. Estava claro para mim que não era a honra de Branca que Juan tinha em vista, mas a honra da família Costa.

Meus encontros com Branca cessaram. E eu me envergonho em dizer que nada fiz para renová-los, nem mesmo secretamente. Até hoje me acompanha o pensamento de que me descobri em toda a minha fealdade. Pela primeira vez na minha vida sentia-me assustado com a tempestade que poderia precipitar-se e atingir todos os planos, meus e de meus amigos, que cremos no quinto reino prestes a se concretizar. Pois desde então havíamos iniciado os nossos esforços para convencer os nossos irmãos ingleses a conceder aos judeus direitos iguais de cidadania, e também a ajudá-los a redimir a Terra de Israel. A fim de fugir dos pensamentos inquietantes, dediquei todo o meu tempo e forças à escritura de folhetos e brochuras, que enviei rapidamente a todos os meus companheiros, e ocupei-me também da tradução de um livro inglês sobre "a honra de Israel".

Mas a dor era grande. Não há Redenção que cure um homem ardendo de amor. E apesar de tudo, há algo de tentador na esperança da Redenção. Seus interesses estão voltados para o futuro e o presente é um pouco esquecido.

A filha do casal, Maria, foi enviada às pressas para a França. Oficialmente, era para que pudesse acompanhar de perto a atividade do ramo francês da família Costa. No íntimo de seus corações, os membros da família esperavam que ela talvez se envolvesse nos negócios. Mas a verdade é que, mais do que tudo, importava-lhes afastá-la do que poderia irromper como a lava incandescente de um vulcão que abriu a sua goela. No entanto, que ligação tinha Maria com os negócios de especiarias? O ramo francês da família, que progredira em Paris, não lhe estimulava a imaginação. Ela desejava ampliar seus conhecimentos, dedicar seu tempo ao estudo e à observação, algo que não lhe fora concedido na abundância de sua casa. Inicialmente, estudara línguas com um professor particular que lecionava apenas para jovens ricas. Estudara com ele latim, aperfeiçoara o espanhol da casa paterna e aprimorara-se no hebraico que a mãe lhe havia transmitido nos períodos em que Juan permanecia em viagem.

Há mulheres que em todo círculo social novo ao qual se vinculam, adquirem em pouco tempo uma posição central. Tornam-se conhecidas, fazem amizade com muitos e muitos são os seus amigos. Assim era Maria. Possuía uma rara capacidade de não ser estranha em um ambiente que não conhecia. Com cerca de vinte anos, ela não esbanjava dinheiro, mas jamais economizava quando se tratava de algo do qual emanasse o odor da cultura, livros, por exemplo, ou aulas dos mais variados assuntos. Com o tempo circularam boatos chegados até Amsterdã, de que Maria era a companheira de Thomas Hobbes, cerca de 38 anos mais velho do que ela, que naquela época vivia em Paris. Costumavam aparecer juntos publicamente em diversos eventos, ainda que Hobbes se empenhasse sempre em apresentar Maria como sua discípula.

Os rumores se espalharam e Juan, que ainda não tinha se recuperado do golpe que Branca lhe desferira, foi obrigado a defrontar-se com um novo problema: como se explicava uma história dessas em Amsterdã? Não só de que se tratava de um homem de sessenta anos, mas também de alguém que fora o primeiro a argumentar que grande parte dos cinco livros da *Torá* não fora escrita por Moisés; uma opinião de alarde e que desperta oposição, mesmo vinda da boca de um homem educado e de grande erudição como ele. Porém, a reação de Juan foi surpreendente. Em vez de uma declaração de guerra, foi a Paris para ver a filha e Hobbes, mas principalmente para encontrar um pensador de grande fama. Juan podia atropelar pessoas que cruzavam em seu caminho, mas apreciava os humanistas. A bem da verdade, devo dizer que também eu sempre desejei me acercar dos homens de ciência e dos humanistas, pois é difícil ignorar nesses tempos as descobertas científicas que agitam o universo, e é difícil não se admirar com o papel do intelectual em relação aos problemas da vida, não obstante a rebeldia contra as nossas antigas crenças. Repentinamente, torna-se uma grande honra para a pessoa ter um humanista ou um cientista no seu círculo de amizades. Juan sabia que Hobbes era próximo dos grandes homens da ciência e da filosofia da época. Auxiliara Francis Bacon em seus últimos anos, encontrara-se com Galileu na Itália, com Descartes na França, e até escrevera comentários sobre as suas *Lógicas*.

Mesmo que Juan não conhecesse exatamente as opiniões de Hobbes, naquele ano de 1648 ouvira falar, como muitos outros, a respeito dos livros que ele havia publicado, dentre os quais *De Cive* (Do Cidadão), impresso um ano antes.

Juan o agregou ao grande círculo familiar. Segundo minhas fontes, Hobbes foi dotado por Juan de uma bela quantia mensal, sob a desculpa de ser o professor particular da jovem Maria. Realmente, a riqueza tem o poder de ser cínica ao ponto do desprezo, e sem se envergonhar. Juan também conseguiu convencer o famoso Hobbes a comparecer, com Maria, à festa da família no castelo do tio Elviro, irmão de Juan, que preparara uma luxuosa cerimônia de casamento cristão para o filho e a respectiva noiva, filha de um famoso cirurgião de Utrecht. Hobbes e Maria, que vieram especialmente de Paris, foram envolvidos no evento de que participaram grandes mercadores e pessoas endinheiradas, ministros, condes e membros do conselho municipal, que se misturaram com muitos humanistas. Verificou-se que o mundo tinha encolhido naquela época, todos conheciam todos. Naquele evento brilhante Hobbes viu-se cercado de grande respeito.

Branca não compareceu. Eu não sabia se Maria sequer a encontrara alguma vez. Eu sentia forte animosidade em relação a Maria, a filha atraída pelo poder e pela fama e que voltava as costas à mãe a quem todos haviam abandonado, na realidade eu também. Isso me doeu.

Todos os habitantes de Amsterdã sabiam da separação de Branca e Juan, mas ninguém imaginava qual era o verdadeiro motivo. A ideia vigente era que Branca decidira voltar ao judaísmo e, com isso, causara uma atitude inevitável. Branca foi obrigada a não negar esta ideia. Ao conjunto de mentiras que carregava sobre os ombros acresceu-se, portanto, a mentira do fingimento, como se tivesse se separado do marido justamente porque queria viver uma vida sem fingimento.

Maria retornou a Paris e Branca ficou sozinha com a mentira cuja sombra inspirava medo. É-me doloroso frisar isto, mas a vida da minha Branca era mentira por todos os ângulos em que fosse observada. Ela vivia abertamente uma vida que lhe fora imposta. Secretamente preservava os costumes judaicos, e secretamente mantinha relações proibidas com um homem que não era o seu esposo. Ela ocultou tudo do marido, da filha Maria e, naturalmente, de todas as pessoas da casa que a cercavam. Até dos pais, que tinham voltado ao judaísmo, ela ocultara a sua renovada relação com o judaísmo. E quando a verdade sobre as relações dela comigo vieram a ser conhecidas por Juan, vira-se de novo obrigada a fingir. Branca carregava, pois, uma pesada carga sobre os ombros. E quando a vida de uma pessoa transcorre o tempo todo em segredo, ela se torna insuportavelmente triste.

E a tristeza sufocou Branca. No outono de 1649 ela deu cabo da vida.

Diante do portão luxuoso, à entrada da mansão da família Costa, ela esfacelou os miolos com dois tiros de pistola.

O outono sempre fora para mim uma estação de expectativa, não de grandes acontecimentos. As árvores desnudadas, as folhas caindo, a cor cinzenta tomando conta de tudo, tudo isto verteu em mim uma sensação de mundo meditativo, que se prepara para um profundo sono.

Os dois tiros de Branca como que transgrediram a ordem da natureza, e o outono se tornou de repente um inverno irado e tempestuoso. Amsterdã ficou até mais aterrorizada do que dez anos antes, quando Uriel da Costa dera um tiro na cabeça.

O assunto transformou-se em conversa do dia nas casas, nas ruelas tortuosas e nas lojas do mercado. Crianças e adultos, judeus e cristãos aprofundaram-se nele e encontraram justificativas e interpretações. Boatos que iam da boca ao ouvido contavam que os dois acontecimentos tinham ocorrido na realidade em uma mesma família, a ilustre família Costa, e que o pai de Juan e o pai de Uriel eram na verdade primos. – O que há nesta família amaldiçoada, que em um curto período deu origem a duas desgraças desta natureza? – perguntavam todos. E talvez fosse um castigo do céu por ter a família voltado as costas ao judaísmo?

Pela primeira vez eu aprendia que a perda de alguém amado elimina o sabor da vida, e até mesmo a visão profética se torna repentinamente desprovida de valor.

No período inicial retirei-me de todas as minhas ocupações, fiquei trancado em casa, observando o espaço do quarto e nem sequer tinha vontade de pensar. Mas quando a sobriedade do pensamento retornou, as perguntas começaram a me fustigar. Por que o desejo de Branca, de realizar um ato público de protesto, fora maior do que o seu desejo de ficar comigo? Por que o seu ódio pela tirana família Costa havia sido maior do que o amor por mim? Por que Branca cometeu o mais terrível dos atos e abandonou a vida que lhe fora concedida por Deus, em oposição às inesquecíveis palavras de Cícero: "A Divindade que nos governa proíbe-nos de partir deste mundo sem que ela dê tal ordem"?

Estas perguntas difíceis me acompanharam por muitos anos.

Decidi enviar a Von Rosenroth os detalhes da história de amor que havia acabado em desgraça. A bem da verdade, em minha idade avançada, não me preocupa o fato de que uma pessoa como Von Rosenroth conheça os meus segredos. Não sou santo, apesar de os assuntos da santidade me completarem. É importante que Von Rosenroth saiba quem é a pessoa que lhe transmite o material importante para a gigantesca obra em que está trabalhando. Com a revelação desses meus segredos transformo Von Rosenroth em amigo próximo, e incuto-lhe a segurança em minha fidelidade. Von Rosenroth necessita de pessoas fidedignas como eu, porque em nossos dias muitos falsificam missivas, livros e documentos, a fim de atender aos seus objetivos, e há os que transmitem informações fictícias, que são mais ideais do que fatos.

Muito tempo depois da desgraça, quis compartilhar também com o meu amigo Spinoza os detalhes pessoais ligados à minha vida. No amor, é bom que haja alguém que talvez nunca tenha amado, mas que nos ouça. Justamente ele, que examina sentimentos com a ajuda do intelecto, pode dar algumas respostas às nossas perguntas.

No final de agosto de 1666, decidi enviar a Von Rosenroth também os pormenores de minha conversa com Spinoza, que se realizara em 1661, cerca de doze anos após a desgraça. Então lhe contei pela primeira vez a respeito de Branca, e também ouvi as suas observações. Alguns dias depois, registrei esta conversa por escrito, e as anotações ficaram guardadas comigo alguns anos, até que as enviei a Von Rosenroth:

> Rijnsburg, maio de 1661
>
> Há uma semana apenas, cerca de cinco anos depois da excomunhão de Spinoza em Amsterdã, visitei-o na aldeia de Rijnsburg, um centro de cristãos cultos que se interessam por filosofia. Spinoza tornara-se um eixo ao redor do qual giravam companheiros e admiradores, que aprenderam com ele os princípios do seu método filosófico que começava a amadurecer.
>
> Em minha visita a Rijnsburg contei a Spinoza pela primeira vez sobre o meu grande amor por Branca, cortado de modo trágico há doze anos. Para minha surpresa, ele não se

abalou e recebeu o assunto com tranquilidade. Parecia-me que essas relações lhe soavam humanas, com toda a sua estranheza.

– Há pessoas que preferem amaldiçoar ou zombar dos sentimentos e dos atos alheios, a compreendê-los – disse-me ao perceber o alívio que senti ante a sua reação.

Pensei que as palavras de Spinoza faziam parte dos sons da época, quando as pessoas esclarecidas repetem as antigas e boas palavras de Terêncio: "Sou um ser humano, por isso tudo o que é humano não me é estranho".

Formulei-lhe a pergunta difícil que me acompanhara tanto tempo. Como pode Branca agir em oposição ao princípio condutor da vida, de que toda pessoa aspira basicamente a continuar a sua existência? Como alguém, em oposição à sua natureza, tira a própria vida? Spinoza respondeu:

– Ninguém dá cabo de sua vida por uma exigência de sua natureza, mas somente quando é obrigado por motivos externos.

– O que são motivos externos? – perguntei.

– Por exemplo, quando alguém o obriga, pela força, a direcionar a sua espada ao seu coração.

– Caso raro – disse eu.

– Ou, conforme ocorreu com Sêneca, que a ordem de um tirano o obrigue a cortar as veias, ou seja, ele quer evitar um mal maior por meio de um mal menor.

– Ainda não recebi uma resposta à minha difícil pergunta – suspirei frustrado –, porque os dois exemplos que você trouxe falam de casos em que alguém obriga um outro a cortar a vida; mas como ficam os casos em que a própria pessoa toma esta decisão sem que um outro a obrigue?

– Também então ela o faz por motivos externos, não visíveis, que tomam conta de sua imaginação e acionam o corpo, de modo que ela assume uma outra natureza, contrária à primeira. Pois não é possível que uma pessoa, pela necessidade de sua própria natureza, se empenhe em não existir.

Novamente a lógica me deixou sem resposta. Qual era a intenção de Spinoza ao referir-se a motivos externos ocultos, que fazem com que o homem assuma uma outra natureza, contrária à primeira? Quais seriam os motivos ocultos que influenciaram a minha Branca? A carga da culpa que pesou sobre os seus ombros? A vida de mentira que ela levava? Lembrei-me do que ela me dissera há alguns anos sobre o Spinoza de doze anos, que o destino dele seria como o de Uriel da Costa, o herege. Ela não sabia, então, que esta sina amarga fora reservada justamente a ela... não compreenderei isto jamais.

Perguntei ainda a Spinoza: – O que é que ocorreu comigo então? De onde brotou o desejo por Branca, a casada? Aquele espírito mau, o *sitra akhra*, da linguagem dos cabalistas?

Meu amigo jovem e inexperiente me acalmou e, no seu pensamento comedido, que penetra como um raio de luz em todo o universo, deu uma resposta para o mistério que me perturbava.

– O desejo é a própria essência do homem, ou seja, ele é o esforço que o ser humano faz para continuar em sua essência – disse-me.

– Quer dizer que o meu desejo é algo bom? – perguntei esperançoso.

Spinoza sorriu para mim com simpatia, como se sentisse os pensamentos tormentosos que me penalizavam. E então falou com tranquilidade, e as palavras que jorraram de sua boca guardo-as comigo, e com a sua grande força esterilizam a vontade de a elas me opor:

– Não nos esforçamos, queremos, desejamos ou ansiamos algo porque avaliamos que ele é bom; ao contrário: avaliamos que algo é bom porque nos esforçamos, queremos, desejamos ou ansiamos por ele.

Palavras espinhosas. Era-me fácil viver com o pensamento de que Branca era boa para mim por causa do próprio desejo que eu sentia. E talvez, pensei, se tivesse conseguido me sobrepor a este desejo, isso seria apenas uma prova de que o meu desejo era tão fraco que seria possível subjugá-lo.

Mas o meu desejo por Branca era qual uma fonte inesgotável. Durante toda a minha vida não conheci a beleza até que a encontrei nela. Minha vida era cheia de pessoas severas que se desgastam no fazer, no refletir dia e noite, ou visionam e sonham belos sonhos. Porém a beleza que é possível ver com os olhos, eu não conhecia. A beleza de Branca era tangível. Estava comigo todo o tempo. Tocou-me, insuflou-me força. Após cada encontro com ela, crescia em mim a vontade e pulsava em mim a força de voltar a agir pela concretização do sonho da Redenção que, por vezes, parecia afastar-se. Quando olhava para Branca, eu compreendia que Deus realmente enviara alguns raios de beleza para nós, seres humanos. Se há uma beleza como esta, há Deus.

Também nas questões de beleza, como em outras, Spinoza tentou me ensinar algo. Discorreu para mim sobre beleza e sobre fealdade. Falou energicamente sobre o fato de que não se deve atribuir beleza ou fealdade à natureza, porque somente pelo nosso poder imaginativo pode-se dizer a respeito de algo que ele seja bonito ou feio. Beleza ou fealdade não estão cunhadas nas coisas que observamos, mas consistem numa ação da alma. A mais bela mão, se a observarmos através de uma lente de aumento, parecerá terrível, enquanto coisas terríveis que nos parecem bonitas à distância, se as observarmos de perto, veremos que são feias.

– Por isso – resumiu meu jovem mestre – as coisas por si só não são bonitas nem feias.

Não posso aceitar uma opinião tão rígida. Mesmo depois de muitos anos está claro para mim que a mão de Branca era bonita de muito perto, quando me acariciava e também quando se movia com graça a uma grande distância. Seus olhos verdes atraíam-me quando estavam muito perto e também quando se cravavam em mim, de longe. A sua beleza era certa, porque era um ato divino.

Com a morte de Branca, esta beleza se perdeu. E ao perder-se, o sonho também perdeu a sua glória e o mundo em derredor tornou-se insípido.

Maria

Volto a Maria, a filha de Branca e Juan, e à carta tocante que me enviou, em outubro de 1650, na qual pedia para se encontrar comigo.

Por um longo tempo permaneci petrificado em corpo e pensamento, e então as imagens do passado começaram a viver diante dos meus olhos e confrangeram o meu coração. Pois tudo o que era bonito entre eu e Branca era apenas nosso. A filha Maria, assim eu acreditava, não sabia de nada. O que a trazia a mim? O que um encontro tão ameaçador poderia gerar?

Decidi me comportar conforme se é obrigado a fazer às vezes, quando se apresentam diante de nós duas possibilidades e se deve escolher uma, porque a segunda é simplesmente inaceitável. Por isto atendi ao pedido da jovem e, após três dias, ela apareceu em minha casa, ao anoitecer. Havia uma tempestade lá fora, e quando a porta se abriu, ouvi o uivo do vento, como se fora convidado antecipadamente para proclamar com um toque a vinda da visita.

Maria foi empurrada para dentro, ofegante. Flocos de neve que se derretiam cobriam o seu rosto, seu gorro de pele e o casaco grosso sobre o corpo que despertava curiosidade. Quando despiu tudo o que a envolvia e a protegia do frio que grassava fora, vi diante de mim uma mulher jovem, mas a figura da menina, que eu encontrara há anos na casa do Rabi Manassés, ainda estava marcada nos traços do seu rosto. Os mesmos olhos verdes, o mesmo cabelo preto solto e talvez aquela hostilidade que me fustigara no nosso primeiro encontro.

Vi no seu rosto o nítido registro de Branca, e o meu coração palpitou como um martelo que golpeia, mas discerni também a determinação que transbordava do rosto de Juan, o pai dela. Nos poucos passos que deu em minha casa havia uma espécie de molejo agradável que me atraiu. Não me alongarei nos detalhes que antecederam a nossa conversa. Direi apenas que me senti como um animal alerta, pronto para uma reação rápida de ataque ou de defesa ante qualquer passo possível do outro animal à sua frente.

Lembro-me que uma de suas primeiras frases foi:

– Eu queria encontrar o homem que a minha mãe amou.

E eu não soube se ouvira um laivo de desdém em sua voz.

– Eu? – perguntei num assombro artificial. – Sou uma pessoa comum e mediana.

– Ainda assim, ela o amou. Por quê? – perguntou em voz seca.

Cabia-me decidir rapidamente como agir. Na realidade, o que ela sabia e o que não sabia? Talvez pensasse que eu fosse o culpado pelo amargo fim da mãe? Responder-lhe? Ignorar? E talvez negar em absoluto que a minha relação com Branca tivesse ultrapassado o limite de relações de boa amizade? Apostei em continuar a conversa e com isso confirmar os fatos que, pelo visto, eram do conhecimento dela.

– É-me difícil saber – disse eu hesitante – por que a sua mãe me amou... Hoje imagino que jamais saberei...

– O ato terrível que ela cometeu transformou a minha vida – continuou Maria. – De repente compreendi que jamais a conheci.

Fiquei calado.

– Por isso pensei que talvez por seu intermédio eu pudesse conhecê-la melhor.

– Uma jovem inteligente como você necessita de mim para conhecer a sua mãe?

Havia nela algo mais maduro que a sua idade, já em suas primeiras frases soou direta e confiante em si própria. Esta jovem era a companheira do grande Hobbes, refleti, e não fosse a morte trágica da mãe, teria continuado com ele em Paris. O fato em si despertou a minha curiosidade e me atraiu muito.

Maria falava aos borbotões, como se há muito tempo estivesse esperando esta oportunidade. Ela me contou que, alguns dias antes da viagem a Paris, sua mãe lhe revelou o verdadeiro motivo da sua separação do pai. Isso até agradara a Maria.

– Aumentou em mim o respeito por minha mãe – disse Maria com satisfação.

– O respeito? – admirei-me.

– Sim. A minha mãe submissa, que sempre foi obrigada a trilhar o caminho da família Costa, soube também fazer o que lhe pareceu bom.

Um pensamento original e rebelde, pensei. Maria me explicou que foi justamente por esta história de amor, de Branca e minha, que ela recebeu uma nova mãe que não conhecia, uma mãe que teve força para fazer o proibido a fim de concretizar a sua liberdade. Assim Maria encontrou, de repente, na casa grande e estranha da família Costa, uma companheira que desaparecera por anos.

Maria sequer imaginara que esta confissão da mãe seria capaz de apontar para o extremo ato destrutivo que estava para executar. Foi uma conversa de coração a coração, assim disse Maria, em que a mãe decidiu compartilhar com a filha que amadurecia coisas que ocultara em seu íntimo. Maria continuou a manter um relacionamento constante, mas secreto, com a mãe e mais uma vez não percebeu nenhum sinal que prenunciasse algo errado. Surpreendi-me. O rancor que eu havia sentido em relação a ela, por ter como que negligenciado a mãe e se deixado atrair pela força do pai, passou de repente, como se nunca tivesse existido. Ao que parece, o comportamento visível do ser humano nem sempre é testemunho daquilo que ele sente, pensa e faz de verdade.

Maria não parou de falar com ardor. O fato de eu ter possibilitado à sua mãe despir o traje de convertida à força, modificou diametralmente o seu comportamento para comigo. Sim, ela se lembra de que me abominara desde o primeiro momento. Este velho urso simplesmente fora atraído pela juventude de minha mãe, assim ela pensou, mas foi ele na realidade que lhe proporcionou amor, apesar de serem tão diferentes um do outro.

E então Maria me fez uma pergunta surpreendente:

– Se minha mãe não tivesse acreditado em qualquer religião e somente no Deus dela, mesmo assim você a teria amado?

– Absolutamente! – respondi sem hesitar.

A jovem Maria ergueu-se da cadeira, inclinou-se para mim e me beijou na testa. Um beijo lindo, um sinal. Ela se convenceu de que eu não tinha respondido daquela forma para agradá-la, mas que eu dissera a verdade. A minha fé inabalável na recuperação do reinado de Israel, como parte do reino dos mil anos, não me impede de amar pessoas que ainda não compartilham da minha crença, ou de ouvir palavras sábias de pessoas que pensam de forma diferente da minha.

Maria se sentiu mais livre.

– Há já alguns anos estou distante de qualquer religião, e sinto-me bem assim – confessou. O fato de que era capaz de ser sincera na minha presença proporcionou-me satisfação.

– Não necessito dos ridículos representantes da religião para que me contem o que Deus disse sobre o bem e a justiça – continuou Maria –, porque tais coisas estão plantadas no fundo do nosso coração.

Lembrei-me de Spinoza, menino de doze anos, e de suas palavras perturbadoras nos encontros na casa de Rabi Manassés, quando adotou as palavras de Uriel da Costa, de que há pessoas que se orgulham em dizer: sou judeu, e há os que se orgulham em dizer: sou cristão, mas quem não ousa ser nem isso e nem aquilo, é muito preferível a eles. Não concordei com Spinoza, mas gostei de sua coragem, quando declarou que é preciso crer em Deus e não em qualquer religião, e que não há nas religiões uma verdade eterna, porque foi o ser humano quem as criou. Quando ouvi as palavras de Maria em minha casa, veio-me a idéia de que se houvesse uma oportunidade, eu promoveria o encontro dela com o Spinoza de dezoito anos e eles certamente teriam uma linguagem comum.

A conversa continuou a fluir, e esperei que Maria chegasse de algum modo também a Hobbes. A jovem Maria, do modo como se relevou naquela noite, não temia saltar sobre as ondas do mar tempestuoso. E, de fato, quando mencionou o temor que sobre ela recaiu depois da grande desgraça, falou repentinamente de Hobbes, o primeiro que com ela conversara longamente sobre o medo que acompanha as pessoas, o medo que é também a origem da religião.

Ela transformou Hobbes no tema da conversa.

– Hobbes me contou sobre a mãe dele – continuou Maria –, que ouviu a respeito da armada espanhola que se aproximava das costas da Inglaterra e então, de tanto medo, foi tomada pelas contrações e ele nasceu prematuramente. Hobbes me disse com ironia que a mãe dera à luz gêmeos, ele e o medo. A conclusão é que o medo convive com cada um de nós, e o medo das coisas não visíveis ao olho é a semente natural daquilo que cada um denomina em seu coração de "religião".

— Interessante — respondi vagamente — muito interessante.

— Não quero estar presa a crenças antigas e superstições, que são originárias do medo — disse-me Maria abertamente. — Quero pensar e tirar conclusões. — Um sorriso aflorou-lhe aos lábios.

— Hobbes zomba do papa e disse que ele nada mais é do que uma sombra do falecido Império Romano, de modo que na prática ele usa coroa sobre uma tumba.

Maria riu. Foi a primeira vez em que a ouvi rir. Mas as coisas que a impressionavam eram difíceis para mim. Será que também a minha grande fé se baseava no medo? E mais uma vez me lembrei que tinha ouvido coisas semelhantes de Spinoza. Continuei atento.

Hobbes continuou a ser o centro da conversa. Não pensei que seria assim.

Maria é uma criatura excepcional, pensei. Uma jovem de 24 anos se interessa por um homem de sessenta, e sequer oculta a atração que sente por ele como homem. Ela o descreveu como alguém que cuida do próprio corpo, ocupa-se de um esporte denominado tênis e, segundo ela o definiu, parece ser mais jovem do que a idade que tem, é estético e atraente.

Confesso, senti o toque suave de um tentador pensamento sombrio. Pois Hobbes era apenas oito anos mais novo do que eu, convenci-me, mas o pensamento cruel dissolveu-se rapidamente.

Maria demonstrou um grande afeto pelo homem de quem falava. Contou que no ano seguinte ele publicaria um livro chamado *Leviatã*. Por que *Leviatã*? Porque este gigantesco monstro lendário da Bíblia serve-lhe de imagem para um Estado todo poderoso. Porém este Leviatã, que governa o país, não é a situação natural das pessoas. De acordo com a lei da natureza, todos lutam contra todos, entrechocam-se em seus desejos e por isso ferem-se e se destroem. Esta é a situação do homem que é o lobo do homem. Maria me apresentou as palavras de Hobbes com exatidão, acentuando cada uma delas: o homem leva uma vida isolada, pobre, desagradável, violenta e curta. A fim de evitar isso, ela me explicou com entusiasmo, as pessoas devem acordar entre si uma convenção social, desistir de seu direito de utilizar a força, transferir este direito ao governante, que é o Leviatã. Ele terá a autoridade total para romper a situação natural da guerra de todos contra todos.

Maria explicou as ideias de Hobbes com visível admiração e eu desejei também ter uma embaixadora tão boa e fiel. Mas, aparentemente, as opiniões de Hobbes, distantes da submissão a uma autoridade e a dogmas religiosos, a conquistaram. Eu não podia imaginar opiniões tão distantes das minhas. Minha fé no Messias e nos santos do Senhor, que reinarão no mundo renovado e corrigido, seria aqui alvo de zombaria, desdém e riso. E, ainda assim, Maria demonstrava muito interesse em conversar comigo naquela noite. Por quê?

Finalmente ela voltou a falar da família.

Quando lhe contei sobre as noites de Sêder que celebrara com sua mãe, ficou muito surpresa. Pelo visto Branca ocultara dela exatamente este detalhe. Maria via nestas noites de Sêder em conjunto um sinal de rompimento do controle rígido da família Costa que, entre outras coisas, proibira todos os costumes judaicos. – Esta é a minha mãe dominada? – exclamou Maria. – Jamais imaginei que sentiria tanta saudade dela.

Nunca havia amado o pai, disse com honestidade, mas o respeitava como uma moça jovem é capaz de respeitar alguém de quem sobeja a força. Na verdade, era difícil não se admirar com os talentos comerciais daquele que era chamado por todos de "gênio". Maria certamente ouvira a famosa história que toda criança em Amsterdã conhecia. Estava com cerca de dez anos quando o pai, o jovem Juan, recém-chegado de Esmirna, ordenou à família que se livrasse de todos os bulbos de tulipa que possuísse, cujo preço no mercado subira às alturas. E quando um bulbo de tulipa foi trocado por uma bela carruagem com doze cavalos, e em outro caso por doze acres de terra, Juan proclamou: – É uma bolha, e está para explodir! Felizmente a família acatou as suas palavras. A loucura das tulipas explodiu, pessoas perderam todos os seus bens e, com base na crise econômica que eliminou grandes e bons, a família Costa ficou mais e mais forte. Juan conquistara em Amsterdã a posição de um profeta econômico.

– Alegrei-me por ele existir – acrescentou Maria –, mas não quis ficar perto dele. Ela continuou a contar com um pouco de tristeza sobre os muitos anos passados longe do pai, quando ele se encontrava em uma de suas inúmeras viagens. Até mesmo naquele momento, apesar dos seus 55 anos, este homem cheio de energia estava ausente de casa há algumas semanas. – Chegou até o Cabo da Boa Esperança – Maria exclamou, como se contasse sobre um homem sonhador e maluco. – E por quê? Porque somente ele está disposto a abandonar a família e chegar até o fim do mundo como representante da Companhia Holandesa das Índias Orientais, para abrir naquele lugar um posto de abastecimento para os seus navios que seguiam a rota da Ásia Oriental.

Desde o momento em que a mãe lhe contara a verdade a respeito de si própria, Maria quis dela extrair mais e mais, e quando Branca deu cabo da vida, Maria estava disposta a ir ao fim do mundo a fim de obter mais um pequeno detalhe que fosse. Por isso, havia chegado a mim.

Quando nos separamos não dissemos uma palavra sobre a possibilidade de um novo encontro. Fiquei só. Senti como se a nossa longa conversa tivesse sido rompida no início. Deus, como pude não lhe perguntar todas as questões que agora me vêm à mente? Será que ela estava pronta, como a mãe, para ler as páginas maravilhosas do *Tratado Sanedrin*, a respeito do Messias que está sentado na porta de Roma, entre os mendigos e leprosos, esperando para revelar-se? Eu teria gostado muito que ela lesse no *Zohar* a descrição do lugar do esconderijo do Messias, em um dos átrios do Jardim do Éden. Gostaria de perguntar como podia ficar tão distante do seu verdadeiro passado e mais, se por natureza ela sentia atração por pessoas mais velhas e ricas em experiência.

Alguns dias depois do nosso primeiro encontro eu a vi novamente em um lugar que eu apreciava em especial, a grande rua dos judeus, coração da região do comércio no bairro judaico. Eu o denominava de "centro comercial do mundo", principalmente pelos judeus que me pareciam mais numerosos do que o seu número real. Estavam sempre agitados, ocupados, dominando todo o comércio da rua. Era um dos mercados que brotaram e floresceram em toda Amsterdã, fervilhantes, entusiasmantes, com o burburinho das multidões que se ocupam de negócios. Aqui a alegria residia nas barracas, nas numerosas lojas, nos compradores e vendedores que ofereciam tudo o que era possível vender: todos os tipos de peixes, verduras, frutas e carnes, tecidos e couros, e todos estes exalavam uma confusão inebriante de odores pelas ruas e praças. Também a aparência da mercadoria apresentada aos compradores era tentadora. Tudo colorido, desejável, realmente um trabalho artístico, e as pessoas sentiam-se compelidas a se deter, abrir os corações e também as bolsas.

Às vezes eu me detinha espantado diante dos ambulantes que apregoavam a sua mercadoria aos gritos, berros e exclamações, com melodias floreadas de palavras espicaçantes e piadas que despertavam o riso, histórias, lendas e feitos imaginários. Esta música maravilhosa, misturada com o bulício da rua, conquistava a tranquilidade que se estendia pelos canais e atracadouros, que se agregavam à festa.

Ali, na festa colorida e agitada, eu a discerni, Maria, postada como uma estátua clássica junto a uma das barracas. De repente, de algum lugar, irrompeu um vento ardente e impetuoso, atingiu o seu vestido que caía pesado e fechado sobre a parte inferior de seu corpo, até os sapatos e, como num feito mágico, o vento revoltoso ergueu o vestido e dele irromperam as pernas eretas de Maria.

As pernas de Maria foram, naquele momento, todo o meu mundo. Duas colunas de mármore, o foco da vida. Voltei a cabeça e apressei-me em seguir o meu caminho, sem dizer uma só palavra. Mas a imagem permaneceu vívida diante dos meus olhos.

Tentei convencer o meu amigo Rembrandt a pintar estas pernas, mas ele se recusou. Justificou-se dizendo que decidira se dedicar à pintura de retratos, principalmente autorretratos.

– O autorretrato – frisou – é o meu encontro cara a cara, comigo mesmo. Empenho-me em me descobrir por dentro, porque gosto de pintar a alma das coisas, decifrar a realidade, e não apenas recompô-la. Depois de uma breve reflexão, acrescentou amargamente:

– Além disso, as belas pernas dela não me tirarão da crise. Juan não me pagará sequer um mísero florim pelo quadro das pernas da filha.

Alguns anos mais tarde, ele pintou a amante Hendrikje Stoffels com as pernas desnudadas andando no banheiro, o vestido arregaçado preso nas mãos. Eu poderia jurar que as pernas dela eram bonitas, mas foram tiradas da realidade, enquanto as pernas de Maria eram de um outro mundo. E a prova disso é que o feixe de luz no quadro de Hendrikje inundou o vestido arregaçado, mas não as pernas. Estou convencido de que se Rembrandt tivesse pintado as pernas de Maria, ele as teria envolvido em um grande esplendor.

Sofia

No inverno daquele ano, quando o frio e a neve nos obrigaram a que nos recolhêssemos em nossas casas, e somente poucos ousaram perder o rumo pelas ruas repletas de blocos de lama congelada, no vento que açoitava para todos os lados, alastrou-se por toda Amsterdã, como um vendaval, de uma extremidade a outra, o boato: Juan da Costa tinha se afogado no Oceano Índico. O seu navio, que pertencia à Companhia Holandesa das Índias Orientais, afundara depois de trombar durante uma grande tempestade com um banco de areia e se arrebentar.

Mais uma vez ouvi os sussurros maldosos sobre a maldição da família Costa. E eu, mais do que tudo, queria ver Maria. No período que se passara desde o nosso encontro, acostumei-me com a ideia de que aquele tinha sido um evento maravilhoso, mas único. A desgraça que sobre ela se abatia plantou em mim uma preocupação paternal pelo seu destino e uma forte vontade de vê-la. Como retirá-la do círculo de desespero que se fechava sobre ela de todos os lados? Como cultivar nela a crença de que Deus envia raios de luz justamente por meio da perda e da ruptura?

Depois de cerca de uma semana, em uma das noites congelantes, o vento uivava com força imensa, e dele irromperam repentinamente pancadas na porta de entrada de minha casa, que aumentavam cada vez mais. Quando abri a porta deparei-me com o rosto confuso de Maria. Ela avançou pelo corredor sem dizer uma palavra e deixou-se cair sobre o sofá da sala. O uivo do vento que continuava a agitar lá fora me lembrou a noite em que Maria viera à minha casa pela primeira vez.

A imagem que se apresentava agora diante dos meus olhos era amedrontadora. Maria deitara-se encolhida, todos os membros de seu corpo estremeciam, lamentos chorosos saíam de sua boca e explodiam no espaço do aposento. Fiquei muito assustado. Maria me parecia estar em um estado de descontrole.

Decidi aguardar. Pensei que se o estado dela piorasse, eu chamaria imediatamente um médico, mas tive a esperança de que se lançasse para fora a lava que nela estava presa, se sentiria aliviada, e então eu conseguiria encorajá-la a falar. Ela continuou a chorar, balbuciando trechos de sílabas e palavras, como se mantivesse uma conversa com uma pessoa oculta. Não, não era Deus, não era com Ele que ela falava. Da confusão que jorrava de sua boca o meu ouvido captava, por vezes, a palavra "sabedoria", no original grego, *sofia*. Quando juntei frases gaguejadas e entrecortadas, pareceu-me como se esta *Sofia* mantivesse um diálogo com um amado chamado "Filo". E novamente um grito de choro, e de novo murmúrios indistintos de que ela deveria se desligar. Do quê? Não entendi. Desta confusão, o único nome que consegui entender foi Thomas... não papai, não mamãe, apenas Thomas. E eu sabia a qual Thomas ela se referia.

Os ataques de choro arrefeceram um pouco e ela adormeceu; o seu sono, porém, era agitado. Por vezes ela arfava, outras vezes gemia, e eu não sabia se o seu corpo doía ou se a alma tinha sido ferida. Fiquei sentado, observando-a e velando seu sono.

Com a primeira luz do amanhecer, ela abriu os olhos, tranquila, e sorriu levemente. Contudo, ainda havia muita confusão em suas palavras e movimentos lentos. Falou quase sem interrupção, em desordem, e eu tentei por ordem para mim mesmo no que ela havia dito, para que eu pudesse me comportar de forma adequada. Ela não tentou se desculpar pelo que tinha ocorrido à noite, e eu me alegrei por ela ter decidido vir justamente a mim quando estava em apuros.

Apesar do seu estado instável àquela hora da manhã, o quadro que se delineou foi o de uma jovem firme em seus desejos. Dentre as suas frases confusas brotou uma ideia que eu identifico com o espírito dos novos tempos que têm soprado recentemente.

Anoto o principal de sua fala.

Fiquei sozinha, assim ela começou, e não havia um tom de autopiedade nas suas palavras. O que me restava fazer? Procurar a mim mesma, procurar um caminho para a felicidade verdadeira... de quem eu aprenderia? De papai? De mamãe? Não. A vida deles era um exemplo de como não viver. A vida deles foi gerada por um passo de desligamento, mas era um desligamento imposto, que não pode trazer felicidade. A família de papai se desvinculara, à força, do passado judaico, fingia que isto lhe era bom, mas, na realidade, era bom para ganhar muito dinheiro. E mamãe? Uma cristã nova à força, transformou-se em judia nova e de novo em cristã na casa de papai, e novamente à força. Quando as pessoas passam de uma religião a outra, será que tudo se apaga? Será que fica o registro da religião anterior? Mesmo os membros da família de mamãe, que voltaram à religião de Moisés, não carregaram consigo lembranças e hábitos da religião de Jesus? Com que rapidez as duas religiões se mesclam? Perdi a confiança em ambas... não é religião o que eu quero, quero aprender, quero sabedoria que me ilumine o caminho para a felicidade. Não quero que aqueles que detêm autoridade religiosa me ditem o que é verdade e o que não é. Eles aprisionarão o meu pensamento... Quero me identificar com o mundo infinito ao meu redor, com meu corpo e minha alma, quero tentar tudo, pensar tudo... por isso, por minha vontade apenas, me desligo do meu passado... prefiro ser presa de uma dama, a dama do "saber", a dama "*Sofia*"...

Ela me contou com entusiasmo que tinha lido os *Diálogos de Amor*, de Yehudá Abravanel, cognominado Leone Ebreo, na tradução do italiano para o espanhol do judeu Guedália ibn Yekhia, e que o livro a impressionara profundamente.

Anos mais tarde vi os *Diálogos de Amor* na versão em espanhol na casa de Spinoza em Rijnsburg, e como me lembrava das palavras entusiasmadas de Maria, li-o longamente. Trata-se de diálogos entre um amante da sabedoria, um filósofo, cognominado Filo, e uma jovem que aspira ao conhecimento, chamada *Sofia*, a sabedoria. Ele é o mestre e ela, a discípula, os dois anseiam um pelo outro e, em sua conversa, buscam o caminho para o amor verdadeiro.

Os olhos de Maria começaram a brilhar. Ela falava do livro com prazer, e pela primeira vez percebi nela sinais de fé. – Leone Ebreo não escreve para os seus irmãos judeus – frisou Maria –, mas para os eruditos da filosofia, que se encontram acima de qualquer religião. E então declarou festivamente: – Finalmente, um canto de louvor à sabedoria, e não a uma ou a outra religião.

Maria conquistou o meu coração. Vi nela uma jovem sábia, que podia descrever com suas próprias palavras o que a impressionara no livro. Sentia-se atraída pela ideia de que o amor se encontra em tudo, em um círculo imenso, envolvendo todas as partes do universo, um círculo de amor cuja origem está em

Deus e o fim, igualmente em Deus. O amor de Deus emana grau após grau, da Divindade para o universo terreno, e então se transforma em um amor que anseia e é atraído pela beleza divina, que é o bem supremo e a sabedoria suprema. Assim o amor sai de Deus para o universo e para as criaturas, mas também das criaturas para Deus, fonte da beleza e fonte do saber, num desejo de se elevar a Ele e se unir a Ele.

Com muito conhecimento Maria citou palavras do livro ao pé da letra. As palavras de Sofia a Filo:

– Instruíste-me que a sabedoria é a verdadeira beleza.

E as palavras de Filo a Sofia:

– A beleza suprema é a sabedoria divina... a tendência para a sabedoria é a beleza que a Divindade atribuiu à alma intelectual... e torna a alma mais bonita à medida que ela tende a adquirir sabedoria.

O verdadeiro amor na opinião de Maria é, portanto, o amor pelo conhecimento e pela sabedoria, que é o amor divino, um amor cuja origem se encontra em Deus, que o emana para o mundo.

Maria se calou. Senti por ela uma grande afeição. Quis que ela continuasse a falar, a fim de que não tivesse motivo para ir embora. E ela, de fato, queria falar. Por isso viera a mim. Aparentemente sabia bem o que tinha para dizer: queria dedicar-se ao amor pela sabedoria, e somente assim ser feliz. Portanto, deveria desligar-se do passado. O primeiro pequeno passo seria desligar-se do seu nome. Não mais Maria. Antes de tudo, ele a fazia lembrar-se de "Santa Maria", a grande nau de Colombo que dera de encontro com um banco de areia e se despedaçara, exatamente como o barco de seu pai, Juan. E o mais importante, não queria nome de santa, estava enfastiada com santos e santas, queria um nome que expressasse o grande amor que tem pela sabedoria. Sofia era o nome mais adequado.

– Não quero mais ser Maria, a partir de hoje sou Sofia – disse decidida.

Não pude imaginar coisas que me fossem mais estranhas do que as palavras de Maria. Apesar disto, prometi-lhe que a partir daquele momento ela seria para mim Sofia, para tudo.

Desde o dia em que Maria se transformou em Sofia, não mais nos separamos, e ela ficou na minha casa até agora. Apesar de haver uma diferença inacreditável entre nossas idades, e do abismo de pensamento e fé aberto entre nós, Sofia é minha amada. E eu, assim sei, sou-lhe mais caro do que tudo.

Não é aqui o lugar para analisar o passo extraordinário que ela deu ao decidir permanecer comigo. Um passo de desdém pelas convenções e por todas as bisbilhotices, ao seu redor, por parte dos concidadãos, e desdém pelo tio Elviro, que decidiu não reagir, a fim de evitar a exposição exagerada de questões sensíveis ligadas aos membros da família. – Você não tem medo? – perguntei-lhe. Ela sorriu e citou com orgulho as palavras de Giordano Bruno para os juízes que o condenaram à morte, algumas décadas antes: "O vosso medo, quando me julgastes, é maior do que o meu medo ante vós".

Fico imaginando a dimensão do abalo que Von Rosenroth sofreria quando soubesse que minha amada Sofia, a respeito de quem ouvira tanto por meu intermédio, era Maria, a filha de Branca e Juan. Realmente, o extraordinário é algo de Deus.

Enviei as memórias daquela noite a Christian Knorr von Rosenroth, além de uma missiva com o seguinte teor:

A sua alteza, ilustre pessoa
Christian Knorr von Rosenroth
Senhor de grandes qualidades, amigo merecedor de reconhecimento,

Ainda estava repassando os antigos detalhes da história emocionante de Maria, quando me lembrei do senhor e de seus pedidos para procurar textos da Cabala que possa publicá-los em latim para nossos irmãos cristãos. Minha conclusão é que faço bem em registrar por escrito muitas coisas, na esperança de chegar ao detalhe desejado. Como aquele pescador de pérolas das profundezas do mar, que é obrigado por vezes a abrir centenas de conchas até que encontre uma em que brilhe a pérola.

Quando Maria citou os *Diálogos de Amor*, surgiu-me ante os olhos a grande coletânea, organizada por Johannes Pistorius, que conheci na casa de Herrera. O nome é *Artis cabalisticae* (A Arte da Cabala), um conjunto extraordinário de textos de Cabala em latim, dentre os quais encontrei também os *Diálogos de Amor*, de Leone Ebreo. Um dos escritos na coletânea é do culto converso Paulus Riccius, que aduz escritos cabalísticos diversos. E encontram-se ainda na coletânea: *Portões de Luz*, do conhecido cabalista de Castilha, Rabi Iossef Gikatila, em tradução para o latim de Riccius, e as traduções de Johannes Reuchlin do *Livro da Criação* que, na opinião de muitos, é mais antigo do que o *Zohar*. O grande Johannes Reuchlin tem três escritos adicionais nesta respeitável e especial coletânea, dentre os quais *De arte cabalistica* (Sobre a Ciência da Cabala), uma das obras extraordinárias que abrem uma ampla janela para a Cabala, a fim de que nossos irmãos que creem em Jesus, nosso Messias, possam pesquisar. Reuchlin, o cristão, é aqui representado por Simon, o judeu, que conversa em uma hospedaria em Frankfurt com o muçulmano Marranus e com Filolao, representante dos pitagóricos. Preste atenção, meu caro Christian, que no nome Simon há uma alusão ao cabalista Rabi

Schim'on bar Yokhai, de quem o judeu Simon é uma espécie de discípulo. E realmente ele conhece bem a Cabala e a defende. Anotei então algumas das palavras de Simon; ficaram guardadas comigo e eu agora lhas envio. Ao falar sobre os cabalistas judeus, ele os descreve com estas palavras:

Entre os judeus, os cabalistas têm uma tendência à reflexão e ocupam-se como o que se refere à tranquilidade da alma, ao silêncio, ao amor a Deus... que eleva o espírito, com a ajuda de símbolos, ao mundo superior, ao divino, do modo mais vigoroso.

Christian, meu caro, você bem sabe que a grande revelação, de que existe uma mística judaica secreta, está ligada à nossa busca constante por uma tradição antiga, uma revelação antiga, comum a todas as grandes religiões. Esta é a revelação do jovem gênio, o príncipe italiano Giovanni Pico Della Mirandolla, e de Johannes Reuchlin, que com ele se encontrou. Ambos viram na Cabala uma antiga tradição secreta da humanidade, ou uma revelação antiga de que usufruiu o homem primordial, e nela há alusões sagradas e secretas ao cristianismo, antes ainda que este chegasse ao mundo.

Meu ilustre amigo Christian, por favor, veja que dentre as obras da Cabala na sua coletânea, Pistorius incluiu também a tradução latina de Sarracenus dos *Diálogos de Amor*, de Leone Ebreo. Aparentemente não fez isso sem motivo, pois com certeza viu no texto uma ligação aos escritos cabalísticos da coletânea.

Meu ilustrado amigo Christian, esta importante coletânea é difícil de ser obtida. Se o senhor a quiser, farei todo o possível para consegui-la, mas, por favor, lembre-se: se eu não tivesse registrado a história do meu conhecimento com

Maria que se tornou Sofia, não teria descoberto a obra extraordinária de Pistorius, publicada há cerca de setenta anos na Basiléia.

Fique em paz, confiante e certo de que
sou seu amigo fiel, sempre disposto a servi-lo.
P. Serrarius

A carta de resposta de Von Rosenroth foi tocante:

Ao excelentíssimo sábio, culto e homem de ação
Peter Serrarius
Meu culto senhor, amigo especial

Fiquei feliz quando o senhor chamou a minha atenção para a existência daquela importante coletânea, *A Arte da Cabala*, de Pistorius. Eu realmente tinha conhecimento a respeito dela, mas havia esquecido e o senhor despertou-me novamente o interesse e um forte desejo de consegui-la, a fim de que eu possa usufruir dos seus frutos. As obras incluídas são-me muito necessárias, como o *Sefer Yetzirá* (Livro da Criação), composto aparentemente há mais de mil e duzentos anos, e que serviu de fonte fiel para os cabalistas que dele se ocuparam. No livro há uma explicação de como foi criado e construído o mundo e como nele foram inscritas as 22 letras hebraicas, que são a base a partir da qual foi construída a Criação. Soube que no final da obra conta-se sobre Abraão, o nosso patriarca, que conhecia a força oculta nas letras e a ligação entre elas e a Criação. O uso das letras deu a Abraão a capacidade de imitar e de renovar, em um certo sentido, o processo da Criação.

Meu caro Serrarius, já em tempos longínquos cabalistas judeus atribuíram a Abraão a capacidade extraordinária de Criação por meio de caminhos aludidos no *Livro da Criação*. Quanto a isso, a sua ocupação com as letras foi seguida dos atos mencionados na descrição dos atos divinos da Criação.

É compreensível que eu esteja entusiasmado com a ideia de que também os outros livros maravilhosos da coletânea, como *Diálogos de Amor*, cheguem às minhas mãos. Seja abençoado, caro amigo, pela sugestão, e abençoado seja pelo grande ato na sua busca e obtenção da coletânea.

Sei reconhecer a sua contribuição valiosa para a minha modesta obra em latim, a *Kabbala Denudata*, e as difíceis tarefas que ainda o aguardam, a respeito das quais decidimos na minha casa em Sulzbach. Mas, por favor, lembre-se, as condições do acordo entre nós continuam válidas. Assim como foi, assim será.

Seu dedicado

C. K.von Rosenroth.

Decidi partir para esta viagem tentadora dentro de algumas semanas, a fim de refletir sobre os modos de adquirir alguns manuscritos importantes, principalmente a coletânea de Pistorius.

Não sei de onde minhas forças despertaram e começaram a me inundar novamente. Afinal, eu já estava então com 86 anos, e uma viagem para a Itália não é uma coisa simples para mim. Mas uma viagem em busca de manuscritos raros inflamou a minha imaginação e conferiu sabor à minha vida. E quando a vida tem sabor, ela se fortalece por si só.

Von Rosenroth me surpreendeu novamente pelo modo nobre que lhe é característico. Após alguns dias chegou à minha casa um ilustre homem de negócios, um mercador de objetos de arte, creio eu, e me entregou um envelope selado.

Para minha surpresa, o dinheiro era inteiramente destinado ao meu amigo Rembrandt. Von Rosenroth está um pouco apressado, pensei, ele quer encontrar caminhos para o coração de Rembrandt, talvez possa extrair dele pormenores sobre o *Tehiru*. Porquanto tudo seja estranho aos seus olhos, ele tem certeza de que há um segredo que deve ser desvendado. Por isso, está ocupado o tempo todo com o mistério do *Tehiru*.

Fui ao ateliê de Rembrandt a fim de lhe entregar a valiosa soma. Senti certo desconforto, pois sabia o quanto ele necessitava do dinheiro. Há já alguns anos era obrigado a trabalhar como funcionário em um negócio que mercadejava obras de arte, criado especialmente pelo filho Titus e por sua falecida esposa Hendrikje. Tudo isto para se livrar de seus credores. Rembrandt, preso pelos laços do provento, não era o Rembrandt livre que eu conhecera. Estava pressionado.

– De quem é o dinheiro? – resmungou e agarrou as cédulas.

– De quem está interessado no *Tehiru* – respondi cuidadosamente.

Rembrandt pareceu muito surpreso, mas não agitado como na vez anterior.

– Chegará o dia em que conversaremos a respeito do quadro... então você entenderá... – disse.

Ele apressou-se ao canto do ateliê que estava abarrotado de objetos; estes ocultavam um pouco os quadros, A *Queda do Maná* e *David Toca a Harpa Diante de Saul*, que já havia concluído um ano antes, e nos quais dava agora os últimos retoques. Em contraste com o primeiro quadro de Saul e David, de 35 anos atrás, em que Saul aparecia no auge da força, no quadro recente exposto diante de mim surgia um Saul que ouve atentamente a melodia de David, como um homem alquebrado, curvado, cabisbaixo, enxugando uma lágrima do olho esquerdo.

Neste Saul, eu vi o Rembrandt de hoje que, em oposição ao Rembrandt jovem, também está alquebrado, exausto e atormentado.

Daquela pilha de objetos Rembrandt escolheu um pacote enrolado em pano e se aproximou de mim ofegante.

– Entregue a ele esta água-forte, com meus agradecimentos – disse-me depois de retirá-la da embalagem de tecido. – Esta é a impressão que fiz no papel original – frisou.

Rembrandt era um gênio em águas-fortes. Gravava o desenho em cera aplicada sobre uma placa de cobre, imergia a placa de cobre em ácido e depois imprimia e reproduzia a obra. Vinte anos antes sua conhecida água-forte *Jesus Cura os Doentes* havia sido amplamente divulgada. O cognome da obra era *A Gravura dos Cem Florins*, por causa da fortuna que por ela foi paga.

Olhei a gravura com curiosidade. Ela me fazia recordar do esboço de Rembrandt de alguns anos antes, à pena e tinta, feito como preparativo para o seu autorretrato. A figura no quadro não era nítida, chegava a ser relativamente borrada, mas pelos traços do esboço podia-se discernir o chapéu achatado de Rembrandt e também a expressão de seu rosto, sempre séria. A figura no esboço, apesar do borrado intencional, parecia querer dizer algo ao espectador, mas por algum motivo, contivera-se.

Quando olhei a água-forte que parecia gêmea do esboço, tive a impressão de que o rosto de Spinoza estava impresso nele. Quando continuei a olhar, para minha surpresa pareceu-me que o meu rosto me olhava da água-forte. Atemorizante. Qual a minha relação com tudo isto? Na parte inferior estava gravada a pequena assinatura de Rembrandt e, sob ela, o número 982.

Por quê? – perguntei-me. 982? O número devia ter algum significado. Por que Rembrandt o gravara na água-forte?

Mais uma vez fui tomado de pensamentos e conjecturas, será que havia uma ligação de tudo isto com o misterioso *Tehiru* que, de momento a momento, se me afigurava cada vez mais ameaçador?

Antes que eu enviasse a gravura a Von Rosenroth, dirigi-me a dois de meus amigos matemáticos, conhecedores da língua santa, e solicitei que esquadrinhassem os mistérios do número 982.

O primeiro respondeu-me com surpreendente rapidez. Declarou: o número 982 indica a palavra *tikun*, restauração, cuja soma do valor das letras é 556, e mais a palavra *tekhu*, cujo valor das letras é 426 e a soma de tudo isto junto é 982.

O *tikun* conduziu-me rapidamente ao Ari. À medida que fui me lembrando do que os meus amigos cabalistas me ensinaram, recordei que o *tikun* é a palavra-chave do ensinamento do Ari. Depois que Deus, ou o *Ein-Sof*, como Ele é denominado, se contraiu, retirou-se por Sua vontade e deixou lugar para a Criação do mundo no espaço *tehiru*, *Ein-Sof* emanou as *sefirot*, que são os "vasos" que devem recolher a imensa luz divina, criadora dos universos. Porém, quando o *Ein-Sof* enviou um raio divino de luz e fez as Suas ações no *tehiru*, os "vasos" não puderam conter a luz divina, e as seis *sefirot* inferiores romperam-se em uma grande explosão. Nesta "ruptura dos vasos", tudo foi atingido e estragado. As luzes se espalharam, parte das centelhas da luz divina, junto com fragmentos dos vasos, caiu dentro do abismo do *tehiru*, e dela formaram-se as forças do mal e da impureza, denominadas "cascas". Em meio a estas "cascas" estão também espalhadas e aprisionadas as centelhas sagradas da luz divina. Todo este evento universal conduz ao terceiro estágio, o mais importante de todos, que é o *tikun*, a restauração. Nele as centelhas sagradas serão redimidas da prisão das "cascas" impuras, e tudo voltará ao estado original de acordo com o projeto divino. Assim, será restaurada no mundo a união harmônica. O final do *tikun* completo se dará na Redenção, Redenção. para o mundo e Redenção para os membros do povo eleito que se encontra no exílio.

Depois do *tikun*, tão importante na teoria do Ari, voltei-me para as letras *tekhu*; elas brilharam para mim e indicaram o ano (5)426*, que corresponde a 1666... Novamente, o ano do Messias, o ano da Redenção. Ou seja, apesar de tudo, algo grande e sublime ainda estava para acontecer em breve...

A resposta do segundo matemático tardou a chegar. A fim de ouvir mais uma interpretação para o número 982, que figurava na parte inferior da água-forte, pedi a Sofia que, em sua próxima visita à casa de Spinoza, perguntasse a opinião dele. Eu estava certo de que a opinião dele não seria mais conveniente do que estes cálculos. Tinha certeza também de que Sofia se convenceria pelas palavras de Spinoza. Mas eu não sou obrigado a concordar com ele. Tenho este direito. Por acaso não teria tido razão Ésquilo quando disse: "O mais sábio dos sábios pode se enganar?"

Não me enganei. Sofia retornou de Spinoza e me explicou, em um tom divertido, que ela era da mesma opinião que ele: "Tal é o número dos intérpretes como o número das interpretações". E para comprovação, trouxe a explicação de Spinoza para o número 982.

Esta é a explicação: faltam dezoito anos para 982 completar um milênio. E a alusão é que o reinado dos mil anos em que acredito, no qual o Messias reinará com os santos do alto por mil anos, não virá a nós este ano, mas somente daqui a dezoito anos. Porque dezoito alude a uma promessa em nome de Deus, como

---

* Referência ao ano de 5.426 do calendário judaico (N. da E.).

está escrito: "Assim como o Eterno vive*, não cairá ao chão nenhum fio do cabelo de teu filho".

Bonito, disse eu para mim mesmo, mas a interpretação de Spinoza é forçada e sofisticada. Meu coração me atrai para a primeira, em que o número que aparece alude ao Ari e ao ano de 426. E não é por causa da minha vontade que assim seja, mas porque demasiados sinais indicam de toda parte: a Redenção que vier estará vinculada à restauração do mundo, do universo em que a harmonia foi perturbada.

O número 982 na parte inferior da água-forte tinha, pois, significado. Estava certo de que chegaria a ele.

---

* Jogo de palavras no original. A palavra חי (vive) é escrita com as letras que formam o número dezoito (N. da T.).

Uma Noite de Felicidade

Dediquei o tempo que me restava até a viagem à Itália ao registro que se segue. Escrevi-o com a intenção de enviá-lo a Von Rosenroth, antes de partir para a minha missão.

O escrito me parecia muito importante, pois continha a descrição das relações entrelaçadas, em cujo centro encontravam-se Sofia, Spinoza e eu, vinculados um ao outro apesar das diferenças e contrastes entre nós. Algumas das palavras ousadas e erosivas de Spinoza revelam-se e brilham também no registro escrito. O caminho para a felicidade do ser humano e sua redenção, difere tanto do meu como do de Von Rosenroth. Porém, também nós, imersos até o pescoço na Cabala e na expectativa do Messias, bem faremos se tentarmos entendê-lo.

E estas são as palavras que pus por escrito há cerca de três anos.

Amsterdã, 28 de setembro de 1666

Faço hoje 86 anos. É possível que eu deva os meus muitos anos à juventude de Sofia, porque somente ela implantou em mim a forte vontade de preservar a minha existência.

Desde o momento em que apresentei Sofia a Spinoza, gostaram muito um do outro. Com o tempo criaram-se entre eles fortes laços de amizade. Spinoza admirou-se do fato de Sofia ter sido companheira de Thomas Hobbes já quinze anos antes, e de manter contato com ele até hoje. Tanto quanto sei, Sofia foi a única mulher com quem Spinoza quis se encontrar a sós. No íntimo do meu coração eu sabia que se nele se aninhassem pensamentos sexuais, Sofia o atenderia com alegria.

Interessante, somente há dois anos contei a ele em Voorburg sobre as minhas complexas relações com Sofia. Quando lhe revelei então em Rijnsburg a minha história de amor com Branca, ele a recebeu sem pasmo exagerado. Ainda assim, tive receio de lhe contar sobre as minhas relações com a filha dela, Sofia.

Admirei-me com o fato de como alguém poderia abranger, com o auxílio de seu intelecto, temas que não experimentara. Será que poderia captar a essência do amor sem ter amado alguma vez?

Spinoza tentou me explicar com segurança o que é o amor.

Será que todo assunto pode ser tratado por um método que o apresenta e comprova em ordem geométrica, esta ordem tão apreciada por Spinoza? Será que a razão é a única autoridade para o exame dos fenômenos da alma?

Este jovem sábio tem uma grande ousadia. Mais de uma vez me disse que quando vem debater a natureza e o poder dos sentimentos, e o poder que a alma possui sobre eles, o faz aplicando o mesmo método pelo qual trata de qualquer outra questão. Por isso, observará os atos humanos e seus instintos como se fossem uma questão de linhas, planos e corpos. Deus, ele é capaz de examinar o meu amor complexo e problemático por Sofia como se fosse um fenômeno geométrico!

– Meu caro Serrarius – dirigiu-se a mim com o afeto de um adulto para com um jovem –, amor é apenas alegria acompanhada de um conceito de motivo externo... Sendo assim, o amor é uma espécie de alegria.

Soava seco, muito seco. Contudo, senti que neste conjunto de palavras havia algo tocante. Pois o meu amor por Sofia é uma alegria, em mim ligada a um motivo externo: a Sofia.

Spinoza continuou como um professor universitário que conversa com os seus alunos:

– E esta alegria, você quer que seja interrompida ou que continue para sempre?

– Que continue sem fim, é claro.

– E aquele que ama, será que necessariamente se empenha para preservar a coisa amada e mantê-la presente?

– É óbvio – confirmei, e me lembrei de palavras que Spinoza repetia nas conversas com os que lhe são próximos sobre o *conatus*, aquele esforço de cada indivíduo, no mundo, para conservar sua existência infindavelmente e aumentar o seu poder. A palavra também explica o empenho do indivíduo para preservar o que ele ama. Quanto a mim, as palavras de Spinoza penetraram no âmago da minha ligação com Sofia. Pois apesar do absurdo desta relação, já que eu estava com 65 anos no seu início, havia em mim todo o tempo o desejo de que ela continuasse para sempre, não só pelos anos contados que ainda me restavam, mas realmente para sempre, ou ao menos por mais algumas décadas.

– Diga-me, Serrarius – Spinoza voltou-se para mim –, quando imaginamos que alguém ama algo que nós amamos, o que acontece conosco?

– Temos um novo motivo que incandesce ainda mais o amor.

– E assim amaremos quem amamos com mais estabilidade?

– Certamente. Considerei que Spinoza falava no plural, "nós", mas de tudo o que eu sabia, Spinoza jamais estivera enamorado de uma mulher. Então me assombrou com a sensibilidade e o conhecimento que demonstrou na questão comum a todos os que amam: o ciúme.

– O que lhe acontecerá, Serrarius, se você imaginar que a mulher que você ama foi infiel?

– Afundarei em uma profunda depressão.

– Somente porque o seu instinto foi freado?

– Não só, mas também porque serei obrigado a compor, na minha imaginação, a mulher que eu amo com a genitália e o sêmen do outro homem, e isso despertará em mim aversão à minha amada...

– E, além disso – Spinoza me interrompeu –, possuído pelo ciúme, você não será aceito pela sua amada com a mesma disposição à qual estava acostumado no passado, o que também será motivo para a grande tristeza que tomará conta de você.

Quanta razão tinha este jovem sábio de 31 anos. O ciúme, este monstro, supliciou-me nos primeiros anos da minha relação com a jovem Sofia. Naturalmente não agora, na minha idade, depois dos muitos anos em que estamos juntos, porém, nos primeiros tempos, lembro-me das imagens que passaram pela minha imaginação toda vez que ela saía para tratar das suas muitas ocupações. Eu a via deitar-se com jovens bonitos e inteligentes que eu conhecia, e as minhas fantasias incendiavam o meu ciúme. Espantoso. Vim ao jovem Spinoza justamente porque ele não experimentara tudo isto. Pensei que seria bom se ele apenas me escutasse, e assim eu me liberaria do sufoco. Porém ficou claro que o seu intelecto, e não a sua experiência, era capaz de esclarecer para mim situações sentimentais em minha vida. Se eu fosse mais jovem, tentaria utilizar essa mesma observação intelectual em situações emocionais de minha vida, pois ter consciência delas ajuda a superá-las mais facilmente.

Spinoza tinha um ponto de vista adicional sobre o amor:

– Há os que, mesmo na ausência da amada, a creem presente. Quando isso ocorre com uma pessoa desperta, dizemos que ela está louca. Mas são loucos aos nossos olhos também aqueles que, pelo entusiasmo do amor, sonham dia e noite somente com a sua amada ou com a mulher dos seus prazeres.

Era como se Spinoza soubesse o que se passara em mim com relação a Sofia nos primeiros anos. Eu sonhava com ela acordado, sonhava com ela de noite, e não exatamente por desejo sexual, mas principalmente por causa da sua juventude, que a mim se apegara e me transformara em um homem que ainda tinha o futuro à frente.

O ciúme me corroeu quando, no início de 1652, Sofia viajou para uma festa que Hobbes fez em Londres por ocasião do surgimento do seu livro *Leviatã*. Hobbes, que tinha voltado a viver na Inglaterra, lhe enviara um convite para que ela se hospedasse na sua casa. Ela concordou, porque isso lhe pareceu algo natural. E eu, um homem de 72 anos, fiquei infeliz como um jovem cujo primeiro amor o abandonou. Nos dias e noites enervantes vi com meus olhos como ambos mantinham relações, e quanto mais eu sofria, mais e mais enxergava detalhes. Estranho, justamente nele eu via o meu grande rival. Comecei a odiar Hobbes. Procurei nele defeitos e falhas. Quis que o seu livro desaparecesse do mundo e não impressionasse ninguém. O fato de que Spinoza lera partes da obra e até discutira algumas de suas ideias era para mim um golpe. Com o passar dos anos esqueci a maior parte dos acontecimentos que despertaram ciúmes, mas a sombra deste evento me ameaça até hoje. O ciúme é irmão do ódio. Ambos são cegos.

Sofia me contou que as conversas intelectuais com Spinoza a emocionam. Jamais pensara que coisas complexas, como uma estrutura matemática, pudessem emocionar alguém.

Devo confessar que apesar da estranheza do caminho de Spinoza, eu o compreendo. Sinto na proximidade dele o toque da santa mão da sabedoria. Digo toque sagrado porque creio, no íntimo da minha alma, que a sabedoria é o princípio da Criação, criada em primeiro lugar por Deus. É-me claro que Spinoza não pode aceitar tal opinião, pois identifica a natureza com Deus, por isso não acredita na Criação. O pensamento, assim ele diz, é um atributo infinito de Deus, ou seja, é a Sua própria essência. Cada um de nós, que é um ser pensante, é expressão parcial d'Ele, ou como Spinoza o denomina: um "modo" Seu. O pensamento divino abrange todas as almas pensantes e toda alma pensante é parte de Deus, parte do pensamento divino. Todos os meus amigos certamente rejeitarão esta argumentação, não somente os cristãos fiéis, mas até o meu amigo Oldenburg, que está à frente da Sociedade Real de Ciências de Londres. Porém a mim, em quem a Cabala plantou o desejo do apego a Deus, atrai a ideia de que a minha alma pensante seja parte do pensamento divino. É uma ideia cheia de beleza, mesmo que se fundamente em um erro.

Por vezes Sofia anotava, *a posteriori*, as suas conversas com Spinoza. Quando lhe solicitava mais tarde esclarecimentos, ele a atendia de boa vontade.

De vez em quando ela me passava parte das anotações. Queria que eu as lesse para me atrair ao "círculo sensato". Assim ela denominava tudo que não continha a "confusão messiânica", em que, na sua opinião, eu estava metido.

Ela me passava também coisas pessoais, muito pessoais. A nossa convivência era tal que isso era possível. Há dez anos não temos relações eróticas. Uma mulher complexa, Sofia. Com cerca de quarenta anos, chama a atenção, recebe cartas e bilhetes de homens diversos, e eu – não tenho ideia do que ela faz. Está sempre ao meu lado quando é preciso, sempre ama, da forma como um homem na minha idade pode ver amor em relações sem erotismo.

As anotações feitas por Sofia das conversas com Spinoza não me desviaram do meu caminho. A realidade desenhara para mim um quadro que me deixou arraigado à minha crença. As anotações eram mais uma senda para Spinoza, para cantos ocultos de sua personalidade e do seu modo de vida. Não obstante toda a minha proximidade dele, e apesar de Spinoza depender de mim em diversos assuntos, ele não dimana como uma fonte abundante, e o que Sofia consegue extrair dele com facilidade, me é vedado.

Há uma semana Sofia me passou uma longa anotação que escrevera no início do ano, durante a minha permanência em Jerusalém com Rabi Schmuel Primo Levi. Ela pediu-me que lesse atentamente, pois fora uma das conversas mais profundas que tivera em sua vida, assim ela me disse com emoção.

Era um enigma para mim por que haviam se passado oito meses entre a escrita das anotações e sua decisão de me passá-las. Ficou claro que Sofia via aí um tesouro repleto de sabedoria de vida, e por isso dedicara-se a elas durante muitas semanas, a fim de ser o mais exata possível nos detalhes, e também voltara de vez em quando a Spinoza para ouvir as suas observações.

"As palavras dele me conquistaram" –, assim ela me contou. – "Por vezes eu não o entendia completamente, mas ele não teve preguiça, repetia e explicava, e depois que chegava ao ponto obscuro seguinte, eu meneava a cabeça como se tivesse compreendido, e ele me deixava e ria". "Basta que você compreenda a ideia condutora", observou ele, "só uns poucos amigos meus chegam aos detalhes".

"Espero estar entre os poucos" – "respondi esperançosa".

E este é o registro que descreve a noite de 2 de janeiro de 1666. Sofia e Spinoza em uma noite de felicidade:

Ontem me encontrei com Benedictus Spinoza em sua casa em Voorburg. Foi um encontro mais longo do que o habitual, durou até a luz pálida do amanhecer. Admirei-me com que naturalidade me propôs que dormisse com ele em sua cama. Concordei. Ele adormeceu em seguida.

Todos os nossos encontros começam ao crepúsculo, após as suas conversas com os seus numerosos amigos, que vêm sorver palavras de sabedoria de sua boca.

Spinoza aqueceu o meu coração quando disse que me incluía no círculo reduzido de seus amigos muito próximos.

— Como consegui? — perguntei, e ele respondeu com simplicidade:

— Se você ama a verdade com um amor verdadeiro, seremos amigos de alma.

— Por quê?

— Porque também eu amo a verdade com um amor verdadeiro...

— E por isso, você e eu... amaremos também um ao outro?

— Certo. Só se pode amar pessoas dessa maneira...

Spinoza olhou para mim com olhos de quem ama de verdade. Esperei por um momento que se deleitasse comigo, mas ele não deixou lugar para dúvida quanto à sua intenção:

— Somente a verdade pode unir pessoas diferentes em gostos e atos — disse ele. Pensei que talvez se referisse a nós e que logo me aproximaria de si, mas Spinoza concluiu e disse:

— O pacto de amizade entre pessoas que amam a verdade com um amor verdadeiro é o mais elevado.

Bonito, mas dolorido, disse para mim mesma, este não é um amor de contato de lábios, de abraço e afago... e apesar disso, sinto que ele está mais próximo de mim do que nunca, justamente ele, em que não há uma fagulha de amor sensual, justamente ele é sensual aos meus olhos. É seis anos mais novo do que eu, mas fala comigo como um pai com sua filha. E eu, cuja vida foi toda atração por homens mais velhos, estou atraída por ele, por este jovem tão velho...

E então ousei fazer-lhe a mais difícil das perguntas, uma pergunta que me incomodava todo o tempo: será que este amor tão grande pela verdade, que o preenche todo, não lhe deixa lugar também para o amor que contém o desejo físico?

Ele permaneceu sentado, absorto, e eu não sabia por qual reação esperar. Tive receio e desejei muito que uma pergunta incômoda não estragasse as nossas relações de proximidade. Para minha grande surpresa ele me olhou com seus olhos tranquilos, nem agitado e nem constrangido, e respondeu simplesmente:

– Tive uma vez, não preciso mais.

Eu sabia a quem ele se referia. Conta-se que certa vez Spinoza apaixonara-se por Clara Maria, a filha de Van den Enden, em cuja escola estudara latim e ciências, mas Clara Maria o desiludiu muito ao preferir o seu melhor amigo. No entanto, eu não acreditava que um caso destes fosse capaz de modificar diametralmente uma pessoa equilibrada. Devia haver um fator muito mais profundo. E realmente, Spinoza continuou e explicou:

– Depois que a experiência me ensinou que todas as coisas na minha vida são insípidas e sem valor, decidi pesquisar se eu poderia obter algo diferente, que fosse um bem verdadeiro, e conseguir uma felicidade suprema e constante para sempre.

– Será que as coisas que causam prazer lhe atrapalham na busca desta felicidade suprema e constante? – perguntei.

— Atrapalham e muito. A entrega a elas me afasta do novo caminho de vida que escolhi. São uma grande tentação, apesar de serem desprovidas de valor. Por isso devo lhes voltar as costas.

— Você não está exagerando? Todas as coisas na sua vida são insípidas e desprovidas de valor?

— Sim — suspirou. — Diga-me você, Sofia, quais são para você as coisas que tornam as pessoas felizes?

— Prazeres sensuais, por exemplo...

— Por quê?

— Porque todos nós temos desejo sexual, e quando este se satisfaz, sentimos prazer...

Spinoza continuou perguntando: — O que mais, em sua opinião, traz felicidade às pessoas?

— Riqueza, por meio da qual obtemos o que queremos, e também respeito, porque quando nos tratam com respeito, apreciamos isto...

— Será que a riqueza, os prazeres sensuais e o respeito têm capacidade de proporcionar felicidade constante? Não serão eles passageiros, vêm e desaparecem? Serão eles capazes de eliminar os nossos inúmeros medos e principalmente o medo da morte?

— Certamente não.

— Ou seja, não são estes que eu preciso amar. Não são estes que me conduzirão a uma situação de felicidade e alegria constantes. Devo encontrar o que amar mais do que tudo. Qual é o amor que preencherá a minha alma de alegria, que afastará de mim o sofrimento, o medo e, naturalmente, o medo da morte?

— Meu caro Benedictus — eu disse com amargura —, poderá você me dizer finalmente qual é esse bem verdadeiro, constante, que sozinho pode nos proporcionar alegria e felicidade?

— Chamo esse bem de amor intelectual de Deus.

— Amor intelectual de Deus? — perguntei com espanto.

— Sobre isso falaremos em outra ocasião, talvez amanhã... — Spinoza sugeriu, mas eu insisti, e por fim a minha curiosidade e prontidão o convenceram a partir comigo para a viagem exaustiva.

Ele começou com uma espécie de pequena confissão:

— Se há em mim um amor, é a Divindade infinita, e se há em mim um desejo, é o entusiasmo de conhecer a Divindade. Ele refletiu por um momento e acrescentou: — Quando falo a respeito de Deus, por favor, Sofia, lembre-se sempre de três palavras em latim, *Deus sive natura*.

— Que significam?

— Deus ou a natureza.

— E o sentido?

— Deus equivale à natureza.

— Ou seja, você identifica a Divindade com a natureza? Com o conjunto do universo? Quando você diz Divindade, você diz natureza? E quando você diz natureza, você diz Divindade?

— Exatamente. Por isso quando quero conhecer Deus, ou amar Deus, quero conhecer e amar o universo todo, em todos os seus detalhes. Conhecer e amar Deus-natureza.

— E como você chegará àquele conhecimento Deus-natureza e seu amor?

— Pelo conhecimento intelectual da vida da razão.

— E há uma forma de conhecimento inferior a esta?

— Sim, a da maior parte de nós.

— E qual é o seu caráter?

Spinoza sorriu como se a resposta fosse supérflua. – Como você conhece qualquer coisa, Sofia? – perguntou finalmente.

– Eu a vejo, sinto o seu cheiro, toco nela, por vezes ouço a respeito dela por outras pessoas...

– Ou seja, principalmente com a ajuda dos sentidos, mas estes, em muitos casos, enganam. Por exemplo, você olha para o sol e vê uma esfera avermelhada do tamanho de uma cabeça humana, e imagina que esta pequena esfera está muito mais perto de você do que a minha casa do final da aldeia. Isso é naturalmente um grande erro.

– Ou seja, neste baixo grau de conhecimento, nos baseamos em nossos sentidos enganosos. Mas a fim de nos libertarmos desta submissão e buscar a verdadeira felicidade eterna, necessitamos de um conhecimento superior e mais verdadeiro de Deus-natureza...

Spinoza estava satisfeito com o esforço de resumir as palavras dele nas minhas. Mas pelo medo que sempre o acompanhava, de que talvez não houvesse uma pessoa capaz de expressar as suas ideias exatamente, ele acrescentou em seguida:

– Há necessidade de subir ao segundo nível de conhecimento, ao conhecimento do intelecto.

– O que o caracteriza? – perguntei sem vontade de entrar em detalhes naquela hora da noite, mas Spinoza parecia mais decidido e entusiasmado a cada momento.

– O que caracteriza o conhecimento do intelecto é saber as leis gerais da natureza. O que é comum a todas as coisas.

– Lamento, meu caro Spinoza, sinto o que você diz, mas ainda não compreendo.

– Neste grau de conhecimento, Sofia, você verá o mundo de modo diferente.

– Por exemplo?

– Por exemplo, que não há casualidade na vida e que tudo é obrigatório. Você se encontra aqui comigo esta noite devido a uma corrente infindável de causas, parte das quais sequer conhece. Causas espirituais, materiais, sociais e outras que a trouxeram aqui. Parece-lhe que você escolheu vir, mas apenas parece. Na prática você não poderia ter agido diferentemente. Tudo o que ocorre na nossa vida, acontece como acontece e não poderia acontecer de forma diferente. Tudo é inevitável.

As palavras me soavam sérias demais e talvez, nem mesmo lógicas.

– Meu caro Barukh – esta foi talvez a única vez em que o chamei assim –, você estudou a *Mischná* quando era jovem e se perguntou: "qual o caminho direto que o homem escolherá". Com isto você supôs que o homem pode escolher, mas das suas palavras eu compreendo que não sou livre para escolher, e até a minha vontade foi totalmente determinada por causas naturais. Isso simplesmente não é correto.

– Imagine que alguém jogou uma pedra e ela se encontra em movimento. E suponhamos que a pedra tenha consciência. Ela ainda é capaz de acreditar que se move da forma como se move por ser totalmente livre. Ela é capaz de pensar que continua a se mover por causa de sua vontade, porque assim o escolheu.

– E como a pedra, também as pessoas?

– Correto, Sofia. Assim como a pedra, nós acreditamos que temos uma vontade livre.

Spinoza ficou satisfeito por eu ter começado a me mover na sua direção, mas decidiu esclarecer mais este ponto paradoxal.

— Em que um bebê acredita quando deseja leite? – perguntou-me.

— Que é de sua livre vontade, naturalmente.

— E o medroso, quando deseja fugir?

— Também que é por livre decisão.

Para comprovar-lhe que eu havia compreendido a sua opinião, decidi trazer um exemplo meu:

— Também o louco, a tagarela, a criança e muitos que se assemelham a eles, acreditam que falam por uma decisão livre, enquanto na prática não são capazes de dominar o seu instinto da fala.

— Muito correto – Spinoza festejou a sua doce vitória. Ergueu-se e, com um passo majestoso, aproximou-se de mim e beijou-me a testa.

— Também eu – disse num sorriso de menino –, também eu penso que por minha escolha apenas, a beijei agora, Sofia...

Rimos os dois. Senti que estávamos mais próximos do que nunca.

— E isso é ilusão? – perguntei um pouco confusa, – A nossa crença na vontade livre?

— Sim – declarou Spinoza –, nós simplesmente não sabemos as causas verdadeiras que nos fazem agir. Temos consciência da nossa vontade, mas não das causas da existência dessa vontade.

— E liberdade? Não há algo que seja livre no nosso mundo?

— Somente Deus é realmente livre.

— Por quê?

— Porque a Sua atividade provém da Sua essência, de Si próprio apenas. Por ser a causa de Si mesmo, não há nenhuma outra para a Sua atividade.

— É possível dizer que Ele age pela Sua livre vontade?

– Não, Sofia, se você disser que Deus age conforme a Sua vontade, é como se você tivesse dito que Ele agiu assim, mas poderia desejar de outra forma; e então, Sofia, Ele não é realmente livre, porque está submetido à Sua vontade. Mas Deus-natureza é livre, porque é o único que age pela Sua lei interior, e não por uma causa externa.

– E quanto a mim?

– Você e eu, todos nós, não somos livres, porque as nossas opiniões e atos decorrem de outras causas... Aqui ele interrompeu como se estivesse ponderando, olhou para mim e disse: – E ainda assim, podemos ser livres num certo sentido. Não totalmente, uma liberdade relativa...

Senti um estímulo tentador para continuar a conversa, apesar de ter percebido em Spinoza os primeiros sinais de fadiga. No meio da noite, um homem e uma mulher ocupam-se de uma atividade intelectual exaustiva...

– O assunto merece uma conversa especial... – suspirou por fim.

– Agora – falei rapidamente –, diga-me, Benedictus, como seremos, apesar disso, livres num certo sentido?

– Para tanto, devo falar com você sobre o *conatus*.

Ouvi este termo circulando mais de uma vez na boca de Spinoza e de seus amigos, mas não alcancei o seu sentido total. Desta vez, com a sensação de que o *conatus* se encontrava no meu caminho para compreender a felicidade do ser humano, perguntei: – Conatus?

– *Conatus* é o esforço de tudo no mundo para persistir ilimitadamente na sua existência. O lobo se esforça para continuar existindo como lobo, tão forte quanto possível, a ovelha se esforça para continuar existindo como ovelha, e você, Sofia, se esforça para continuar a sua existência como Sofia.

— Esse esforço para continuar no que sou, é uma das minhas características?

— De modo algum — disse Spinoza resoluto —, esse esforço não é uma característica sua, é a sua própria essência. Você existe enquanto existir em si esse esforço, e ele não é apenas esforço para a autopreservação, mas também um anseio de fortalecer o seu poder, o seu anseio pelo infinito.

— Será que eu poderia dizer que, mesmo sendo Deus — a origem da força das coisas, ainda assim tenho uma relativa independência, que se expressa no meu *conatus*, o esforço para continuar a existir?

— Independência relativa — sim, mas isso não é um ato de livre escolha, porque o esforço para continuar a existir é uma necessidade da sua natureza.

— Sendo assim, quando eu me esforço por algo, não é porque eu o desejo?

— Ao contrário, você o quer porque se esforça por ele, a fim de ajudar a sua existência e o seu poder. E a boa qualidade que há em você cresce à medida que você se esforça e busca o seu benefício.

— Buscar o meu benefício, isso é a boa qualidade? É inaceitável — protestei veementemente. Spinoza me pareceu de repente uma criatura egoísta e insuportável. Ele continuou tranquilo, como se esperasse de antemão a minha reação tempestuosa.

— Creia-me, Sofia, quanto mais você ficar feliz, mais forte ou mais livre, mais moral se tornará. Por exemplo, você pode ajudar os necessitados não por pena, mas em seu benefício, porque lhe é conveniente ajudá-los para fortalecer a sociedade em que você vive, ou seja, fortalecer a si própria.

– Por isso a pergunta é o que realmente é bom e útil para mim?

– Certo. E o que é bom para você é o que a torna mais forte.

– E o que é que me torna mais forte? – perguntei quase sem forças.

– A capacidade de pensar – disse ele e repetiu –, a capacidade de pensar, Sofia, *conatus intelligendi*, frisou em latim, e logo explicou: – O esforço para a compreensão. Esta é a sua essência especial, que a diferencia das demais criaturas. O seu *conatus* especial, de ser humano.

– E como ele me torna mais forte, ou como você me prometeu antes, mais livre?

– A razão a levará à cognoscência da qual já falamos esta noite, e de acordo com ela, tudo é obrigatório e não há acaso, e tudo é estabelecido por um encadeamento infinito de causas. Quando a pessoa sabe isso, e sabe também as verdadeiras causas de tudo o que lhe ocorre do ponto de vista físico e espiritual, ela é mais forte e mais livre.

– Porque quando ela compreende os seus sentimentos, também é capaz de se sobrepor a eles, em especial aos estados espirituais de fraqueza?

– Sim. E esta compreensão levará o homem a que, em seu próprio benefício, deseje para o próximo a mesma coisa boa que deseja para si. Ele cultivará tudo o que causa alegria e prazer ao homem, desenvolverá sentimentos positivos como força espiritual, generosidade, amizade... com isso será mais livre...

Nesta altura senti que Spinoza me conduzia pela subida da montanha, com passos pequenos e calculados, em direção ao cume que ainda estava oculto.

— Não é um absurdo? — perguntei. — Pois a necessidade e a liberdade são opostas.

— A questão, Sofia, é o que em sua opinião é a liberdade. Tente se desligar dos seus velhos conceitos.

— O que é liberdade, em sua opinião? — perguntei com amargura, porque eu esperava uma conclusão e ele a retardava como que intencionalmente.

— Liberdade não é liberdade do que é necessário no mundo. Somos livres quando compreendemos que agimos no âmbito necessário das leis eternas.

— Por exemplo?

— Por exemplo, que tal não ocorra, se você perdesse um grande bem que lhe é caro, isso lhe causaria depressão; mas no momento em que você entendesse que não tinha jeito algum de manter esse bem, porque isso era inevitável, lhe doeria menos.

— Muito correto — concordei. — Se eu tivesse certeza de que poderia fazer algo para salvar o bem e não o fiz me doeria muito.

Pela primeira vez refleti a respeito de todas aquelas situações em que me senti impotente para frear e moderar as emoções e desejos que não são bons para mim. Compreendi que sou submissa, que não sou livre. Mas quando me esforço por aquilo que é bom para mim com a ajuda da razão, que me esclarece as causas para o que me acontece, sou mais livre, ainda que, num certo sentido, não de modo absoluto. Mas isso é muito.

Spinoza não disse nada, como se me deixasse digerir as coisas que eu ouvira. Por fim, como era de seu hábito, decidiu resumir em uma frase:

— É bom que você examine as minhas palavras em profundidade, Sofia, mas lembre-se sempre, à medida que você é mais acionada pela sua essência especial, pelo seu *conatus* especial, a razão, você é também mais livre.

– Será isso o auge do *conatus* da minha razão? – perguntei logo.

– Não, Sofia. Acima dele encontra-se o mais emocionante de tudo, o que eu denomino de "amor intelectual de Deus".

Eu não quis interromper a conversa neste ponto, uma hora antes do alvorecer. Não tenho ideia de onde me brotou este frescor característico de casais de apaixonados à noite, quando o corpo e o coração se agitam e se comprazem. Contudo, naquela noite, pela primeira vez na minha vida, senti o meu corpo se comprazer na conversa. Um encanto de satisfação e de contentamento estendeu-se por todas as partes do meu corpo. Spinoza sacudiu o muito pó que havia se assentado dentro de mim, impedindo que eu pensasse de outra forma a respeito do caminho do homem para a felicidade. É verdade, uma conversa rápida, quase só de títulos de assuntos, mas talvez justamente por isso eu queria ouvir mais e mais.

– O amor intelectual de Deus – repetiu Spinoza. – Este é o mais alto grau de consciência do homem.

– E o que o caracteriza?

– A intuição – disse, e seu rosto me pareceu um pouco sonhador –, é um saber em que você olha para a verdade, a apreende e à sua prova, num olhar imediato, direto e sem intermediação.

A questão me parecia muito surpreendente. – O conhecimento, em seu grau mais elevado, não é consequência de um processo de pensamento, em cujo final chegamos a uma conclusão? – perguntei.

— Não — disse Spinoza com segurança —, não se trata aqui de um caminho de provas intelectuais, mas da unificação direta com a própria coisa.

Eu estava muito confusa. Ao longo de toda a conversa, que se estendera pela noite inteira, Spinoza me conduzira pelo intelecto, e agora, no grau mais elevado do conhecimento, quando chegamos ao momento da verdade, voltava-se de repente para algo além do intelecto. O amor intelectual de Deus? Por mais que ele seja intelectual, o amor é uma vivência do sentimento. E o que significa união com Deus? Ouvi um tom semelhante nas conversas messiânicas de Serrarius e seus companheiros...

Spinoza não abrandou, e em voz tranquila disse: — A maior conquista do homem, minha cara Sofia — é quando ele observa o mundo, Deus-natureza, do ponto de vista da eternidade.

— Benedictus — respondi fervilhando —, entendo cada vez menos as suas palavras.

— Se é assim, escalemos juntos, passo a passo, em direção ao cume.

— Estou pronta — disse, tensa para captar e compreender.

— No grau de cognoscência anterior você era obrigada a desistir da crença de que sua vontade é livre. Você aceitou com tranquilidade os acontecimentos de sua vida, porque entendeu que tudo é consequência da necessária e eterna lei da natureza. Certo?

— Certo, e pensei que assim chegaria à felicidade.

— Não à felicidade suprema. Você será mais feliz à medida que a sua razão, que é a sua essência, crescer.

— Muito convincente — confirmei de imediato.

— E qual é a coisa superior que a sua alma pode compreender?

— Deus, ou seja, Deus-natureza, que não há nada mais completo do que Ele.

— Daí se tem que a sua alma encontrará o seu bem supremo no conhecimento de Deus-natureza.

— E assim serei feliz?

— Sim, porque pelo conhecimento de Deus-natureza em você despertará o amor a Deus-natureza, um amor intelectual, como eu o denomino. Porque pela primeira vez como criatura particular, você se perceberá como parte de Deus-natureza, que é também a causa para tudo o que existe, e também a sua causa como criatura particular.

— Eu? Eu própria perceberei isto?

— Você, e não pelo conhecimento geral que tinha até agora, mas em uma observação direta, intuitiva...

— É muito emocionante — eu o interrompi. — E no momento em que eu apreender, de modo direto e claro, que sou parte de Deus, despertará em mim o amor de Deus?

— Certamente. Você compreenderá, Sofia, que a sua vida nada mais é que a vida de Deus. A sua realidade final, limitada, é uma partícula da realidade infinita de Deus-natureza.

— Qualquer um é capaz de alcançar este amor de Deus?

— Não foi o que eu disse... Somente alguns bem dotados são capazes disso...

Spinoza me deu, novamente, um beijo na testa. Pareceu-me que ele estava um pouco emocionado. Eu não tinha certeza se era por aquele feliz amor de Deus, ou talvez estivesse emocionado comigo...

— Você, Sofia, é uma daquelas criaturas bem dotadas — disse.

— Bem dotada que é apenas uma criatura passageira — suspirei com pouco caso.

– E apesar disso, você se perceberá como eterna, porque é parte de Deus, Deus que você não imagina como presente agora, mas como eterno. Por isso você olha para as coisas fora do tempo e da mudança, você olha para o mundo do ponto de vista da eternidade.

– E esse é o estágio em que estou unificada com Deus-natureza?

– Esse é o estágio em que o amor de Deus em você é a redenção da sua alma, é uma espécie de renascimento.

A luz pálida da aurora inundou o espaço do quarto, uma luz do início do dia, mas para nós era sinal de esmorecimento e fim de forças. Em voz cansada, decidi conduzir a conversa ao seu final:

– Se é assim, o caminho que conduz à felicidade suprema é difícil, extremamente difícil.

– Difícil é o que se encontra raramente – respondeu Spinoza.

– Nossa sorte.

– Porque se a felicidade, ou eu diria, se a redenção da alma se encontrasse em abundância e pudéssemos obtê-la não pelo modo difícil, como poderia ser que quase todas as pessoas a negligenciem? Porém as coisas extraordinárias são difíceis, assim como são raras.

Não consegui adormecer. Ele estava deitado tranquilo ao meu lado, e eu me virava de um lado para o outro, pensava e continuava a pensar. Algo que eu havia perguntado a Spinoza no início da noite, se ele sentia desejo por uma mulher, nos levou, no final da noite, a deitar um ao lado do outro na mesma cama, débeis e desprovidos de vida. Discerni a felicidade, aquela que desperta ciúme, estampada no seu rosto. Talvez fosse prazer por ter conseguido subir comigo, degrau a degrau, ao cume da felicidade do homem.

Quando li as anotações de Sofia, fiquei tocado. Nas palavras de Spinoza ocultava-se um pensamento muito sábio e, apesar disso, ardia nelas uma brasa que ilumina apenas um pouco do que está além do intelecto.

Era espantoso que naquele universo pequeno em que vivíamos, se atritassem dois fenômenos opostos. De um lado uma crença, que arrastava multidões, no Messias Sabatai, o prenunciador da vinda da Redenção; e, de outro, bem no mesmo lugar, tecia-se um pensamento filosófico sobre a verdadeira felicidade do homem, sobre sua redenção, e ele era excepcional, raro.

Apressei-me em enviar esta anotação de Sofia a Knorr von Rosenroth. É claro que dela peneirei as partes pessoais e aguardei, tenso, a sua resposta. Eu não sabia se ele poderia utilizar as maravilhosas palavras que eu lhe enviara ou se, do seu ponto de vista, elas não tinham valor.

A carta de resposta de Von Rosenroth foi surpreendente e emocionante.

> Ao ilustre sábio e homem de ação
> Sr. Peter Serrarius
> Meu especial amigo
>
> Parece que consegui chegar à fonte da qual jorram as palavras de Spinoza. Essa água pura tem origem nas palavras dos cabalistas.
> Será que esse desejo do homem, de ser próximo de Deus, não é aquela chama ardente que há no cabalista?

Será que a felicidade de que fala Spinoza, a felicidade que preenche o homem quando ele contempla Deus de forma direta e sem intermediação, quando ele ama e se une com Deus-natureza, não seria aquela felicidade que existe na vivência mística do cabalista? Será que o homem não chega a essa vivência a não ser pelo anseio de se unir a Deus?

Talvez eu esteja enganado, mas me parece que o amor repleto de conhecimento divino existia em Spinoza, ainda antes que começasse a construção do seu sistema.

Ouvi também que há um dito dos cabalistas judeus que se refere a Deus-natureza, segundo o qual "Deus" e "a natureza" se equivalem na *guemátria*. Benedictus, que conhece as letras hebraicas, certamente sabe; "Deus" equivale a noventa e dois; "e a natureza" também equivale a noventa e dois. Espantoso.

E já disse o grande gênio cabalista Rabi Mosché Cordovero em *Pardes Rimonim* (Pomar de Romãs):

"*Ein-Sof*, Rei dos Reis dos Reis, governa todos, porque a Sua essência avança e desce pelas *sefirot* e entre as *sefirot*, e nas carruagens e entre as carruagens, nos anjos e entre os anjos, nas rodas e entre as rodas, nos fundamentos e entre os fundamentos inferiores, e na Terra e entre a Terra e seus descendentes, até o último ponto nos abismos – toda a Terra está repleta de Sua honra".

E o autor dos *Tikunei Zohar* exacerba e diz a respeito do *Ein-Sof*:

"Tu estás dentro de tudo e fora de tudo e de todo lado, e acima de tudo e abaixo de tudo..."

Prezado Serrarius, o senhor não percebe que os sábios cabalistas creem que em todos os estágios da realidade, em todos os seus detalhes, a Divindade infinita está presente?

E o que diz Spinoza a Sofia em suas conversas?

"Você compreenderá, Sofia, que a sua vida é somente a vida divina por seu intermédio. A sua realidade final, limitada, é uma parte minúscula da realidade sem fim de Deus-natureza. E você é realmente uma criatura passageira, mas se perceba como eterna, pois você é parte de Deus".

Nas palavras dos cabalistas e nas palavras de Benedictus surge uma pessoa que é preenchida por um êxtase extraordinário, porque conhece e ama Deus que Se encontra em tudo.

E ainda diz Spinoza:

"Este amor de Deus é a redenção da alma do homem, ele é uma espécie de renascimento".

Como os místicos, também ele encontra interesse e propósito na Redenção. E mesmo que os cabalistas, diversamente dele, não vejam na Redenção a salvação da alma individual, mas a Redenção do povo, apesar disso, o nosso Benedictus se baseia na razão para chegar, no fim do caminho, à "redenção da alma". Assim como eles, alimenta-se da aspiração de fundir-se com o Eterno, com o Infinito.

E lembro-lhe novamente, ilustre, culto e experiente senhor Peter Serrarius, faça tudo o que estiver ao seu alcance para conseguir para mim o manuscrito *Porta do Céu*, do sábio cabalista Avraham Cohen Herrera no original espanhol, além da tradução hebraica. Foi-me dito que a tradução é um pouco falha, desejo comparar e me aprofundar. Um de meus amigos, que também pertence ao círculo dos amigos de Spinoza, contou-me ter visto o livro no original, enquanto a tradução ele viu na casa de Spinoza. Ele examinou várias vezes as duas versões, e depreende-se que Spinoza tomou emprestada do cabalista Herrera a teoria da união de Deus com o universo. Meu caro Serrarius, trago palavras que o meu amigo copiou do livro. Ele diz que a Cabala de Herrera fala sobre "Deus que se torna mundo" e que "a experiência divina é união que não pode ser dividida e discernida, habitando dentro de todos os que se encontram, em suas partes e em partes de suas partes, ou seja, até nos pontos minúsculos da natureza".

Estou muito emocionado. Talvez eu encontre uma vinculação surpreendente entre Spinoza e a Cabala do cabalista, filósofo e estudioso Herrera.

Meu caro e muito ilustre Peter, agradeço imensamente pelo que enviou e reservo-lhe um agradecimento pelo que ainda enviará. O senhor me é de grande valia.

As palavras do amigo de Von Rosenroth, de que Herrera fala do Deus que se torna mundo, me eram convincentes. Também Spinoza, em outra época, louvara Herrera para mim e para Oldenburg, e dissera que a sua Cabala falava do Deus que se torna universo.

O final da carta tratava da questão do pagamento, que Knorr sempre se preocupava em não ocultar. Enviou-me novamente Jarig Jelles, que era o encarregado do grande fundo secreto. Dele recebi um envelope que continha dinheiro suficiente para que eu repassasse também uma pequena dotação a Spinoza, de forma anônima, naturalmente. Transferi grande parte do dinheiro aos meus amigos fiéis, para financiamento de nossa atividade que se tornava cada vez mais complicada e urgente, pois eram dias difíceis e os acontecimentos no movimento de Sabatai Tzvi despertavam dúvidas entre os que cessaram de crer. Todo dia éramos obrigados a imprimir muitos folhetos, que eu redigia, e enviá-los às dezenas de amigos nos diversos países. Assim, eu divulgava as notícias que me chegavam de minhas fontes, sobre os atos do rei-Messias e de seu profeta Rabi Natan. Estas publicações, em adição às inúmeras missivas que eu enviava, transformaram-se em despesa que aumentava diariamente.

Fiz os meus últimos preparativos para a viagem que havia planejado para a Itália, a fim de procurar os valiosos manuscritos para Von Rosenroth.

Alguns dias antes da partida, chegou a resposta do segundo especialista quanto à gravura de Rembrandt e o número 982 nela inscrito. A interpretação era totalmente diferente daquela do primeiro especialista, que encontrara uma ligação entre o *tikun* do mundo e o ano 426.

982, segundo a sua versão, é a soma das letras das palavras "Spinoza", "será acautelado", "Oldenburg". Ou seja, novamente recaiu sobre mim aquele temor de uma conspiração em que Spinoza, amigo do governador De Witt, seria prevenido por Oldenburg sobre os projetos dos ingleses.

Eu não sabia o que fazer. O oculto era maior do que o revelado. Como tudo isso se compunha com o indício que me fora dado nas duas palavras da carta de Spinoza: "E os esclarecidos resplandecerão"? E o número 982, a que mais ele aludiria?

Uma coisa me era clara como o sol ao meio dia: de toda parte bruxuleavam luzes esparsas, piscavam para mim, me davam indícios. Nada era acidental.

O quadro continha um grande segredo. Qual?

Eu devia continuar a procurar. Mas entrementes fiquei aliviado. Fui obrigado a deixar de lado a viagem em busca do *Tehiru*, uma viagem exaustiva e um pouco amedrontadora, e partir para uma tentadora viagem à procura de manuscritos ocultos.

Buscas na Itália

SOFIA SE ALEGROU EM me acompanhar na viagem em busca de manuscritos que eram especialmente importantes para mim, e principalmente a coletânea de Pistorius, que abrangia, dentre outros, os *Diálogos de Amor*.

E eu cogitei se Sofia entendera que os escritos que eu queria descobrir tratavam do segredo, do mistério da Cabala.

Sofia dispersou rapidamente todas as minhas hesitações. – Toda ideia de emanação na Cabala – disse ela – é influenciada pela nova filosofia platônica.

Nos dezesseis anos que estávamos juntos, Sofia atingira os pináculos do saber em todas as suas vertentes. E mesmo tendo conhecido Spinoza por meu intermédio, e pelas palavras que disse pude identificar sinais das opiniões dele, ela demonstrava grande curiosidade, como um espectador de fora, por todas as motivações cabalísticas do agitado movimento messiânico no ano especial de 1666.

Com a simplicidade que lhe era peculiar, Sofia me colocou diante de um fato: – Sou responsável por todas as despesas da viagem – informou-me ela com firmeza. Em certos momentos não há sentido em discutir com Sofia, pois é ela quem estabelece as regras do jogo. Com sabedoria e generosidade ela participa também de parte razoável das despesas domésticas, e não porque eu pedi, mas porque ela assim quis e decidiu. Ela sempre faz isso de forma discreta, como algo óbvio, que não é preciso anunciar. Sofia é uma mulher rica, mas tenta ocultar o fato. Por vezes parece-me que ela até se envergonha da riqueza que lhe coube como uma bênção divina do céu, sem que tivesse se empenhado para obtê-la. Todo mês ela recebe a vultosa pensão a que tem direito de acordo com o testamento do pai. O tio Elviro é o encarregado dos assuntos da herança, mas jamais se imiscuiu nos seus assuntos pessoais, mesmo quando ela irritou os membros da família. Ele jamais disse sequer meia palavra pelo fato de ela viver comigo em minha casa, algo visto por muitos como um ato de rebeldia e protesto. Sofia é capaz de tudo, ele bem o sabe, por isso enquanto ela não afeta a família, é preciso agir com esperteza e não provocar escândalos. Se ela já vive na casa de um homem problemático, é importante que seja ao menos a casa de um homem cristão. Afinal, os negócios da família, dispersos por diversas nações, são o mais importante de tudo.

Partimos. Saber que eu tinha Sofia ao meu lado dominou o temor natural que acompanha um homem da minha idade. Mesmo que aconteça o pior, disse para mim mesmo, confio que Sofia encontrará a melhor solução.

Fomos ao meu conhecido, o culto sacerdote Giulio Bartolocci, que vivia em Roma, e se ocupava de sua *Bibliotheca Magna Rabbinica*. É uma obra grande e abrangente, em que se incluem todos os autores judeus e seus livros, e outras obras copiadas de diversas línguas para a língua santa. O homem era conhecedor e especialista em tudo o que se refere a manuscritos raros, principalmente hebraicos, e seria possível dele extrair detalhes importantes.

Ficamos três dias na sua companhia, e devo confessar que se revelou para mim um mundo enorme e tortuoso, não só para mim, mas, também para Sofia, que demonstrou um interesse incomum pelas novas descobertas.

A primeira delas me surpreendeu muito. O manuscrito original de A *Terrível História de Rabi José della Reina*, assim contou-nos Bartolocci, encontrava-se nas mãos de seu amigo católico Johannes Pastrizius. Esta história extraordinária era bastante difundida, símbolo da vontade proveniente das profundezas, de lutar até contra Satã, a fim de aproximar a Redenção.

É a história do cabalista José della Reina, que tentou apressar o fim e preparar o caminho para a vinda do Messias lutando contra Samael e Lilit, as forças da impureza, com a ajuda de artifícios, mágicas e conjurações. E, realmente, ele conseguiu agrilhoar Samael, mas foi subjugado pelas suas mentirosas súplicas, acendeu incenso diante dele e quando a fumaça do incenso chegou às narinas de Samael, este rompeu as correntes e ficou livre. Em seu desespero, Rabi José pendeu para o mau caminho, selou um acordo com a malvada Lilit, que se tornou a sua esposa. E Rabi José conjurava demônios e espíritos para que trouxessem toda noite à sua cama mulheres em seu sonho. E de todas essas mulheres apaixonou-se pela esposa do rei da Grécia, até que ela revelou ao rei que toda noite era conduzida em seu sonho a Rabi José e deitava-se com ele e com Lilit. Rabi José della Reina foi denunciado, fugiu e atirou-se ao mar em Sidon. Por fim, esta má ação alongou o exílio em muitos anos.

Eu conhecia a história. Sabia que o cabalista Schlomo Navarro a copiara de uma antiga brochura que havia encontrado em Safed. Assim publicou o próprio Navarro. Mas Bartolocci me surpreendeu ao me contar que o autor da história era um convertido de nome Prospero Ruggeri. E logo acrescentou que aquele converso não era outro senão o cabalista Schlomo Navarro, que também confessou ter ele próprio escrito a história e não a copiado da brochura encontrada em Safed. Lembrei-me que dois anos antes eu havia encontrado Rabi Elischa Aschkenazi, pai do profeta Natan, na cidade de Reggio, na Itália e precisei ajudá-lo, pois, carente de tudo, estava imerso em profunda depressão. Verificou-se que aquele Schlomo Navarro, que era seu associado na missão em diversos países, a fim de arrecadar fundos para os pobres de Jerusalém, desejou de repente uma jovem cristã e com ela se casou, converteu-se e passou a se chamar Prospero Ruggeri. Realmente, os caminhos da vida são estranhos.

Decidi fazer tudo a fim de obter uma cópia deste extraordinário manuscrito e enviá-lo a Von Rosenroth. Ele certamente saberia apreciar esta história cabalística, ligada à tentativa de trazer o Messias. Imediatamente paguei a Bartolocci uma soma respeitável, e ele se comprometeu em enviar a cópia a Von Rosenroth, cuja fama como estudioso da Cabala era do seu conhecimento.

Bartolocci, procurava em todo texto cabalístico uma ligação com o cristianismo; foi correto em nos prevenir contra falsificações de conversos, que desejavam comprovar que os cabalistas são testemunhas de verdades cristãs.

– Procuro testemunhas verdadeiras e não fictícias – disse com orgulho.

Bartolocci era um homem honesto. Preveniu-nos também quanto à tradução latina do livro do *Zohar*, feita pelo francês Guillaume Postel.

– Postel é um homem cheio de imaginação – frisou ele – mesclou na tradução as suas opiniões disfarçadas de interpretação.

Bartolocci falou da Cabala com grande amor, mas ele a apreciava sem acréscimos e interpretações distorcidas. Assim nos aconselhou que nos afastassemos também das tentativas de misturar a Cabala com alquimia e magia. Riu zombeteiro e disse:

– O anseio da alquimia é transformar metais simples em ouro, mas na Cabala é justamente a prata – o dinheiro – que mantém a posição de metal superior.

Bartolocci conhecia bem a coletânea de Pistorius que eu procurava. Sabia que o volume abrangia os escritos de Riccius, Gikatila, Leone Ebreo e Reuchlin. Mas me surpreendi quando ele perguntou: – Por acaso o senhor sabe de onde Reuchlin tomou todos os trechos hebraicos que figuram em sua *Ciência da Cabala*?

Eu não soube responder, e Bartolocci continuou com entusiasmo:

– É estranho, porque Reuchlin trouxe em sua *Ciência da Cabala* trechos originais, que não aparecem nos escritos dos autores cujos nomes ele menciona. Sendo assim, de onde os tirou?

– Realmente, de onde os trouxe? – perguntei.

Bartolocci dirigiu-se rapidamente ao aposento anexo e tirou de sua penumbra um manuscrito antigo e conservado. Apertou-o com amor ao peito e disse com emoção:

– Daqui, desta coletânea maravilhosa.

Como nós três dominávamos a língua hebraica, visto que era hábito entre muitos intelectuais, Bartolocci folheou o livro diante de nós. Vimos curtos trechos de Cabala, grande parte em hebraico e alguns traduzidos, dentre eles também de cabalistas da Espanha do século XIII, como Todros Halevi Abuláfia.

Pensei em Von Rosenroth. Nenhuma pedra preciosa ou pepita de ouro conquistariam mais o seu coração do que esta coletânea espantosa que estava diante de mim. Eu também senti, naquele momento, um amor semelhante pelo testemunho registrado nas páginas do livro, e pelo espírito de mistério que delas emanava. Eu era como um homem faminto, que precisa saciar a sua fome a qualquer preço. Tenho que obter a coletânea rara, disse a mim mesmo, mas como?

E aqui caiu sobre nós uma surpresa inesperada. Bartolocci nos contou que a obra *Ciência da Cabala*, de Reuchlin, recebera amargas palavras de desprezo no livro do dominicano Jacob van Hoogstraten, há cerca de cento e cinquenta anos. Como homem da Inquisição, ele via nos louvores à sabedoria do mistério judaico uma heresia que devia ser combatida. Porém justo ele colecionou febrilmente escritos cabalísticos e os conservou, legando aos seus descendentes que viviam agora em Veneza uma grande e valiosa biblioteca.

– Os senhores poderão encontrar ali a coletânea de Pistorius e uma cópia deste manuscrito raro que tenho em mãos – disse Bartolocci com um sorriso –, mas não há probabilidade de consegui-lo.

A ideia de que graças a um homem da Inquisição se conservara uma biblioteca tão importante, pareceu muito espantosa para Sofia. – Pois os criminosos da Inquisição sufocaram tudo o que respirava cultura – disse ela. E, ainda assim, o fato de uma pessoa da Inquisição se ocupar da coleta e da preservação de escritos judaicos que tratam do mistério, convenceu-a de que ele sabia avaliar o grande poder oculto na Cabala, de conquistar corações e influenciar muitas pessoas. Percebi a disposição de Sofia de se referir à Cabala como a uma descoberta que deve ser mais estudada do que acreditada. Ela decidiu assumir o complexo empreendimento de obter os ansiados textos. Bartolocci duvidou muito da capacidade dela de concretizá-lo.

– É uma família de negociantes rica e de prestígio – disse em tom angustiante, – eles sequer falarão com a senhora.

Porém Sofia, com o silêncio espalhado em seu semblante, sinalizou para Bartolocci que aceitava o desafio. Confiei nela. Temi que talvez o nosso hospedeiro estivesse preso a preconceitos. Sofia é o testemunho da inutilidade das palavras do antigo poeta Eurípides: "Não quero que, em nenhum momento, esteja na minha presença uma mulher que saiba mais do que uma mulher deve saber". Sofia é também testemunha de que vivemos no início de novos tempos.

Decidimos nos arrastar a Veneza. Há algo encantador na viagem detetivesca em que nos envolvemos. É uma viagem em busca de livros, não de honraria ou dinheiro.

Decidi utilizar o tempo que Sofia dedicaria à complexa missão que assumira para visitar membros da família Módena. É uma rica família de escritores, cujo pai, Judá Aryê, Leone, como todos o chamavam, eu conhecera bem como rabino e intérprete em Veneza. Leone, que até o dia de sua morte, há cerca de vinte anos, esteve em contato comigo, era um homem como eu, talvez justamente devido ao fato de ter todos os seus dias se movido entre a fé e a heresia. Aqueles que se debatem, que hesitam, me inspiram um espírito de autocrítica. Acautelo-me quanto às pessoas que sempre aceitam as minhas palavras. Alguém como Leone Módena, era sempre bom ter ao lado. Seus olhos buscavam um horizonte amplo, um brilho de fagulhas de literatura clássica italiana e das línguas românicas. Somente uma pessoa como ele poderia se envolver numa variedade incomum de assuntos. Era secretário e regente do coro na academia de música, ocupava-se de teatro amador, da composição de músicas para eventos, de correções e traduções e até... da redação de epitáfios. E em meio a isso tudo eu lhe devo as minhas primeiras aulas de hebraico e suas brilhantes preleções em italiano, muitas das quais assisti com meus amigos cristãos. Estranho, eu gostava deste homem maravilhoso que, por um lado, falou em seu livro *Sur Mirá* (Afasta-te do Mal) – contra a aposta em jogos de carta, muito apreciados naquela época e, por outro lado, não se redimiu ele próprio destes jogos de apostas. Um homem pitoresco, um homem de contrastes.

Eu quis descobrir os caminhos secretos de sua obra *Ari Nohem* (Leão Que Ruge) – que ele ocultara por medo dos fanáticos, pois ali se mostrou contra a crença nos milagres da Cabala, principalmente contra o *Zohar*, que os cabalistas viam como um livro sagrado. Durante anos escreveu a sua obra, e dos trechos que li do manuscrito, verifiquei que Módena declarava com segurança que o *Zohar* não tinha sido redigido pelo grande tanaíta Rabi Schim'on bar Yokhai, como todos nós acreditávamos, mas fora escrito na Espanha pelo cabalista Moisés de Leon, mais de mil anos depois. Também tinha uma argumentação convincente: se realmente Bar Yokhai escrevera o *Zohar*, por que isso não foi mencionado no *Talmud*?

Lembro-me que as dúvidas me incomodaram. Seria possível que o *Zohar* fosse uma falsificação? O *Zohar*, cuja santidade equivalia à do *Talmud*? Haveria verdade nos boatos maldosos sobre a esposa de Leon, que confessara ter o marido atribuíra o *Zohar* a Rabi Schim'on bar Yokhai, por ter visto aí um ótimo modo de ganhar dinheiro? "Não é uma sabedoria nem um conhecimento verdadeiro", escreveu Módena sobre a Cabala. Tanto quanto me lembro, ele a denominou de "obstáculo para toda pessoa de juízo que a tenha examinado". Tinha uma opinião veemente sobre as *sefirot* da Cabala, surgidas da influência da teoria neoplatônica, que explicava o ato da Criação por meio da emanação. Sem dúvida, ousadas opiniões rebeldes, que negavam tudo no qual estávamos acostumados a acreditar.

O tratamento zombeteiro da Cabala por Judá Aryê de Módena me lembrou as palavras de Spinoza, aguçadas como uma navalha, cerca de um ano antes em Voorburg. Suas flechas estavam voltadas contra todos aqueles que diziam, com estupidez e com o fanatismo de velhas, ou com arrogância e perversidade, que os erros e mudanças de versões nas Escrituras Sagradas são alusões a profundos segredos divinos, entregues apenas às suas mãos.

As palavras do jovem rebelde me fizeram sofrer muito e, como de hábito, registrei algumas delas:

"Li e também conheci alguns cabalistas que falavam tolices e jamais consegui me maravilhar suficientemente com suas palavras estultas. Não li nas suas palavras nada que exalasse segredo, apenas conjecturas infantis".

As palavras de Spinoza aumentaram em mim a avidez de chegar ao *Leão que Ruge* de Módena. Eu acreditava que Von Rosenroth deveria procurar também textos que conduzissem ao fervilhante mar da Cabala, de portos que ele não conhecia. Decidi tentar convencer os membros da família Módena a me fornecerem o manuscrito.

Receberam-me em sua casa com afeto, mas logo verifiquei, uma vez mais, que a vida está repleta de ironia. Justamente os membros da família do grande oponente da Cabala, eram os principais adeptos do rei-Messias Sabatai Tzvi. Por isso não queriam que se descobrisse com eles o livro do patriarca da família, para não serem prejudicados pelos fiéis fanáticos.

Veneza era o grande centro de transferência do dinheiro das doações para os pobres da Terra Santa. Aqui se detinham inicialmente todos os emissários que vinham arregimentar fundos, alguns dos quais até tentei ajudar. Quase todo viajante do Oriente para o Ocidente também transitava pela cidade. Por isso Veneza transformara-se em centro da informação sobre o que ocorria nas comunidades de Israel, e daqui se difundiam todas as notícias quanto aos milagres e maravilhas do rei-Messias. Também nisso eu tinha uma parte modesta, porque com a ajuda das cartas e dos folhetos que despachava em quantidade, informava as novas da Redenção que se aproximava.

Como em Livorno, Florença, Ancona e Mântua, também aqui, em Veneza, a maioria dos estudiosos fazia parte do grupo dos que acreditavam no Messias, e junto com eles também rabinos céticos por natureza, que aceitaram de boa vontade o chamado para o grande arrependimento e o renascimento dos corações. Aqui, no gueto de Veneza, uns e outros se encontravam, debatiam e, por vezes, também lutavam entre si, os grandes adeptos do rei-Messias e seus opositores – que eram minoria. Os membros da família Módena me contaram que os crentes adotavam modos violentos contra os que renegavam o rei-Messias, e as coisas chegaram a ataques físicos.

Meus hospedeiros me sussurraram que apenas um dos membros da família, Rabi Isaac, neto do grande Leone de Módena, é um grande opositor e que, em seus sermões, clama para que se ponha fim à loucura que tomou conta das comunidades de Israel.

Dirigi os meus passos para a casa de Rabi Isaac. Ele me recebeu com alegria, porque conhecia a minha amizade de longos anos com o seu avô. Estava convencido de que também eu era um dos que rejeitavam as parvoíces da Cabala, por isso falou comigo com liberdade. Ouvi de sua boca a respeito dos que acreditam no Messias, que impuseram um ambiente de medo e violência aos opositores. Os crentes foram estimulados por uma carta de meu amigo Rabi Schmuel Primo Levi, o escriba de Sabatai Tzvi, que havia chegado aos dirigentes da comunidade de Veneza. O Messias preso na fortaleza de Galipoli e também o seu escriba, elogiaram na carta os crentes de Veneza por terem cruelmente golpeado no sábado o homem que negara o rei salvador. "Não há santificação do *schabat* maior do que esta", declararam o Messias e o seu escriba, e prometeram que o rei--Messias, sua alteza, atribuiria riqueza e honraria aos justos que lesaram a alma daquele revoltoso. Ainda declararam: "É preciso divulgar o feito nos mercados e nas ruas".

A dureza da carta me chocou. Não seria inspirando medo nos contestadores do Messias que viria a Redenção. No entanto, encontrei estímulo nessa mesma missiva. Apesar de tudo, o rei que está na prisão mostra-se como se não estivesse absolutamente preso, e envia ordens e instruções de como agir em cada caso e assunto. Assim abala-se a grande dúvida que despertara no coração das pessoas, de que talvez o rei-Messias não fosse absolutamente rei. É verdade, ele não conseguira tirar a coroa do governante turco e, contrariamente, fora enviado à prisão em Galipoli. Mas não é extraordinário? O homem que ameaçou a coroa do governante turco não foi condenado à morte. Por quê? O governante todo-poderoso teria condenado à morte qualquer outro revoltoso, mas não agiu dessa forma com nosso Messias Sabatai Tzvi. Enviou-o à fortaleza que, de lugar humilhante, se converteu em uma torre de poder cheia de beleza, à qual acorre gente do mundo todo para buscar o Messias e escutar as suas palavras. Ouvi de muitos que o visitaram que o lugar de sua bela moradia é um palácio de um rei grande e poderoso. Não seria isso um sinal de Deus?

Essa é a brilhante verdade. Ela despertará os corações e os poucos contestadores não serão capazes de retardar a Redenção.

Rabi Isaac, que via em mim um homem culto e ilustrado ao seu gosto, contou-me a respeito de novas estultas que chegavam a Veneza todo dia. Relatou que um ano antes haviam chegado cartas de Amsterdã com notícias extraordinárias sobre as dez tribos que surgiram no deserto da Arábia e conquistaram Meca, o local onde Maomé está enterrado. Conquistaram também outras cidades e mataram todos os habitantes, exceto os judeus. Tais missivas ainda contavam sobre o paxá de Alexandria que, junto com um dos reis árabes e com a ajuda de sessenta mil soldados, atacara os israelitas. Atiraram neles com suas armas, mas logo foram tomados pelo medo porque disseram para si próprios: é impossível lutar contra este povo, parece que nossas flechas voltam a nós. Rabi Isaac frisou que o mais estranho em todos estes "devaneios" era que quem escrevia estas cartas de Amsterdã alegava ter confirmado as histórias por meio de muitos testemunhos, e estava totalmente convencido de que a face do mundo todo se renovaria em breve.

Rabi Isaac suspirou com aversão e disse: – Meu avô ficaria louco com todas estas bobagens.

Senti uma forte angústia, uma aflição que entristecia o meu espírito.

Não tive forças para dizer a Rabi Isaac a verdade, que quem escrevia as cartas de Amsterdã era eu, Peter Serrarius. Eu enviava as muitas missivas e folhetos por apego e fé, não só para Veneza, mas também para Livorno, Florença, Ancona, Mântua, Hamburgo, Esmirna e Londres. Não tive forças para convencê-lo de que o que lhe parecia devaneios e imaginações vãs, aos meus olhos era totalmente verdade.

Assim, me calei, especialmente por causa da minha forte vontade de obter o *Leão Que Ruge* de seu avô. Ele interpretou o meu silêncio como uma anuência às suas palavras, e então me contou a respeito de mercadores que haviam chegado de Amsterdã a Livorno no início do ano, e venderam publicamente histórias e folhetos, entre os quais um relato sobre 125 navios que partiram da Holanda para levar judeus à Terra de Israel.

– O que o senhor pensa desta história idiota? – perguntou-me.
– Realmente idiota... – respondi sem vontade.

Como se falasse com um amigo próximo, Rabi Isaac contou-me sobre os irmãos Jacob e Emanuel Frances, que publicam sem medo poemas de escárnio e pouco caso sobre a Cabala, o Messias e os dirigentes do seu movimento.

Rabi Isaac sacou dentre os muitos manuscritos que estavam sobre a mesa uma coletânea de poemas de Jacob e Emanuel Frances e, com entusiasmo, leu alguns que fustigavam impiedosamente o Messias. Não me zanguei, mesmo que não auferisse prazer do poema. Sei me defrontar respeitosamente com todos os acusadores e até copiei alguns versos para lembrança:

> Pois de Messias-Deus e de Seu redentor
> Chama-se uma pessoa adúltera e também criminosa
> Abraçou e beijou mulheres proibidas
> A uma deu a mão e à outra tocou o seio
> E disse o povo à vista disso:
> Certamente há um segredo e ele o conhece.

Dentre as linhas do poema exalavam malcheirosas alusões, como se o rei-Messias tivesse um comportamento depravado com mulheres.

A fim de enfatizar o escrito, Rabi Isaac contou muito irado, sobre um dos crentes que visitara o rei Sabatai Tzvi em sua bela prisão em Galipoli. Também ele descrevera com entusiasmo as setenta belas virgens, filhas de dignitários de Israel, vestidas com trajes reais, que servem a Sabatai Tzvi em tudo o que ele deseja.

– Virgens? – berrou Rabi Isaac. – Alguma vez o senhor ouviu falar sobre um Messias acompanhado de virgens?

Rabi Isaac contou ainda sobre três virgens que tinham sido entregues a Sabatai em Esmirna. Ele as manteve por alguns dias e as devolveu sem tocá-las. E outro caso, segundo as palavras do próprio Sabatai, em que tomara para si uma moça que estava noiva de outro homem e evitou tocá-la por todo o tempo em que ela esteve com ele.

— Não tocou nessas mulheres? — perguntou Rabi Isaac zombeteiro. — Se é assim, para que as solicitou?

Senti necessidade de demonstrar repugnância a Sabatai a fim de conquistar Rabi Isaac. Mas eu já ouvira histórias mais duras e continuei sendo um grande adepto do Messias e de seus feitos. Há anos eu ouvira de Sofia uma história sobre Sabatai, difundida entre as crianças no período da sua infância em Esmirna.

De acordo com o relato, quando Sabatai estava com seis anos, uma chama apareceu-lhe em sonho e feriu o seu órgão sexual. Desde então tinha pesadelos com tentações estranhas. Apegaram-se a ele "os filhos da fornicação", a que se denominava de "flagelos do gênero humano" que, de acordo com o *Zohar*, são os demônios nascidos da emissão vã de sêmen, quando Naamá, a rainha dos demônios, seduz o homem com fantasias lascivas. As crianças maltratavam o jovem Sabatai Tzvi e, nos seus momentos de depressão, cantarolavam músicas zombeteiras e malvadas a seu respeito, que ele não se casaria com uma mulher quando crescesse porque não tinha com que fazer crianças. Por causa de suas memórias, toda vez que o nome de Sabatai Tzvi, o Messias, era mencionado, Sofia ria:

— Vocês enlouqueceram? Como é que pode sair um Messias deste menino que não é são?

Rabi Isaac certamente se divertiria em ouvir Sofia. Mas é preciso lembrar, nem tudo o que parece comum e aceito é sadio, e nem tudo o que parece exceção e estranho o é. Ao contrário, à vezes é do espantoso e do estranho que brota o líder e o profeta. Não foi dito sobre o profeta "estúpido o profeta, enlouquece o homem de espírito"?

Rabi Isaac me contou sobre os dois irmãos Frances, que se opunham abertamente ao Messias e à Cabala, e por isso sofreram duras perseguições e até foram atacados mais de uma vez em suas casas por fanáticos.

– Contam – continuou Rabi Isaac com satisfação – que como o meu avô, Judá Aryê de Módena, e como aquele filósofo excomungado em Amsterdã, também Jacob Frances costuma dizer que a pessoa que crê na Cabala segue atrás do vão e será vã, e a respeito do livro do *Zohar* ele declara publicamente que o mesmo é falsificado e não foi Bar Yokhai quem o escreveu.

E então Rabi Isaac me surpreendeu e acrescentou, como se ao acaso: – Os irmãos Jacob e Emanuel Frances possuem uma cópia do manuscrito do *Leão Que Ruge*.

Antes que eu lhe perguntasse como poderia chegar a eles, surpreendeu-me uma segunda vez:

– Eles possuem também um quadro misterioso, creio que de Rembrandt...

– *Tehiru?* – perguntei emocionado.

– Sim, este é o nome – apressou-se Rabi Isaac em responder.

– O que há de especial nele? – disparei contra ele.

– Há quem diga que é um quadro muito antigo trazido de Safed, e que Rembrandt o adquiriu de um mercador em cujo armazém empoeirado ele fora encontrado em estado de quase decomposição. Rembrandt o pintou de novo exatamente como o original e então ele lhe foi roubado...

– O que há no quadro que tanto desperta o interesse de todos? – perguntei sem ânimo.

– Os boatos dizem que no quadro há grandes segredos da Cabala e, por outro lado, há os que dizem que quem o estudar descobrirá nítidos sinais contrários.

Quis muito me encontrar com os irmãos Frances. O *Tehiru* inflamou a minha imaginação mais ainda do que o *Leão Que Ruge* de Módena, mas desejava ambos. Pedi a Rabi Isaac que me levasse aos irmãos Frances e ele concordou. Ele estava convencido de que eu também era partidário das ideias contestatórias quanto à Cabala e ao Messias Sabatai Tzvi. Para minha sorte, tanto Jacob, que morava em Florença, como Emanuel, que vivia em Livorno, se encontravam então por alguns dias em Veneza.

Os dois irmãos me receberam afetuosamente, como se recebe um companheiro, amigo e colega de conhecimento e rumo. Ambos mantinham fortes laços com os contestadores de Sabatai Tzvi, espalhados por diversos países. Eles haviam reunido seus poemas de escárnio e argumentação, que açoitavam o Messias e seus companheiros, no livro *Tzvi Mudakh* (Cervo Deposto). E Emanuel há anos cogitava a respeito do *Sipur Maassé Schatz* (História de um Emissário Público), um livro que incluía os acontecimentos estranhos e perigosos deste "homem doente e seus companheiros". Tudo se baseava em testemunhos de pessoas e nas diversas cartas e escritos que haviam chegado a Livorno no decorrer de um longo período. Emanuel Frances riu e contou que há quinze anos Sabatai Tzvi reunira seus amigos em Esmirna e juntos subiram às montanhas ao amanhecer. Sabatai Tzvi clamara em voz alta para que o sol parasse ao meio do dia, chamara e gritara e, naturalmente, nada aconteceu. Isso deu origem a uma suspeita entre os rabinos de Esmirna, de que Sabatai se ocupava também da Cabala prática e de nomes sagrados que causam milagres. E Rabi Sasportas, que era um conhecido oponente, escreveu a seu respeito que Sabatai "se ocupa de nomes santos e de nomes impuros". Emanuel Frances me prometeu que quando concluísse o livro *História de um Emissário Público*, sobre os feitos tresloucados e maus de Sabatai Tzvi, me enviaria uma cópia do livro a Amsterdã.

– As histórias o farão arrepiar-se – acentuou.

Fingi que também eu era um oponente e, por esse motivo, me alegraria em receber qualquer informação comprovando que a razão estava com os contestadores.

Sinto necessidade de enfatizar novamente que não temo me confrontar com detalhes que me são apresentados como fatos. Ao contrário, estou sedento de saber tudo, do bom ao mau, porque nem sempre a verdade é colocada diante dos fatos, por vezes ela se oculta em algum lugar por trás deles.

Como é possível desdenhar a Cabala, que busca os segredos que Deus ocultou em nosso universo?

Os irmãos Frances se vangloriavam de que o único manuscrito do *Leão Que Ruge* havia sido adquirido por eles da assustada família Módena, quase sem pagamento. Prometeram que se conseguissem finalmente publicar o livro em uma editora adequada, me enviariam uma cópia.

Quando lhes perguntei a respeito do *Tehiru*, olharam assustados um para o outro, como se fosse um grande segredo do qual é proibido falar.

– Onde o senhor ouviu a respeito do quadro? – perguntou Emanuel cuidadosamente.

Contei-lhes sobre Von Rosenroth, que tinha intenção de decifrar segredos cabalísticos importantes no quadro, e as suspeitas dele e de Spinoza, de que o quadro fosse um instrumento para transmitir informação secreta e proibida.

Emanuel e Jacob Frances compartilharam comigo seus problemas: ambos haviam recebido ameaças assustadoras: caso se aproximassem desse quadro, suas casas seriam incendiadas. Por isso tinham certeza de que havia no quadro algo que os fanáticos e violentos sabataístas queriam destruir.

– Nosso conselho ao senhor é: afaste-se desse quadro – disse Jacob.

– Se ao menos eu o visse uma vez com os meus próprios olhos – disse eu.

– Estávamos para recebê-lo em troca de muito dinheiro, porém no dia do negócio a casa do vendedor foi arrombada e o quadro, roubado – continuou Emanuel.

– Por quem? – perguntei.

– Não sabemos.

A fim de convencê-los a me transmitir detalhes adicionais, eu disse:

– Sei que no quadro constam as palavras: "os esclarecidos resplandecerão" – e "David".

– Não só essas – disse Emanuel. – De acordo com o que sabemos, no quadro estão dispersas outras palavras.

Senti o corredor que eu desejava atravessar tornando-se escuro e cada vez mais tortuoso.

– Será que o homem do quadro é o santo Ari? – tentei extrair dele.

– Não há nenhum sinal de que assim seja.

Eu estava novamente imerso na escuridão, não obstante, o acréscimo de informação que recebera dos irmãos. Decidi que não trataria disso agora, mas concentraria todas as informações que me eram conhecidas até o momento, e tentaria decifrar o enigma na minha volta de Veneza a Amsterdã.

Enquanto eu estive ocupado em minhas conversas com Rabi Isaac e com os irmãos Frances, Sofia se empenhara e tivera êxito com os membros da família de ricos mercadores, descendentes do dominicano Jacob van Hoogstraten. A ansiada coletânea de Pistorius e o manuscrito raro de trechos da Cabala em hebraico realmente estavam nas mãos deles.

Dizem que a amizade que brota de negócios é melhor do que os negócios que brotam de amizade. No caso de Sofia isso não é exato. Ela descobriu que os membros da família de mercadores de Veneza mantinham fortes laços comerciais com a Companhia Holandesa das Índias Orientais, e conheciam de perto os membros de sua família, especialmente o seu tio Elviro, que se hospedara em sua casa um ano antes. Eles haviam conhecido e apreciado também o pai, falecido há quinze anos. O medo de uma recepção arrogante foi substituído por um caloroso encontro amigável. Desse modo Sofia negociou com eles graças à surpreendente amizade entre as duas famílias.

Ela recebeu imediatamente a coletânea de Pistorius. Quanto ao manuscrito dos trechos da Cabala, prometeram copiar e enviar-lhe para Amsterdã.

– E qual foi a paga por tudo isso? – perguntei.

– Prometi transmitir calorosas recomendações ao tio Elviro.

Sofia me explicou que na linguagem dos mercadores ricos tais mensagens de lembranças possuem um único significado.

– Qual? – perguntei.

– Que os venezianos têm um ponto a favor, e a minha família não ficará devedora.

A fim de me comprovar a medida do sucesso que obtivera no encontro com a rica família de mercadores, Sofia me contou com orgulho que seus membros lhe revelaram que Rabi Moisés Zacuto, um dos chefes da academia rabínica de Veneza e um dos grandes cabalistas da Itália, escrevera interpretações sobre o *Zohar*. Uma delas fora em grande parte impressa havia três anos em Veneza.

– Este será um presente admirável para Von Rosenroth – disse eu a Sofia, e ela, distante de tudo, me estimulou a encontrar o Rabi no gueto de Veneza.

Rabi Moisés Zacuto, famoso por ser um dos grandes seguidores do rei-Messias Sabatai Tzvi, demonstrou ser um interlocutor inteligente e moderado. Ele realmente acreditava em parte dos rumores, mas de modo algum estava pronto a chegar a qualquer extremismo. Em suas palavras contidas e moderadas, como se de forma inconsciente, dirigia-se a mim. Principalmente em suas palavras sobre Rabi Natan, que não era visto como profeta pela maior parte dos sábios de Israel, e o que era divulgado em seu nome sobre a vinda das tribos revelara-se como palavras vãs. Por essa razão, Rabi Moisés rejeitava qualquer passo capaz de ferir a tradição. Mas em um outro assunto permanecera firme em sua opinião: a Cabala do Ari é certa, enquanto as instruções do momento, as ordens e éditos, enviados por Rabi Natan a todas as comunidades de Israel, são uma grande dúvida. Quando ouviu o nosso pedido para receber as suas interpretações do *Zohar*, atendeu com alegria, com a intenção de atrair acólitos para a Cabala, especialmente estudiosos como Von Rosenroth.

– Assim o *Zohar* será uma luz para os povos – disse Moisés com grande satisfação.

Voltamos a Amsterdã com grandes ganhos, pensei, e a Sofia devia-se uma parte respeitável deles. Alguém em Sulzbach muito se alegrará com isso, e também liberará dinheiro para podermos nos ocupar de todas as coisas boas e importantes que pavimentam o caminho para a Redenção.

A Traição

Os primeiros dias de dezembro do ano de 1666 foram gelados, nevou em Amsterdã, toldando com nuvens sombrias as esperanças que ainda pulsavam em nós pela vinda do Messias.

Em 8 de dezembro enviei a Von Rosenroth uma carta repleta de dúvidas e hesitações. Acrescentei observações fustigantes e cheias de reprimendas contra a crença nas religiões, que eu ouvira de Spinoza.

Cinco dias antes da remessa da carta recebi uma confirmação de que Sabatai Tzvi se convertera ao islamismo. Os boatos me rondavam há já algumas semanas, enquanto muitos de meus amigos judeus e cristãos, e também eu, extraíamos os detalhes das histórias, das muitas missivas que circulavam entre os mais próximos e os mais distantes. Até o meu amigo Heinrich Oldenburg, secretário da Sociedade Real de Ciências de Londres, me enviara uma carta algumas semanas antes, a única nos últimos meses, com a notícia estrondosa de que o rei dos judeus se tornara turco. Oldenburg me pedia que não falasse a respeito com Spinoza, e escreveu:

> Não quero que ele zombe de mim e diga que o amigo próximo dos maiores homens de ciência segue um Messias que traiu.

Naturalmente não falei a respeito disso com Spinoza, mas a minha Sofia conversou com ele há uma semana. Ele observou de passagem, que mesmo se os rumores não fossem verdadeiros, toda a história do Messias não passava de uma grande tolice, resultado do grande medo, que faz com que boa gente acredite em crenças vãs. Spinoza concluiu fazendo a Sofia um pedido bastante irônico: – Não escrevam a Oldenburg sobre tais rumores, para não tornar este querido homem alvo de zombaria.

E realmente, enquanto rumores fossem apenas rumores, não havia necessidade de chegar a conclusões apressadas, pois este é o modo daqueles que negam o Messias e difundem boatos vazios a fim de difamá-lo.

Mas em 3 de dezembro recebemos uma confirmação de que todos os amargos rumores eram verdade. Chegou a dura carta de nosso amigo, o rabino e médico Dr. Isaac Nahar, que partira para a Terra de Israel com o grande milionário Avraham Pereira, com o objetivo de estar entre os que receberiam o Messias no momento da Redenção. Pereira detivera-se em Veneza, enquanto o Dr. Nahar ficara em Livorno, de onde havia remetido a carta. O Dr. Nahar, na realidade um antigo amigo de Spinoza, da academia de estudos *Talmud Torá*, era conhecido como grande crente de Sabatai Tzvi. Não escrevia coisas sem base nem testemunho. Sua carta convenceu todos aqui em Amsterdã de que as notícias de que o rei-Messias se tornara turco muçulmano eram uma amarga verdade.

De acordo com tudo o que sabíamos, Sabatai Tzvi foi detido em meados de setembro e conduzido, sob grande guarda, da Fortaleza de Galipoli, onde estava preso em luxuosas condições de realeza, à corte do sultão em Adrianópolis. Eu sempre tinha o hábito de agir sem grande alarde, para não provocar nem incitar. Por isso esperei de antemão que a incitação e os alvoroços que acompanharam o caminho do Messias começassem a despertar na corte do sultão muitos temores de rebelião no reino. E realmente assim aconteceu. Foi dada a Sabatai Tzvi a opção de ser decapitado e ter a cabeça fincada numa lança e exposta no portão do palácio, ou de salvar-se ao preço da islamização. Ou seja, que tirasse o chapéu judaico e o substituísse pelo turbante turco, que lhe foi apresentado por um escravo do sultão, como prova de sua islamização. O rei-Messias preferiu a vida.

O abalo foi profundo. Confesso. O Messias havia se convertido? E as novas da Redenção, que palpitavam nos corações dos crentes por todo o mundo, será que desapareceriam como um pesadelo? Não há maior contradição do que esta: um Messias traidor.

Sofia, que jamais me poupou de críticas, disse: – Para mim, a contradição de um Messias traidor é muito maior do que a de um Messias crucificado.

– Por quê?

– Porque o Messias crucificado de vocês pagou com a vida, e este é o preço mais caro que alguém pode pagar; enquanto o Messias Sabatai... é uma triste piada...

Aprendi a ignorar tais chibatadas, especialmente quando vindas de Sofia ou de Spinoza. Às vezes elas também me conferem força.

Sempre que os demônios indecisos que há dentro de mim despertam, corro a Spinoza para ouvir dele o pior. Deste ponto baixo começa em mim a renovação da fé, porque ela já não tem onde afundar... Sofia fica feliz em ir comigo.

Em minhas visitas a Spinoza, sempre sirvo a ele de ponto de ligação com o mundo fora de Voorburg, e assim foi também desta vez. Contei-lhe que nosso amigo Oldenburg me enviara uma carta por intermédio de um de meus amigos, contendo uma explicação sobre por que ele pouco escrevera nos últimos tempos.

Cuidado, este é o motivo. Há uma guerra entre a Inglaterra e os nossos Países Baixos. E, além disso, a praga de gafanhotos e o grande incêndio que atingiram Londres este ano levaram-no, assim como a muitos de seus amigos, a um estado de choque e paralisação do pensamento.

Temi a reação de Spinoza à islamização do Messias. Talvez ele me fustigasse com repreensões. Surpreendi-me com a sua tranquilidade. Ele me disse com indiferença:

– Isso para mim não acresce e não decresce, se ele se converteu ou não.

– Quem se converte não estará traindo a sua religião? – perguntei espantado.

– Trai tanto quanto eu, e eu não me converti.

Sofia juntou-se à conversa, para visível satisfação de Spinoza.

– Ou seja, converter-se não é uma traição? – perguntou ela.

– Certo.

– Por quê?

– Porque a religião não é uma verdade pura. Ela se baseia na crença e não na razão.

– Por isso você não se converteu a outra religião?

– Correto. Pois se eu tivesse me convertido, teria trocado uma imposição por outra, e eu quis pensar de modo independente.

– O que é essa imposição religiosa?

– Crenças vãs que se amontoam em toda religião.

– Por exemplo?

– Que Deus está acima da natureza, que criou a natureza a partir do nada, fora d'Ele...

– E em sua opinião, Deus não está acima da natureza, pois Deus equivale à natureza, certo?

– Certo, minha cara Sofia. Você está me acompanhando corretamente.

Havia uma graça especial mesclada na conversa que ocorria na minha presença, como se dois discípulos conversassem entre si com grande disposição, e cada um soubesse de antemão a resposta do interlocutor.

— E o que mais há nas religiões que você não consegue aceitar? — perguntou Sofia.

— Que Deus cuida e Se imiscui na natureza até por meio de milagres. Mas os milagres transgridem as leis da natureza, as leis divinas eternas, algo que é inconcebível.

— Sendo assim, você nega a crença na revelação de Deus, porque Deus não está fora de nós. Por isso ele também não ordena, não recompensa, não castiga.

— E o principal, meus caros Sofia e Peter, Deus não nos conduz à redenção com a ajuda de qualquer Messias.

Spinoza voltou-se para mim e, num tênue sorriso, disse:

— Da minha parte, Peter, esse que é denominado de Messias pode ser da religião de Moisés ou do Islã simultaneamente.

Senti uma ofensa que queimava. Não reagi.

— E quanto às instituições religiosas aceitas pelos crentes? — perguntei.

— Deus não necessita das pessoas da religião para que sirvam de intermediários entre nós e Ele. É uma intermediação que me dá horror.

— Por quê? — esbravejei.

— Porque é feita por imposição de preceitos e proibições.

— Com tais opiniões, não é de admirar que se tenham insurgido contra você todos aqueles que o baniram — Sofia observou em tom simpático.

— Não me importa — respondeu Spinoza com indiferença —, porque trair a religião não significa trair as leis divinas; e eu, que não creio em nenhuma religião, posso ser um homem que obedece à palavra de Deus.

Eu sabia que Sofia concordava de todo o coração com as palavras de Spinoza. Mais ainda, eu tinha certeza de que ela estava contente em participar da conversa, para que eu ouvisse e me convencesse.

– Aonde chegaremos por este caminho, se permitirmos a toda pessoa a liberdade de opinião e o direito de interpretar os fundamentos da fé conforme a sua vontade? – perguntou Sofia.

– Julgaremos a sua crença apenas de acordo com os seus atos, se são atos de benevolência e justiça.

– Se compreendi corretamente – disse Sofia – toda pessoa tem liberdade de opinião, mas o comum a todas as pessoas é a lei divina, que as torna felizes.

– Certo – confirmou Spinoza –, e este aspecto comum é o amor divino acima de tudo e o amor ao próximo, como você. Estes são os princípios das Escrituras Sagradas e a base da religião. Sem eles, a estrutura toda desmoronará.

– Isso em todas as religiões?

– Vou repetir: o fundamento comum é fazer justiça, ajudar o pobre, não matar, não cobiçar, e não importa em que língua ou forma tais coisas estão escritas.

– Mas nas Escituras Sagradas há muitas outras coisas.

Spinoza falou com amargura: – O povo, que se apega a superstições, admira os livros sagrados mais do que a própria palavra divina.

– O que é a palavra divina?

– Não é um determinado conjunto de livros, mas o espírito divino revelado aos profetas, a fim de promover justiça e benevolência.

– Ou seja, o principal é praticar a justiça e amar o próximo como a si mesmo?

– Sim, Sofia!

– Mas existe uma diferença entre o que está escrito na Bíblia hebraica e o que está escrito no Corão.

– Estou falando da religião verdadeira, que é a palavra eterna e o pacto eterno de Deus, e estes foram gravados pela escrita divina nos corações humanos, portanto, no espírito da pessoa. Esta é a verdadeira religião.

– Ou seja, o livro do verdadeiro pacto de Deus é o espírito do homem, e nele foram realmente escritas as palavras divinas?

– Sim.

– E mesmo assim, os primeiros judeus receberam a religião por escrito.

– Isso apenas porque foram considerados então bebês. Mas no futuro, diz Deus, conforme as palavras de Jeremias: "Dei a minha *Torá* a eles e a escrevi em seus corações..."

– E quando está escrito "a palavra de Deus", a que se refere?

– Refere-se à lei divina, que é praticar o bem e a justiça. Esta é a verdadeira religião, comum a toda a espécie humana. Não me cansarei de repetir isso mais e mais.

– E esta é a sua religião?

– Sem dúvida.

– Mas religião também é preceitos e rituais para Deus...

– Não e não – interrompeu-a Spinoza, e demonstrou grande conhecimento das Escrituras Sagradas quando trouxe um testemunho para as suas afirmações do livro de Isaías. As palavras me emocionaram muito. Cito aqui trechos de Isaías que encontrei na Bíblia hebraica, enquanto Spinoza as pronunciou de cor:

De que me serve a multidão dos vossos sacrifícios? diz o Senhor. Os holocaustos de carneiros, a gordura dos bezerros, estou farto deles. O sangue dos touros, dos cordeiros, e dos bodes, não os quero mais... As vossas luas novas e as vossas solenidades, detesto-as, são um fardo para mim;... podeis multiplicar as orações, não as escuto; vossas mãos estão cheias de sangue. Lavai-vos, purificai-vos, tirai do alcance do meu olhar as vossas más ações, cessai de fazer o mal. Aprendei a fazer o bem, procurai a justiça, repreendei o opressor, fazei justiça ao órfão, tomai a defesa da viúva.

– Seus ouvidos que escutam as palavras – resumiu Spinoza – testemunham que praticar o bem e a justiça é a verdadeira religião e não orações, costumes e rituais.

– E por isso – Sofia perguntou olhando para mim –, quando se diz a respeito de uma pessoa que ela obedece a Deus, significa que ela ama o próximo como a si mesma?

– Mais ainda. Com suas boas ações, ela é um crente verdadeiro, mesmo quando se afasta das demais pessoas. E quando seus atos são maus, ela não é um verdadeiro crente, mesmo se concorda totalmente com as outras pessoas.

Depois de Spinoza ter explicado quem, em sua opinião, era o homem que cumpre realmente a palavra divina, não tendo, é óbvio, Sabatai Tzvi em mente, passou às palavras conhecidas de Maimônides sobre o Messias, como se encontram no capítulo de encerramento do *Mischnê Torá*. Spinoza conhecia bem Maimônides. Muitas vezes o citara quando divergira dele, mas agora concordava com todas as palavras.

Não posso avaliar a copiosa quantidade de desdém ao nosso Messias que havia em Spinoza:

— O rei-Messias será mensurado pelos resultados e não pelas expectativas, em atos e não em milagres.

E aqui trouxe as palavras de Maimônides, e eu as anotei tão fielmente quanto possível:

> E que não venha à sua mente que o rei-Messias precise fazer sinais e milagres e que renove coisas no mundo ou ressuscite os mortos... e que não venha ao seu coração o anseio de que nos dias do Messias alguma coisa da ordem do mundo será anulada... mas o mundo se comportará como de hábito.

Spinoza continuou as palavras de Maimônides, que eram como um sonoro tapa na cara, na minha e na dos meus amigos crentes. Porque, de acordo com Maimônides, a prova do Messias é conseguir trazer a libertação de Israel da submissão aos reinados, e nos conduzir àquela liberdade de tempo livre, de conhecer Deus e obedecer às leis divinas de verdade. Somente se conseguir isso saberemos que ele é realmente o Messias.

— Meu caro Serrarius — concluiu Spinoza em tom indulgente —, em tudo isso não há necessidade de anular as leis naturais e nem as leis morais. Toda a sua imaginação, que irrompe para as alturas, não tem lugar aqui.

Em outras palavras, era como se me dissesse: Sabatai Tzvi não é Messias e não é filho do Messias...

Quando retornamos a Amsterdã, Sofia continuou a me dizer palavras no mesmo espírito das ideias de Spinoza. Repetia toda vez que as leis da razão geral são a verdadeira religião, a religião da razão. Lembrei-me que Spinoza declarara, mais de uma vez, que a religião da razão pode conduzir à redenção da alma por meio do amor intelectual de Deus. E aqui Sofia me persuadiu a ler novamente as suas anotações sobre a conversa noturna que tivera com Spinoza, e cujo auge era o "amor intelectual de Deus". Com este amor a pessoa concretiza a união Deus-natureza. É um estágio difícil e raro, de acordo com Spinoza, destinado a pessoas especiais. Sofia concluiu as suas palavras com uma espicaçada: – Para todos os demais, existe a religião popular.

Tais momentos foram difíceis para um crente como eu. No entanto, encontrei um pouco de apoio nas palavras de Spinoza. Também na opinião dele, a própria conversão para uma outra religião não era o fim do mundo.

E já ouvira que era provável que este novo muçulmano, Sabatai Tzvi, ainda fosse o verdadeiro Messias, que se fantasiara temporariamente para ter sucesso com o seu grande plano. De Hamburgo chegou-me a opinião que ali grassava, que tudo era um engodo. Sabatai Tzvi não tinha em absoluto se convertido, mas subira ao céu em uma tempestade, e sua forma assemelhava-se à de um convertido, porém em breve ele se revelaria ao povo em toda a sua beleza. De Livorno chegou uma carta, segundo a qual o turbante que o sultão colocara sobre a cabeça do Messias envolvia uma coroa e, na prática, o sultão o nomeava chefe de um grande exército.

Por isso o meu coração não estava com os zombeteiros de Amsterdã, que apresentam Sabatai Tzvi e seu profeta Natan como cúmplices na farsa, e ainda encontram um "espírito da mentira" em Sabatai Tzvi, já que "Sabatai Tzvi" equivale na guemátria a "espírito da mentira". Estas são tolices dos fracos de espírito.

Enviei todos estes detalhes, como dito, em uma carta a Von Rosenroth no dia 8 de dezembro de 1666, que entendeu o meu coração preocupado e respondeu com uma carta que chegou a mim, por um emissário especial, somente no final de janeiro de 1667.

O ano do Messias de 1666 acabou, portanto, e o certo se transformou em grande dúvida. O ano de 1667 que se iniciava trouxe consigo o grande medo. Que desgraça nos estaria destinada, se tudo era uma visão vã?

Na esperança de boas novas, li a carta de Von Rosenroth.

Ao ilustre, respeitável e culto senhor Peter Serrarius,
Amigo querido, próximo a mim como um irmão,

O senhor e eu, caro Peter, sabemos que o nosso mundo é cheio de segredo e alusão. Por isso convém que nos relacionemos ao fato da conversão do rei-Messias como a um fato secreto, cuja compreensão está além do nosso entendimento, mas não por muito tempo. E já chegou a mim a informação de que Rabi Natan, o profeta, fala em suas cartas sobre o segredo oculto na conversão. Toda literatura das fontes está repleta deste segredo, o de que a conversão é necessária e aludida em muitos lugares. Uma ação, porquanto desprezível, não é capaz de anular a nossa fé. Chegou a mim o conteúdo de um bilhete que Sabatai Tzvi enviou ao irmão Eliahu Tzvi em Esmirna, em que frisava que Deus "me fez ismaelita", e depois ele acrescenta, "Ele disse haja. Ordenou e descansou". Quer dizer, a vontade absoluta do Deus dele, pessoal, que ele conhece, o conduziu ao ato da conversão, e ele não compreende o seu significado. Depois de algum tempo ele diz numa carta aos dois irmãos: "O verdadeiro, que somente eu O conheço há algumas gerações... queria que entrasse de todo o coração na lei do Islã". Ou seja, ele fez o que fez por ordem do seu verdadeiro Deus. E a justificativa de Sabatai Tzvi é que a conversão é um castigo para Israel, ainda que temporário, por não reconhecer o Deus da verdade, o seu Deus. Depois disso a *Torá* retomará a sua posição inicial, e o povo de Israel, que foi convertido a Ismael, retornará à sua terra. Daí que não devemos nos apressar em tirar conclusões.

Meu caro Peter, concluirei com o assunto do *Tehiru*; estamos em uma corrida prudente para obtê-lo. Tenho comigo um detalhe importante que pode lhe ajudar. Por motivos compreensíveis eu o passarei ao senhor, mas não por carta.

Seu, dedicado de coração e alma

C. K. von Rosenroth

A carta de Von Rosenroth dissipou as minhas dúvidas e verteu em mim uma segurança renovada. O final de janeiro de 1667 será lembrado para o bem. É verdade que o ano da Redenção havia passado sem que a boa nova se concretizasse, e do céu caiu sobre nós um forte golpe, a conversão, que transformou a desalentadora Amsterdã congelada em neve em uma cidade que se atolava em sofrimento, aflição e tristeza. Mas eu, Peter Serrarius, anunciei aos meus inúmeros amigos que discernia pequenas fendas no teto enlutado que se fechava sobre nós de todos os lados. Por eles já tremeluziam as faíscas pálidas da primavera.

De noite eu estava ocupado com a escrita de cartas a muitos países com explicações tranquilizadoras sobre a conversão do Messias. Quando atirei o meu corpo exausto sobre a cama, Sofia adormecera. Na mesinha encontrei um envelope com uma carta.

Meu Peter

Eu amo você. É verdade que somos duas estrelas distantes uma da outra, uma distância infinita de universo, ainda assim, por favor, preste atenção de vez em quando à voz da razão.

Anotei certa vez as palavras que se seguem da boca de nosso amigo Spinoza.

"Por causa de seus sofrimentos, as pessoas tendem a crer em tudo. É fácil arrastá-las para cá e para lá quando estão confusas e cheias de dúvida, quando não têm segurança, e quando estão imersas em uma situação que fica entre a esperança pelo bem e o medo do mal. Pois em momentos de sucesso as pessoas têm confiança em si e não ouvem conselhos alheios, mesmo que seja um bom conselho. Contudo, no momento mau, de opressão, elas imploram por um conselho, e até ouvirão conselhos tolos desprovidos de sentido. Quando imersas no medo, tudo que lhes recordar algo de bom parecerá como um sinal que prenuncia a salvação e, mesmo que seja cem vezes falso, nele verão um sinal para o bem. É o medo que faz com que as pessoas se apeguem a superstições, às vezes ao ponto da loucura, e à crença em pessoas que lhes prometem trazer um futuro bom, apesar de elas serem fruto de imaginação e devaneios".

Boa noite
Meu menino
Sofia

Sofia estava estendida sobre a cama, o rosto tranquilo e pensativo. Será que o fato de ela estar sempre ao meu lado, mesmo em tempos de dúvida, me permite errar em sonhos? Não, não quero pensar assim. Ela está no universo dela, o universo da razão, e assim está bom para ela, enquanto eu vivo em um universo verdadeiro, repleto de enigmas e alusões.

Que felicidade é continuar a crer!

Razão Áurea

O INVERNO DO ANO DE 1667, que nos golpeou com força, começou a apresentar os primeiros sinais de cansaço. O mês de maio em Amsterdã às vezes nos proporciona momentos de felicidade, de raios de sol isolados que traspassam o aglomerado de nuvens. Mas também esta luz fina se oculta todo o tempo nas névoas da guerra, que cobrem este nosso céu por um longo período. A nossa guerra contra os ingleses cobrara vítimas, paralisara a movimentação livre por mar, mas principalmente entrevara o estado de espírito.

Depois da conversão do rei-Messias permaneceu em nós a expectativa da Redenção. No início esperávamos que viesse no final de 1666, mais exatamente na data do calendário judaico de 25 do mês de Kislev de [5]427, segundo a declaração que Rabi Natan ouvira em 25 de Elul de [5]425: dentro de um ano e algumas luas virá a Redenção. Quando não aconteceu nesta data, transferiram-na para Pessakh de 1667. Como também Pessakh já havia passado, aguardávamos então o mês de Elul, final de agosto. Adaptei-me à ideia de que o ano da Redenção não seria 666, mas 667.

Na última semana do mês de maio chegou apressadamente à minha casa Jarig Jelles, o encarregado do pagamento que me cabe do negócio com Von Rosenroth, e pessoa muito próxima de Spinoza. Transmitiu-me oralmente o conteúdo exato da carta que chegara a Von Rosenroth e que era destinada também a mim e a Spinoza. Von Rosenroth, que naquela época agia com muita cautela, não enviara a carta, mas solicitara a Jelles que nos transmitisse o seu conteúdo oralmente.

Pareceu-me que a isso se referira Von Rosenroth quando me prometera anteriormente transmitir-me um detalhe importante vinculado ao *Tehiru*.

E foi isto o que ouvi de Jelles:

> A altura do *Tehiru* somada à largura, é maior do que o comprimento do quadro, na mesma proporção em que o comprimento do quadro é maior do que a sua largura. E a largura é o décimo terceiro número na sequência em que os quatro primeiros algarismos são: 6, 14, 20, 34.

A frase me parecia abstrusa. Decidi buscar a ajuda de Johannes Hudde, membro do conselho municipal de Amsterdã, grande conhecedor de matemática, que eu conheci na casa de Spinoza em Voorburg.

Hudde me surpreendeu. – Spinoza também me procurou a respeito do mesmo assunto – observou –, e ele me parecia um tanto tenso.

Apressei-o a que começasse logo a dar uma interpretação para o mistério.

– É um caso raro – alegrou-se Hudde –, mas esta relação me é conhecida.

– Que relação? – perguntei como se tateasse no escuro.

– Tomemos, por exemplo, *Tehiru*. Digamos que a sua altura somada à largura é maior do que a altura do quadro, na mesma

proporção em que a altura do mesmo é maior do que a sua largura. Esta relação é conhecida, nós a denominamos "razão áurea". Esta razão é um número divino, gravado na natureza, em lugares revelados e ocultos...
– Qual é? – perguntei emocionado.
– 1.61803398874989484820. – riu o meu amigo com prazer.
– Qual é o indício aqui? – perguntei.
– Não sei, mas esta é a relação, tenho certeza.
– E qual é o segundo indício? – perguntei confuso.
– Trata-se aqui de uma progressão de números, certamente próxima à que Leonardo Fibonacci descobriu há alguns séculos, em que cada algarismo é a soma dos dois que o antecederam. O espantoso é que a progressão vai adentrando a razão áurea de que falamos...
– O que significa? – perguntei.
– Que à medida que os números da progressão aumentam, os números mais altos, cada qual também é maior do que o que o antecedeu, numa razão áurea.
– Espantoso – reagi –, mas a que tudo isso conduz?
– Vamos examinar – disse Hudde com tom prático –. Chegaremos facilmente ao décimo terceiro número da progressão, que é 2550. O número que o antecede, o décimo segundo, é 1576, como se pode ver. Daí que o décimo quarto número que se seguirá é 4126, e o décimo quinto, 6676.
– Aonde tudo isto conduz? – perguntei impotente, e Hudde continuou:
– Ou seja, segundo o indício, a largura de *Tehiru* é de 2550 pontos, que é o décimo terceiro número na progressão. Saiamos da hipótese que a altura do mesmo seja 4126 pontos, que é o décimo quarto número. A conclusão será que a soma da altura e da largura é 6676, que é o décimo quinto número na progressão.

– Continue, continue – pedi.

– E nisso consiste a grande maravilha – continuou Hudde entusiasmado –, 6676 não é somente a soma dos dois algarismos que o antecedem, e não é somente a soma do comprimento e da largura do quadro, mas é também maior do que o algarismo que o antecede, 4126, que é também a altura do quadro, na razão áurea, e 4126 também é maior do que o que o antecede, 2550, que é também a largura do quadro, na mesma proporção áurea. Ou seja, multiplicado por 1.6180339, tudo isto combina exatamente com os detalhes do indício.

Esta completude indicou-me que havia aqui o dedo de Deus. E então aconteceu a coisa mais estranha. Comecei a penetrar no âmago da alusão. Hudde realmente chegara àqueles algarismos por um pensamento brilhante, mas não compreendera o seu significado. Agradeci-lhe e me apressei de volta à casa. Expliquei para Sofia com entusiasmo o que eu havia decifrado. Ela estava concentrada em mim e não disse uma palavra.

Percebi que a razão áurea e a progressão espantosa de números pelos quais cheguei aos algarismos, a encantaram tanto quanto a descoberta da razão eterna e inerente à natureza. Não estou certo se ficou encantada também com as conclusões a que cheguei.

Chamei sua atenção para o fato de que o número 6676 a que havíamos chegado e que estava em todos os detalhes do indício, era um número especial para mim. Três algarismos que nele se encontram indicam, sem dúvida, o ano 666, o ano da extraordinária Redenção que ainda tardava. Mas, na realidade, os três primeiros algarismos são 667. Seria um indício de que o ano de 1667 ocultava coisas extraordinárias? E por acaso o algarismo seis, do final do número, indicava que muito brevemente, no sexto mês, o mês de junho, estaria prestes a ocorrer algo grandioso?

Depois de me ouvir, Sofia resumiu com um sorriso:
– Tudo pode ser interpretado, por todos os ângulos e formas.

O mês de junho de 1667 chegou, e com ele novas perturbadoras. As nossas forças, comandadas pelo almirante De Ruyter, invadiram o Tâmisa, chegaram até a baía Medway, bombardearam Chatham e atacaram a armada inglesa, vencendo-a. Não há dúvida, um acontecimento extraordinário. Nossas forças derrotaram os ingleses em sua casa, é um sinal do céu. Seria isso o que fora indicado na carta pelo número 6676? Mas qual a relação comigo?

E mais uma notícia abaladora após três semanas. Oldenburg, amigo comum meu e de Spinoza, fora preso na "fortaleza" de Londres como suspeito de entregar informações importantes ao inimigo, ou seja... a nós? E os rumores davam conta de que as informações transmitidas revelaram às nossas forças o fato decisivo, de que a ociosa armada inglesa encontrava-se em um porto indefeso.

Estava muito claro para mim que tanto Spinoza quanto eu não tínhamos qualquer ligação com esta complicação e, se foram passadas informações, não o foram a nós. E talvez houvesse alguém interessado em nos vincular a intrigas internacionais? Mas quem?

Não é difícil adivinhar, pois todos nós temos inimigos. Os contestadores do rei-Messias querem me derrubar, e todos os que não são capazes de aceitar as ideias de Spinoza, que lhes parecem ateístas, querem instigar o ódio contra ele. Do mesmo modo, também os opositores do grande governador Jan de Witt, que tecem ardis o tempo todo para incriminá-lo por causa das suas relações com Spinoza. Quanto a Rembrandt, seus muitos credores rezam por seu colapso para poderem se apossar de seus quadros. Estes conspiradores creem que o valor dos quadros irá disparar porque estão ligados a intrigas internacionais. É possível que entre estes se encontrassem os remetentes da carta. Ao que parece, os emissários transmitiram o conteúdo da missiva a círculos da polícia e até o decifraram. Eles formaram uma quadrilha com más intenções, cujo objetivo era criar a impressão de que nós recebíamos informações secretamente sobre o grande acontecimento que estaria prestes a ocorrer em junho de 667, e que de fato ocorreu. Como se nós mantivéssemos um esquema de relações próximas com elementos externos, e trocássemos informações proibidas.

Compreendi por que Von Rosenroth me recomendara cautela, *caute*. Eu até enxergava o comportamento tenso de Rembrandt e de Spinoza sob outra luz.

Spinoza e eu passamos por uma série nada fácil de investigações e interrogatórios e Rembrandt foi até aquinhoado com uma invasão selvagem da polícia em seu ateliê. Além de seus grandes problemas, ele foi obrigado a responder a uma quantidade exagerada de perguntas estúpidas referentes a sinais como que secretos, registrados nos diversos quadros. Seus contrastes de luz e sombra, em que expressava o oculto por meio do revelado, levaram os investigadores a interrogá-lo precisamente a respeito dos mínimos detalhes das regiões escuras de seus quadros. Interessaram-se em especial pelos contrastes entre o fundo escuro e os rostos das figuras ou os objetos iluminados por raios de luz que não se originam das fontes comuns de um facho, candelabro ou feixe de luz do céu. Por quê? Perguntaram os investigadores, por que os raios de luz provêm de fontes ocultas? Eles suspeitavam que os quadros escondessem algo sigiloso.

Por fim, após um período difícil e aflitivo, foi a amizade de Spinoza com o governante Jan de Witt que nos ajudou a livrar-nos da situação embaraçosa em que tínhamos sido envolvidos.

Voltei à minha primeira conclusão, de que há no quadro signos ocultos que indicam uma completude, uma simetria divina nele inscrita. Não há dúvida de que o *Tehiru*, cujas dimensões são razão áurea, era um quadro extraordinário. Mas, entrementes, bem faríamos se nos acautelássemos dos que tecem tramas, que tentam usar o *Tehiru* para os seus propósitos vis.

Alguns dias depois que cessou a tempestade, chegou a mim uma carta de Von Rosenroth, com copiosas palavras de gratidão e de reconhecimento.

> Ao mui honrado senhor, que é mais caro do que tudo,
> Peter Serrarius
>
> Verto sobre o senhor abundantes palavras de agradecimento, meu amigo próximo, pela quantidade de manuscritos valiosos que fluíram a mim nas últimas semanas, seguindo-se à sua viagem abençoada para a Itália, sua e de sua companheira Sofia, que lhe é dedicada de coração e alma. Cada frase nelas é trigo de primeira. Decidi traduzir certas partes, utilizando como ajuda as interpretações de Rabi Moisés para o *Zohar*.
>
> A árvore da Cabala, da qual estou encarregado, tem agora o privilégio de sorver de fontes de água pura e límpida, e por isso envio-lhes novamente agradecimentos, ao senhor e à sua companheira Sofia, cujo ser se equipara ao nome.
>
> Meu senhor envolto em qualidades tão boas, dirija-se, por favor, ao senhor Jarig Jelles. Estou certo de que terá a paga pelo seu trabalho.
>
> Seu, com toda dedicação e afeto
>
> C. K. von Rosenroth

Von Rosenroth sabia apreciar adequadamente o que fizéramos por ele.

Tão logo retornamos da Itália lhe enviamos as interpretações do *Zohar* de Rabi Moisés e a coletânea de Pistorius, que Sofia recebera diretamente da família Hoogstraten.

Após algumas semanas lhe enviamos o raro manuscrito dos textos da Cabala que, como prometido, recebemos da família, depois de copiado o manuscrito que possuía.

Também Bartolocci cumpriu a sua promessa e enviou a Von Rosenroth uma cópia do manuscrito de A *Terrível História de Rabi Joseph della Reina*. Comprovou-se que eu não me enganara a respeito de Bartolocci ao lhe pagar de antemão por aquela história cabalística extraordinária, da tentativa de trazer o Messias.

Na casa de Jelles aguardava-me um envelope com uma mui respeitável soma em dinheiro, acompanhada de uma instrução exata de como distribuí-lo. Metade destinava-se a Sofia e a mim, como comissão pelo trabalho. Acatei a sugestão de Sofia que, em tom maternal me disse: "Meu caro Peter, daremos esta grande quantia a todas as pessoas dessa rede ramificada à cuja frente você se encontra". Ela sabia respeitar o meu grande empreendimento, a transferência de um sem-número de detalhes de informação para todas as partes do mundo e, mesmo não seguindo a minha crença, sempre dizia que uma pessoa deve fazer aquilo em que acredita.

De acordo com a instrução de Von Rosenroth, a segunda metade do valor deveria ser dividida em duas partes iguais, para Spinoza e para Rembrandt. A instrução era acompanhada de justificativas: Spinoza se encontrava em uma fase decisiva da escrita do *Tratado Teológico-Político* e, de acordo com as palavras de Von Rosenroth, "Cada florim pode facilitar a obra dele".

Quanto a Rembrandt, a humilhação que sofrera quando interrogado acerca de suas obras de arte, havia tocado Von Rosenroth. Em suas palavras: "A arte é o pequeno canto de luz que restou a Rembrandt na escuridão em que vive há anos".

A Conversa Secreta

Os meses de 1667 galoparam como cavalos velozes, sem que soubéssemos para onde, e arrastaram consigo os primeiros meses de 1668. Todos os sinais e indícios que se encontravam no ar não conferiram o que todos nós ansiávamos. Mas o mês de maio nos recebeu bem, a primavera afastou de uma vez o inverno sombrio que tivéramos, e despejou sobre nós também um pouco de boas novas.

Nossa república holandesa, que era dirigida pelo grande estadista Jan de Witt, selara finalmente um acordo com a Suécia e com o inimigo jurado, a Inglaterra. O objetivo do pacto triangular era obrigar o ameaçador Luis XIV a retirar os exércitos franceses que haviam invadido os países hispânicos da planície. O orgulho de cada um de nós cresceu e, no meu íntimo, esperei que nisso houvesse um sinal de que dias bons nos aguardavam agora.

No final de maio recebi uma missiva importante com palavras sobre a grande iluminação que viera a Sabatai Tzvi antes de Pessakh, cerca de vinte meses após a conversão. Novamente tivera visões e surgiram-lhe revelações. Foram seus amigos fiéis que as ouviram de sua própria boca em Adrianópolis e as redigiram:

Estando o nosso senhor, nosso rei, sua alteza, à mesa na noite da festa de Pessakh, se lhe revelaram vinte e quatro mil anjos, e todos disseram a uma voz: És nosso senhor, és nosso rei, és nosso Messias.

A carta insuflou em mim nova vida. O rei-Messias golpeado, submetido e humilhado, se convertera, mas não abandonara a sua missão. As muitas cartas de Rabi Natan davam explicações para o segredo da conversão e também justificativas para a missão do Messias no reino da impureza das cascas.

É interessante que, naqueles dias antes de Pessakh, quando a iluminação viera ao Messias, Rabi Natan chegou a Veneza como se por acaso. E que extraordinário, apesar do fato de os rabinos desejarem retardar a sua entrada na cidade, por causa de seu embuste, como o denominavam, Rabi Moisés Zacuto, que dois anos antes me dera em Veneza a sua interpretação do *Zohar*, foi ao seu encontro. Eu soube que, no final da longa conversa que manteve com Rabi Natan, Rabi Moisés proclamou: – Apesar de me ocupar do *Zohar* há já 38 anos, não entendo dele tanto quanto entende o sábio Rabi Natan.

Rabi Natan, o profeta, era um homem de grande sabedoria e cultura. Não abandonara a visão da sua profecia sobre o Messias, mesmo depois que o seu Messias se convertera. E ainda que tivesse sido obrigado a assinar em Veneza o que dele foi exigido pelo rígido tribunal rabínico, ainda tinha forças. E o que disse na sua confissão? "O que profetizei sobre Sabatai Tzvi não é concreto", e nestas palavras não há qualquer chamado às multidões de seus fiéis e crentes em Veneza para que abandonem sua crença no Messias, nem a expressão do menor arrependimento pelos seus feitos no passado. Não há dúvida, Rabi Natan escrevera aquelas infelizes linhas de confissão totalmente coagido e sob intensa pressão.

Em todas as suas viagens pela Itália, porém, ainda encontrava muitos que nele criam de todo o coração, que o receberam com grande respeito e até ouviram dele, com alegria, palavras ardentes das Escrituras e de fé.

Mais do que tudo alegrou o meu coração a carta que recebi de seu pai, meu amigo Rabi Elischa, sobre a viagem secreta de Rabi Natan a Roma.

Esclareceu-se que Rabi Natan fora a Roma em missão de seu Messias, Sabatai Tzvi, para fazer ali um *tikun* secreto. Ao amanhecer, dirigira-se ao palácio do Papa e durante todo o dia rodeara o local, proclamando e dirigindo suas palavras com grande *kavaná* (concentração mística). De noite lançara ao rio um pergaminho, com uma declaração segundo a qual dentro de um ano Roma se reverteria. Rabi Natan talvez houvesse pensado em fazer um ato semelhante ao de Sabatai Tzvi, que penetrara na esfera das cascas impuras no palácio do sultão e do Islã, a fim de restaurar Ismael. Também ele, Rabi Natan, havia penetrado na *sitra akhra*, no lugar de habitação do Papa, a fim de reparar o cristão no centro de seu reinado em Roma, e talvez este *tikun* assinalasse a demolição de sua força e a sua destruição.

Rabi Elischa comunicou-me na carta que seu filho lhe escrevera com alegria, porque sua missão na cidade grande fora coroada de êxito. Tais palavras me convenceram novamente de que era preciso perseverar na fé e se comportar com coragem. Deus agrada-Se dos corajosos.

No meio do mês de junho Sofia passou dois dias com Spinoza, e até pernoitou em sua casa. "Horas de elevação", assim ela denomina as horas que passou na companhia dele, desta vez por minha missão. Os rumores sobre a iluminação que Sabatai Tzvi tivera e sobre as viagens bem sucedidas de Rabi Natan reforçaram em mim o conhecimento de que a fé por vezes desvanece, e por vezes se incandesce. Amadurecia a minha decisão de que chegara o momento de conhecer finalmente o teor da conversa secreta mantida entre Spinoza e Rabi Natan, o profeta, cerca de dois anos antes. Eu queria enviar tais informações a Von Rosenroth, e com isto cumprir a minha parte na transação. À luz dos últimos acontecimentos, esta conversa de repente assumiu grande importância. Von Rosenroth certamente estaria curioso em saber quem era Rabi Natan aos olhos de Spinoza, e de onde extraía as suas interpretações.

Sofia voltou para casa radiante de felicidade. Spinoza, na realidade, não colocara por escrito o teor de sua conversa com Rabi Natan, mas recompusera para ela as palavras ditas naquele encontro secreto, e ela as anotara de sua boca. No último dia Spinoza leu as anotações e confirmou o que estava escrito.

Enviei imediatamente as anotações de Sofia para Von Rosenroth.

Este é o registro conforme Sofia o escreveu, na linguagem dela, naturalmente:

> Spinoza descreveu Rabi Natan para mim como um jovem que tem uma capacidade de percepção incomum e amplos conhecimentos da Cabala do Ari e do *Zohar*. "Até mesmo algumas de minhas ideias chegaram aos ouvidos dele" – contou-me Spinoza, como se não acreditasse. Senti um pouco de afeto em suas palavras quando descreveu Rabi Natan como uma pessoa dotada de ousadia e liberdade ilimitadas para compreender e interpretar o universo a seu modo. "Ele irradiava autoridade e falava de maneira encantadora, o que o tornava capaz de conquistar o coração de seus ouvintes" – elogiou Spinoza, mas resumiu decepcionado: – "Sua imaginação é rica demais, se inflama de forma incontrolável, o

que lhe provoca rompantes de agitação que nele criam uma forte crença em tudo o que sai de sua boca".

Spinoza me contou que ficou muito surpreso por ter o jovem Rabi Natan conduzido a conversa sem qualquer etiqueta de abertura; desde o primeiro momento, era como se tivesse vindo resoluto em sua ideia de ouvir e de se fazer ouvir nas questões que o ocupavam. Começou falando sobre o *Ein-Sof*, e deu a entender que os seus pensamentos estavam voltados todo o tempo ao processo interior que ocorre no mistério da Divindade, no mistério do *Ein-Sof*, um processo interior que explica o processo externo de Criação do mundo. Spinoza decidiu colocar imediatamente a conversa sobre a base firme da razão. E assim disse a Rabi Natan:

"Entendo sobre Deus: há um infinito absoluto, com infindáveis características, cada uma das quais expressa uma essência eterna e infinita".

A isso, respondeu Rabi Natan: "Nós dois concordamos que Deus é um infinito absoluto; e se assim é, não há lugar para nada exceto para Deus porque ele preenche tudo".

"Concordo com cada uma de suas palavras – respondeu-lhe Spinoza com espanto".

"Daí" – entusiasmou-se Rabi Natan – "que antes que fosse criado um lugar para todas as coisas que não são Deus, ou seja, antes da Criação do mundo, deveria ocorrer algo naquele mesmo infinito, que daria lugar para que dentro dele o mundo pudesse ser criado".

Aqui Spinoza interrompeu por um momento a descrição do curso da conversa, como se quisesse me fazer compartilhar de algo importante que o preocupava. – "É espantoso – explicou-me –, nós dois, o jovem homem da Cabala e eu, começamos a partir do mesmo pensamento que não nos dá descanso. Pois, como o Ari, também Rabi Natan sabia o que eu sei, que se Deus é infinito de modo absoluto, o mundo não poderia ser criado fora Dele. Mas, já nas primeiras palavras de Rabi Natan, senti que ele não é capaz de chegar à conclusão una e única a qual eu cheguei".

– Por quê? – perguntei a Spinoza.

– Não tem a coragem para isso – respondeu-me –, porque afinal, também ele está preso às amarras da religião.

E Spinoza continuou a descrever para mim o curso da conversa e estas são as suas palavras:

– Perguntei a Rabi Natan a que se referia quando disse ser obrigatório que ocorresse algo naquele *Ein-Sof* antes da Criação do mundo. Respondeu-me com segurança que Deus precisava contrair-Se a fim de liberar o lugar em que o mundo foi criado.

"Você se refere a que Deus contraiu a sua infinitude?" – perguntei-lhe na esperança de que ele compreendesse a contradição da questão. Mas Rabi Natan respondeu-me simplesmente: "Sim".

– Não entrei em discussão sobre a questão de como pode o *Ein-Sof* contrair-Se e ainda permanecer *Ein-Sof*, somente lhe disse: "Quão estranho. Nós dois partimos do mesmo ponto, mas meu Deus é tão diferente do seu Deus religioso".

– Rabi Natan olhou-me com olhos admirados e eu não soube se ele me compreendera, ou se talvez vira em mim algo que detivesse a sua complacência. Por isso continuei imediatamente:

"O senhor diz, com razão, que Deus é um e infinito. Então como pode dizer, apesar disso, que o universo que foi criado está fora de Deus? Se há algo que difere de Deus, o universo material, por exemplo, este mundo material limita a infinitude de Deus, e é como se o senhor dissesse que Deus não é absolutamente infinito".

– Aqui Rabi Natan surpreendeu-me novamente, quando disse uma frase que repeti mais de uma vez no âmbito do meu círculo de amigos: "Tudo o que se encontra, encontra-se em Deus, e sem Deus nada pode ser encontrado ou ser um conceito".

"Concordo com cada palavra" – eu lhe disse.

"Também eu" – respondeu Rabi Natan rapidamente – "também eu creio que tudo vem de Deus, e nada pode ser encontrado sem Deus".

"Mas o senhor se refere a Deus desvinculado do mundo, ou da natureza e isso é impossível, porque assim não abrange em Deus tudo, tudo que se encontra. Ou seja, Ele não é infinito absoluto".

"Mas as suas palavras levam à heresia" – disse Rabi Natan atemorizado.

"Por quê?" – perguntei, aguardando uma resposta lógica.

"Porque se Deus não se desvincula do universo, da natureza, da matéria, a sua conclusão deve ser que Deus e a natureza são a mesma coisa..."

"Por acaso existe outra possibilidade?"

– Rabi Natan continuou entusiasmado como se não tivesse ouvido a minha pergunta:

"E então, todos somos Deus? O senhor? Eu? A mesa? Não há nada mais ridículo do que isto..."

– Tentei expor-lhe uma das ideias que se formava de minha teoria:

"Todo assunto particular é um modo de Deus, uma certa revelação de Deus."

– Rabi Natan respondeu-me preocupado: "Com a sua lógica, Rabi Barukh, o senhor ocultará o meu Deus da verdade, ao qual eu rezo exatamente como diante do meu rei..."

– Olhei para os seus olhos sonhadores e disse com firmeza:

"Meu Deus é a única conclusão do seu Deus único e infinito, Rabi Natan. Porque se Deus não é a natureza, a conclusão é que a natureza se encontra em adição a Deus, e então Deus não é um e também não é infinito..."

"O senhor jamais compreenderá, Rabi Barukh, que o *Ein-Sof* tem duas faces ou, conforme o denomina, dois atributos. O Deus criador, que se revela para fora, e o Deus imerso dentro de Si e oculto de nossa apreensão..."

– Compreendi que aqui os nossos caminhos se separavam. Por isso, acrescentei o que de antemão eu sabia que não o convenceria:

"O senhor está assustado, Rabi Natan, com a conclusão que provém das suas próprias palavras. Não tem a coragem de confessar que Deus não criou a natureza fora de Si, e nem precisou contrair-Se. Ele se pormenorizou em uma infinitude de detalhes. Chamo-os de 'modos', cada um dos quais é a expressão Dele."

– Rabi Natan congelou por um momento. Seus olhos arregalados estavam focalizados em um ponto no espaço do aposento. Eu quis muito saber se ele se aprofundava no que eu dissera, ou se não era capaz de se libertar da armadilha em que se encontrava. Em meu íntimo eu sabia que um cabalista como ele que, segundo os boatos, já havia experimentado o êxtase da vivência mística, vive a sua vida interior. Minhas palavras de lógica não o arrancariam de sua fé. Continuamos a conversar e, a cada momento, eu ficava mais impressionado por ele tentar encontrar justificativa para coisas surpreendentes que ocorrerão no futuro.

– Como o qual, por exemplo? – perguntei a Spinoza.

– Como os atos estranhos e surpreendentes do Messias convertido. A explicação para eles será a de que são feitos de um pecador sagrado.

– Já naquela conversa você percebeu isso?

– Decididamente. Ele tentou desvendar para mim a natureza do bem e do mal.

– Não entendo a relação.

– Pois já o Ari vira na contração de Deus, de Si em Si mesmo, uma contestação do equilíbrio do *Ein-Sof*. Algo defeituoso, mau...

– E este mal está oculto na própria contração do *Ein-Sof*?

– Sim, mas Rabi Natan foi além. Ele descreveu para mim um quadro surpreendente e enganoso, no qual é difícil não prestar atenção.

– Que quadro é esse que conseguiu fascinar até você? – perguntei a Spinoza, e ele tentou me transmitir de forma exata.

– De acordo com Rabi Natan, no *Ein-Sof* duas luzes opostas sempre iluminaram uma à outra. Perguntei-lhe o significado destas duas luzes na Divindade, e ele me espantou quando disse: "Estas duas luzes, Spinoza, são uma espécie de atributos do seu Deus". Eu lhe disse que por atributo entendo o que o intelecto capta sobre Deus como seu conteúdo essencial. Ele me respondeu com segurança que era isso exatamente o que tinha em mente. E depois disse que a primeira luz é denominada "luz em que há pensamento", que é uma luz positiva, na qual sempre houve um pensamento de Criação, de Criação de universos. A segunda luz é "a luz em que não há pensamento", que aparentemente quer devolver o mundo a sua situação prévia e destruí-lo, e ela é uma luz imersa dentro de si mesma e não deseja nada exceto a sua essência.

Estas palavras de Rabi Natan, que ouvi de Spinoza, me espantaram.

— Duas forças opostas na Divindade? — perguntei a Spinoza.

— Sim, Sofia — respondeu Spinoza —, uma constrói e a outra destrói.

— E qual é, na opinião de Rabi Natan, a força dominante?

— A força destrutiva — respondeu Spinoza em poucas palavras.

— E o que ocorreu naquela contração, em que Deus Se recolheu de Si para dentro de Si mesmo, a fim de liberar o espaço do *tehiru* para a Criação do mundo? — perguntei.

— Aquela contração ocorreu apenas na luz em que há pensamento de Criação, e possibilitou-Lhe introduzir os Seus pensamentos dentro do espaço do *tehiru* e nele construir as estruturas da Criação. Porém, quando esta luz recuou do *tehiru*, restou a luz em que não há pensamento de Criação, que se opôs às *sefirot* emanadas pela luz em que há pensamento.

— Sendo assim, é possível dizer que a origem do mal que se opõe à Criação está gravada na própria Divindade? — perguntei, como se não acreditasse no que meus ouvidos tinham escutado.

— É realmente assim — confirmou Spinoza —, e, deste modo, a luz em que não há pensamento opõe-se às estruturas criadas pela luz em que há pensamento, e cria as suas próprias estruturas, que representam o reinado da *sitra akhra* má e destrutiva.

— Porém é preciso frisar — destacou Spinoza como se defendesse uma causa — que a origem do mal e da destruição encontra-se em uma aspiração positiva, de que será encontrada tão somente uma luz infinita, e nada além dela.

— Existe qualquer final bem sucedido para esta guerra?

— Quando vier um equilíbrio entre as duas forças divinas, e a luz do pensamento penetrar no abismo do escuro *tehiru*, onde habita o fundamento sem pensamento, dando-lhe uma forma. Este será o tempo da redenção.

Esta situação, em que Spinoza, o homem da razão e do intelecto, discorre na minha frente, com conhecimento, sobre os princípios delirantes de Rabi Natan, foi para mim extremamente espantosa.

— Este é todo o caminho que Rabi Natan trilhou para além do Ari? — perguntei.

— Não. Rabi Natan, de fato, continua a senda do Ari e diz que no momento da ruptura dos vasos, as centelhas sagradas caíram nas profundidades das cascas, que são o lugar da impureza, e a liberação da sua prisão está vinculada ao Messias e à Redenção. Mas, enquanto para o Ari o Messias virá após a libertação das centelhas sagradas de sua prisão, para Rabi Natan a função do Messias não é esperar a libertação das centelhas sagradas de sua prisão, mas descer até o fundo ruim das cascas, e redimir as centelhas sagradas.

— Com isso não estará ele abrindo o mundo sofisticado das desculpas, que explicarão os atos estranhos do Messias?

— É verdade. O Messias poderá pecar na intenção sagrada de libertar as centelhas, e como instrução momentânea transgredir até os preceitos da Torá, em nome da Redenção.

— E assim será possível justificar até a islamização do Messias?

– Decididamente – sorriu Spinoza. – A explicação será que o Messias converso cumpre o seu papel, a libertação das centelhas presas na nação do Islã, que governa a Terra Santa e o universo.

Spinoza testemunhou a seu próprio respeito que mesmo uma pessoa como ele, cuja percepção de Deus e da natureza é construída sobre os fundamentos sólidos da lógica, não deixa de se admirar pela força do desenho da Divindade elaborado por Rabi Natan. Ele derrama uma luz sobre a guerra do mal no mundo, sobre as tentativas de exterminá-lo e de trazer a Redenção.

– Este homem jovem que me é tão estranho – disse Spinoza –, que tenta todo o tempo ascender a universos superiores, espantou-me quando citou de repente as palavras do cabalista Cordovero: "No lugar em que você se encontra, ali estão todos os universos". Sorri para mim mesmo. Será que ele perceberá que, com essas palavras, havia dito que o seu mundo divino não está tão desvinculado do nosso mundo, não está fora dele?

Spinoza contou que continuou a conversa com Rabi Natan sobre o assunto ao qual há muito tempo se dedicava: o amor divino.

Rabi Natan estendeu-se e disse que o apego total a Deus é o propósito superior, e Spinoza não tinha reservas quanto a isso. Mas ele tem reservas quanto às palavras seguintes de Rabi Natan, que disse que tudo será alcançado somente após o *tikun*. Spinoza vê nesta restauração dos cabalistas uma questão artificial. As palavras finais de Rabi Natan parecem-lhe sob outra luz. Este apego, disse Rabi Natan, este amor de Deus, é, no momento, propriedade de uns poucos eleitos. E disse ainda, que o amor é o fator que unifica o material com o espiritual, pela transformação do material em espiritual. Spinoza aceitou estas duas coisas sem dissentir.

Ele me contou ainda que Rabi Natan tirou repentinamente de seu alforje puído um manuscrito do *Schiur Komá* (A Medida do Corpo), o tratado de Rabi Mosché Cordovero, e leu com entusiasmo algumas linhas.

– As palavras tomaram conta do meu coração –, derreteu-se Spinoza, – anotei-as imediatamente a partir do manuscrito. Spinoza leu para mim com entonação as palavras de Cordovero:

"... e se a fonte se aprofundar... descobrirá como todos nós dela saímos e nela somos abrangidos... e não nos alimentamos com nada exceto dela... e tudo é um, e não há nada desvinculado dela... e tudo a ela se apega e nela é abrangido, e tudo nela existe, e esta questão... não é conveniente revelá-la sequer boca a boca..."

– Estou ouvindo sons conhecidos – disse eu a Spinoza –, já os ouvi uma vez de você.

– Com uma diferença – ressaltou Spinoza. – A minha opinião sobre Deus e a natureza diverge bastante da de Rabi Natan e seus companheiros. Meu Deus é o motivo interior de todas as coisas e de modo nenhum o motivo externo, o meu Deus é a natureza e a natureza é Deus. E quando isso está diante dos meus olhos, me é fácil dizer palavras semelhantes às que você ouviu agora, e eu as formularia da seguinte forma: Tudo vive e se move e existe em Deus.

– Como as coisas se parecem – admirei-me, e repeti algumas das palavras de Cordovero que Rabi Natan trouxera a Spinoza: "Todos nós d'Ele saímos e n'Ele somos abrangidos... e tudo é Um, e não há nada desvinculado d'Ele.. e tudo a Ele se apega e n'Ele é abrangido, e tudo n'Ele existe..."

Spinoza concordou comigo e disse:

– Tampouco posso apontar a diferença entre eu e Rabi Natan, quando nós dois declaramos que todos nós existimos, vivemos, nos apegamos, somos abrangidos em Deus, e que tudo é um. Mas Rabi Natan teme a conclusão, e por esse motivo, o Deus dele não está na natureza, mas fora dela.

– Cordovero também teme isso – observei. – Veja como acabam suas palavras: "e esta questão... não é conveniente revelá-la sequer boca a boca...", ou seja, não se deve divulgar as coisas publicamente para que não cheguem, que tal não ocorra, às suas conclusões, meu caro Spinoza.

– Imagino que é assim – confirmou Spinoza.

No final de nossa conversa, Spinoza elogiou Rabi Natan, sem se dar conta do fato:

– Rabi Natan sabe defender os seus devaneios com lógica baseada em grande conhecimento.

Assim disse Spinoza a respeito dele. Depois voltou à profunda divergência que tivera com Rabi Natan naquele encontro. Destacou repetidamente que aquela união do ser humano com Deus é tão diferente em Rabi Natan porque o Deus dele é desvinculado da natureza. Por isso ele fala de processos na Divindade que antecederam a Criação do mundo, sobre duas forças na Divindade, uma construtiva e outra destrutiva, e é esta última que cria o reinado da *sitra achra* má e impura. Por esse motivo ele fala sobre os esforços para exterminar o mal e fazer retornar a ordem divina ao estado anterior e, dessa forma, trazer a Redenção.

Compreendi quão diversa era a redenção de Spinoza da de Rabi Natan. Eu disse a Spinoza:

— Talvez tudo isso realmente venha para justificar a função do Messias, que deve adentrar à impureza do mal a fim de redimir as centelhas sagradas?

— É provável. Contudo, há muito encanto e ousadia no retrato do mundo de Rabi Natan, mas essa ousadia é insuficiente. Portanto, o extraordinário anseio de unificar-se com Deus o conduz a superstições e a atos tolos.

Como mencionado, enviei a anotação de Sofia a Von Rosenroth. Após algumas semanas recebi dele uma carta de agradecimento e saudação, bem como algumas observações referentes à grande divergência entre Spinoza e Rabi Natan, entre a filosofia de um e o universo da Cabala do outro. A carta fora enviada em 15 de julho de 1668, dia do aniversário de Von Rosenroth, que era também o segundo aniversário do nosso encontro de negócios em Sulzbach. Envergonhei-me de dizer a Sofia que também aí eu via um indício.

E este era o teor da carta:

> Ao ilustríssimo e louvado senhor
> Peter Serrarius,
> Ilustre senhor e amigo muito caro,

Obrigado pelas anotações de Sofia, cheias de sabedoria e conhecimento, que insuflaram vida na conversa importante de seu amigo Spinoza com o profeta Rabi Natan. O perigo do esquecimento e do extermínio rondou esta conversa importante. Li o material com imenso prazer. Algumas coisas ocultas se me revelaram, e outras foram esclarecidas.

Parece-me que em alguns assuntos o senhor e eu divergimos precisamente a respeito de Spinoza. Não se preocupe, amigos podem divergir um do outro, e a sua amizade não perde com isto. E agora, algumas observações ligadas ao escrito.

Rabi Natan dirige-se a multidões, em cujas almas, no seu íntimo, ocultam-se grandes temores, enquanto Spinoza se dirige a alguns eleitos. Rabi Natan não esconde a cabeça na areia, ele vê o mal como uma entidade existente, ao passo que as palavras de Spinoza não penetram nos corações do povo. Como poderá o homem simples aceitar a opinião de que a realidade não é nem boa e nem má, e que a mesma coisa pode ser simultaneamente boa e má e também indiferente; como poderá a pessoa simples concordar que bem e mal são apenas modos de pensamento, que são termos arbitrários e pessoais, e que toda pessoa se utiliza dos termos "bem" e "mal" de acordo com seus desejos e vontades, e que bem e mal são também conceitos que nós criamos a partir da comparação das coisas? Como é possível dizer para as multidões, que anseiam pela Redenção, que na situação natural não há nada que seja bom ou mau com a anuência de todos? Todas estas coisas não são linguagem de multidões e, portanto, também estão fora do universo de Rabi Natan.

É cômodo para as multidões aceitar a realidade da força imaginária, aquele lado oculto e obscuro, o reinado do mal da *sitra akhra*. Por isso Rabi Natan proclama a respeito do Messias que, para trazer a Redenção, ele deverá primeiro descer às profundezas do mal.

E, na verdade, de informações fidedignas que chegaram a mim recentemente, fiquei sabendo que Rabi Natan transformou a opinião sobre o descenso do justo para dentro da impureza em uma grande regra.

Algumas semanas antes ele evocou a palavra do autor do *Zohar*, que diz terem sido os Patriarcas colocados à prova quando viajaram para o Egito e para Arã, lugares da *sitra akhra*. Eles entraram em paz e saíram em paz, e Rabi Natan interpretou não haver justo que seja chamado de justo absoluto, enquanto não penetrar na impureza e sair limpo.

Ante perguntas e dúvidas de muitos, que começaram a desesperar-se, Rabi Natan trouxe há pouco um belo trecho do *Zohar*, e eu o traduzi para o latim. Há muita coisa interessante nele. O *Zohar* traz o que é relatado no *Talmud* sobre uma corça que não podia parir porque tinha o útero estreito. Então Deus lhe enviou uma serpente das montanhas da escuridão, que a picou naquele lugar e ela se abriu e pariu. Vem o *Zohar* e diz que esta corça é a *Schekhiná*, que também está fechada por todos os lados, até que Deus lhe envie uma cobra que a pique no lugar do seu sexo e abra o seu útero.

Muito impressionante. Para que se abra o seu útero, a *Schekhiná* necessita de um grande abalo que aparentemente seja capaz de destruí-la. A picada da cobra é o ato da islamização de Sabatai, rei-Messias, assim diz Rabi Natan, porque somente a picada da cobra possibilita a Redenção. Este ato faz a corça, que é o povo de Israel, sofrer, como a picada da serpente. Por isso o ato intempestivo de Sabatai Tzvi, seu ato estranho, que debilitou os corações, é justamente a prova de que ele é o Messias.

Em continuação, Von Rosenroth me lembrou do seu pedido enfático do primeiro encontro que tivemos em Sulzbach, dois anos antes, para que eu lhe conseguisse a *Porta do Céu*, de Herrera, a fim de que ele pudesse traduzir partes da obra para o latim. Von Rosenroth elogiou longamente o livro, e assim o descreveu:

Um texto que interpreta o *Zohar* e traz a teoria cabalística a respeito do Ein-Sof: contração, emanação, Criação, homem primordial, conjunção de letras do alfabeto e mais, apresentados e explicados de modo filosófico, estando concordes com a filosofia platônica.

E mais, nós dois temos muito interesse nele. Poderemos debater se realmente o seu amigo Spinoza foi influenciado pela *Porta do Céu*, de Herrera, e se há provas de uma ligação entre ambos. E talvez na imagem de Herrera da Divindade que Se estende após a Sua contração, haja um aspecto comum a estes dois grandes pensadores.

E novamente, meu caro amigo, obrigado do fundo do coração pelas anotações de Sofia, que descrevem fielmente uma conversa secreta entre dois grandes pensadores.

Fique em paz, daquele que lhe aprecia de todo o coração

C. K. Von Rosenroth

No envelope de Jelles encontrei, para grande alegria minha, uma respeitável soma em dinheiro destinada a Rabi Natan. Fiquei muito surpreso. Jelles, de quem Spinoza era mestre, era uma pessoa de boas qualidades e bons atos, e em cada passo procurava e também encontrava o positivo. Por isso, explicou-me o motivo do pagamento destinado a Rabi Natan.

– Von Rosenroth vive em um universo que é todo Cabala. Spinoza ele quer conhecer, mas com Rabi Natan ele quer se identificar.

E eu imaginava que Von Rosenroth, assim como eu, era grato a Rabi Natan pela coragem, ao menosprezar as experiências maldosas de alguns fiéis e negar o ato da conversão, como se este fosse um ato de aparência apenas. Rabi Natan apresenta-se e diz com todas as palavras que foi um ato verdadeiro, mas que tinha um motivo positivo: a descida do justo à impureza a fim de trazer a Redenção.

Eu não sabia onde poderia encontrar Rabi Natan a fim de lhe entregar o dinheiro. Decidi transferir a quantia ao seu pai, que ainda se ocupava em arregimentar fundos para os cabalistas pobres de Jerusalém.

Contei a Spinoza sobre as novas interpretações de Rabi Natan referentes aos atos excepcionais de Sabatai Tzvi. Ele reagiu laconicamente:

– Eu sabia que seria assim.

E eu sabia que esta seria a sua reação. Contei-lhe sobre os indícios e sobre os segredos que encontrei no *Tehiru*, e as interpretações que dei como consequência da *guemátria*.

Ele sorriu um sorriso de pai que compreende o filho travesso, e disse:

– De acordo com as interpretações que Rabi Natan faz da realidade, é como se esta contivesse um grande segredo capaz de explicar fenômenos incomuns, e a sua avidez em encontrar sinais profundos, em um quadro que você jamais viu, me lembram os diversos tipos de intérpretes inundados de desejo cego e apressado de interpretar as Escrituras Sagradas e de criar inovações na religião.

– A tal ponto? – perguntei quase ofendido.

– Sim – respondeu de forma decisiva –, porque tentam espremer das Escrituras Sagradas corroboração para as suas hipóteses, principalmente para os seus devaneios. Como se nas Escrituras Sagradas estivessem ocultos profundos segredos. E você, meu caro Serrarius, sim, até você está convencido de que toda palavra oculta em si algo que confirma os seus devaneios.

– O que há de mal nas tentativas de interpretar a realidade?

– Isto é ridículo – riu Spinoza –, cada um interpreta o que vai de acordo com o seu coração, e a hipótese de Rabi Natan é melhor do que a hipótese do último dos vendedores ambulantes do mercado.

Contei a Spinoza sobre a cópia da interpretação ao *Livro de Salmos*, de Orígenes, um dos Patriarcas da nossa Igreja, que tenho comigo e que minha Branca conseguiu para mim há anos.

Orígenes conta em sua interpretação sobre um dos sábios do Talmud, que lhe narrou uma parábola cheia de significado. As Escrituras Sagradas, disse-lhe o sábio hebreu, são como uma casa grande com muitos aposentos. Na entrada de cada aposento há uma chave, mas ela não é aquela que serve. Todas as numerosas chaves se misturaram e a nossa função é fazer o mais difícil: encontrar a chave que corresponde a cada aposento.

– É uma história extraordinária – disse Spinoza admirado.

– O que há de mal em que cada um procure a chave correta? – perguntei.

– A história pressupõe que somente a chave certa abrirá o aposento – respondeu Spinoza rapidamente –, mas o que acontece na realidade? Rabi Natan e os que a ele se assemelham vangloriam-se como se tivessem em mãos a chave correta.

– E talvez nós realmente tenhamos a chave correta?

– Não e não, porque nenhum aposento foi aberto ainda.

E então Spinoza me contou, zombeteiro, a respeito de Rabi Yakhini, um dos grandes admiradores de Sabatai Tzvi, que de acordo com rumores escreveu que se a *Torá* tem setenta faces, então ele é uma face, porque não há um versículo na *Torá* em que não se encontre uma alusão no futuro a Sabatai Tzvi.

– Que absurdo – exclamou Spinoza –, que mundo louco. Há pessoas que desejam abraçar o mundo todo, interpretar cada versículo, se possível, a respeito do Messias e da redenção.

Os olhos de Spinoza arderam repentinamente e ele falou quase irado:

— E como? Como todos os intérpretes profissionais fazem isso? Com a ajuda de todas as burlas da interpretação, que também você, meu caro Serrarius, e também Rabi Natan utilizam.

Eu sabia que nem eu e nem Rabi Natan éramos o alvo de sua ira. Perturbavam-no aqueles que tentam arregimentar a religião para defesa de suas farsas e não obedecem à prática da justiça e do bem, do amor e da caridade. E assim, com a ajuda de interpretações imaginativas, usam a religião para provocar disputa e contenda entre os seres humanos.

Não posso esquecer o final de meu encontro com Spinoza. Em linguagem contundente ele criticou todos os que tentavam argumentar que as modificações das versões nos livros sagrados são alusões a segredos profundos.

— Não sei se eles dizem isso por serem tão parvos como velhas fanáticas, ou por muita arrogância, a fim de que se acredite que apenas eles possuem os segredos divinos. Porém de uma coisa estou convencido, nada li de suas palavras que exalasse um odor de mistério, mas somente versões infantis.

E novamente chegou a mim uma carta de Rabi Elischa, desta vez de Viena, contando que o seu filho se encontrava já há alguns meses em Salonica, difundindo o seu ensinamento entre os sábios da cidade que são seus fiéis mesmo depois da conversão do Messias. E aqui Rabi Elischa traz as palavras de seu filho, ao pé da letra:

> Com bravura e tremor revelei aos ilustres sábios que tive visões de um quadro pintado em que se encontra o santo Ari, postado sobre um monte elevado em Safed; uma das mãos erguida e a outra segurando um pergaminho, e dentre as

palavras escritas no mesmo, li nitidamente "Tohora" [pureza] e "Or Adonai" [luz divina]. E ensinam o caminho que nosso ilustre senhor fez. Desceu às profundezas das cascas, e, após lutar com elas, subirá da impureza ao portão da pureza, e verá um firmamento em sua pureza, como está escrito: "Aquele que vê um firmamento em sua pureza" (Berakhot 59) terá o privilégio de ver a luz de Deus.

Estas são palavras importantes e profundas, disse a mim mesmo. O *Tehiru* existe, o profeta também o conhece e atribui muito valor às palavras escritas, "Tohora" e "Or Adonai".

Realmente, Von Rosenroth me impusera uma missão de peso.

Um ano antes eu já tinha brincado na *guemátria*, com as palavras que eu conhecia então, escritas no pergaminho. A palavra "David" e as duas primeiras palavras do versículo do livro de Daniel, que indicam o livro do *Zohar*, "e os esclarecidos resplandecerão como o esplendor do firmamento". Da palavra "David", que na *guemátria* é catorze, cheguei então às palavras "mão do Ari", que na *guemátria* é *tehiru*. Senti que estava perto de descobrir o segredo oculto no quadro. Perto, talvez, mas a ele eu ainda não tinha chegado.

As palavras de desprezo de Spinoza aos diversos tipos de intérpretes que tentam encontrar segredos e alusões em tudo, não impediram que eu fizesse novamente o que era desprezível aos seus olhos. Com ardor examinei todas as palavras que eu possuía agora, inclusive as que Rabi Natan vira em sua visão: "Tohora", "Or Adonai", "David", "e os esclarecidos resplandecerão".

Em "Or Adonai" encontrei logo uma alusão à luz divina que preenchia o *tehiru*. Em "David" encontrei uma alusão ao Messias filho de David. E na palavra "Tohora" encontrei uma alusão adicional a *tehiru*.

Então examinei as letras das palavras e descobri, para minha surpresa, que se tirássemos uma letra "yod" de "Adonai", que se escreve em hebraico com dois "yod"[י], e a colocássemos entre as letras "hei" [ה] e "resch" [ר] de "Tohora"[טהרה]*, e se tomássemos a letra "vav" [ו], correspondente a "o" de "Or" [אור]e a colocássemos no lugar do "hei", que fecha a palavra "Tohora" [טהרה], e colocássemos este "hei" antes de "Or Adonai", que, entrementes, transformou-se em o "Ari" [הארי], depois que já excluímos dele um "yod" e "vav", teríamos das palavras "Tohora" [טהרה] "Or Adonai", [אור יי] e "David"[דוד] – as palavras: "Tehiru"[טהירה], "Ha-Ari David"[הריא דוד] ou "Iad Ha-Ari"[יד הארי], porque "David" e "Iad"[mão] têm valores numéricos idênticos.

Assim encontrei novamente tanto *tehiru* como "Ha-Ari", como um ano antes assim também agora, e de acordo com sinais e indícios diversos uns dos outros. Mais ainda, descobri também que a *guemátria* de *tehiru* é 230, exatamente como a de "Yad Ha-Ari [mão do Ari]". Mais uma vez fortaleceu-se em mim a crença de que há realmente um segredo oculto no quadro, além daquela que se aninhava em meu coração, antes ainda que as palavras "e os esclarecidos resplandecerão", que são as primeiras no versículo "e os esclarecidos resplandecerão como o esplendor do firmamento" aludissem ao livro do *Zohar*.

Não havia dúvida em meu coração: por todos os lados, de todos os modos, encontro o *tehiru*, o Ari, o *Zohar*. Senti o rufar das asas do Messias, havia uma nova no quadro.

Mas qual é o segredo? O que ainda me faltava?

Continuaria a procurar.

---

* No hebraico se lê da direita para a esquerda (N. da T.).

Porta do Céu

No início do verão de 1669, recebi cartas dos meus amigos de Adrianópolis, com informações que alegraram o meu coração. Rabi Natan partira de Salonica para encontrar-se com Sabatai Tzvi em Adrianópolis.

Justamente agora se encontravam o Messias e seu profeta, depois de não terem se visto por aproximadamente quatro anos. Por quê? Tudo isto em oposição às admoestações dos rabinos e às condições que Rabi Natan se comprometera a guardar. O meu coração me dizia que ele possuía uma nova oculta da qual logo tomaríamos conhecimento, pois Rabi Natan tinha visto o seu Messias somente por umas poucas semanas em 1665, antes que o rei-Messias seguisse o seu longo caminho. E eis que, de repente, eles agora se encontram frente a frente. Não haveria nisto um sinal?

No início de agosto, em uma das noites quentes, quando a brisa suave deslizava sobre as águas dos canais e me tentava a sair de casa, Sofia chegou de surpresa, toda emocionada, tendo nas mãos anotações de Spinoza nas páginas do livro de Herrera, *Porta do Céu*, em sua versão hebraica.

– Ele quer fazer uma cópia do texto para poder utilizá-lo nas conversas com os seus amigos – ela me disse, e logo acrescentou decepcionada –, mas não dá para entender nada, uma palavra está engolfada na outra, uma linha invade a outra, e por vezes elas encobrem o que está impresso no livro.

Convenci Sofia a usar dos seus encantos com Spinoza, como já fizera no passado, a fim de, com as suas perguntas, incentivá-lo a falar sobre os registros que fizera e dele receber a confirmação de que ela realmente havia sido exata nos detalhes, depois que acabasse de copiar a conversa.

Sofia fez conforme lhe pedi. Assim recebi as observações de Spinoza sobre a *Porta do Céu*, esclarecidas e explicadas na conversa com Sofia.

Trago partes das suas anotações:

> Já no início da nossa conversa Spinoza frisou o respeito que tinha por Herrera.
>
> – Meu caro Spinoza, respeito por um cabalista? – perguntei, e ele respondeu rapidamente:
>
> – Herrera é um dos poucos cabalistas que deram uma interpretação filosófica aos segredos da Cabala.
>
> – Porque ele identificou o *Ein-Sof* dos cabalistas com o "um" dos neoplatônicos? – perguntei, e Spinoza assentiu.
>
> – E o "um", como o *Ein-Sof*, é o bem supremo, a Causa Primordial, correto?
>
> – Certo – confirmou Spinoza –, ele emana e proporciona tudo a todos.
>
> Contei a Spinoza que me encantavam muito os dois símiles que Herrera usara ao descrever, na *Porta do Céu*, a formação das esferas pela emanação, pelo mesmo fluxo da essência do *Ein-Sof*. O primeiro símile é de emanação como "a chama presa na brasa".
>
> – Também eu me interesso pelo assunto – disse Spinoza.

– Porque não há nele Criação a partir do nada – observei.
Spinoza não respondeu, mas continuou a falar.

– Preste atenção, Sofia – ele tentou explicar –, é verdade que Herrera vê na brasa a causa, a força atuante, enquanto vê a chama ardendo e iluminando com a força da brasa. Apesar disso, é conveniente que não esqueçamos: a chama encontrava-se na brasa ainda antes de sair dela. Exatamente assim são a emanação e as *sefirot*, que se encontravam no *Ein-Sof* antes que Dele emanassem, e jamais Dele se desligarão.

Perguntei-lhe a respeito do segundo símile que Herrera tinha usado na questão da emanação, o símile do acendimento de velas a partir de uma única vela.

– É um símile que já surgira nos antecessores de Herrera – disse Spinoza –, e era perceptível que esta imagem não lhe era em absoluto estranha. Imagine que você acende algumas velas com uma só vela, e todas as velas acesas são uma continuação da primeira, mas à luz da primeira vela não falta nada. Há nisso uma semelhança ao *Ein-Sof* que emana, e por mais que emane não lhe fica faltando nada.

– Uma bonita imagem – disse eu –. Pode-se, portanto, dizer que as *sefirot* provieram do *Ein-Sof*, na emanação que houve nele desde sempre, mas também depois que a emanação foi extraída do *Ein-Sof*, dele recebe com constância a sua existência e a sua vivacidade.

E aqui chegou a hora de apresentar a Spinoza a pergunta das perguntas, ousada, mas necessária. Por acaso ele teria tomado emprestada de Herrera a ideia da unidade de Deus com o universo?

– Tenho certeza – disse eu – de que a ideia de expansão e de presença do *Ein-Sof* em tudo, mesmo nos menores pontos da natureza, é uma ideia que atrai a sua atenção.

Spinoza reagiu com rapidez:

— Mas Deus aqui é uma causa, e tudo o demais é consequência da causa.

— No entanto, em alguns lugares você encontrou nas palavras de Herrera um significado próximo às suas ideias. Por exemplo, a frase que você traz do quinto livro da *Porta do Céu*: "A primeira causa infinita encontra-se e expande-se por todos os lugares existentes e possíveis". Sinto que há aqui algo próximo das suas ideias.

— Próximo e ainda assim, distante – respondeu Spinoza pensativo –. Trata-se de uma ligação nítida entre uma causa e a sua consequência.

Das palavras de Spinoza compreendi que ele não estava interessado em que identificassem a parte principal de sua teoria com as ideias da Cabala.

— Em Herrera a causa primordial é externa – continuou Spinoza –, e isso está distante do que eu argumento, de que Deus-natureza é a causa de todas as coisas.

— Não obstante, Spinoza, não desisti –, parece-me que isso é o mais próximo de sua concepção acerca da unidade da Divindade com o universo.

— Talvez – respondeu conciliatório –, talvez eu tenha continuado de onde Herrera parou.

Spinoza continuou a discorrer sobre o enfoque de Herrera na *Porta do Céu*. De acordo com ele, as palavras do Ari em muitos lugares nada mais são que parábolas. Fiquei muito curiosa porque talvez fosse possível encontrar na parábola o ponto ao qual Spinoza fora atraído a Herrera.

— As palavras do Ari são parábolas? Como? – perguntei.

— A contração, por exemplo, Herrera está convencido de que não é o seu significado literal.
— E ela não é algo real?
— Não e não. De acordo com Herrera, o *Ein-Sof* não Se contraiu a fim de liberar espaço concreto para a Criação, mas contraiu a Sua potencialidade, de acordo com a potencialidade da coisa que estava para se criar.
— Pode-se dizer, portanto, que a contração nos ajuda a compreender como a potencialidade infinita se limitou, como condição para qualquer Criação?
— A contração como metáfora explica o problema que também sempre me ocupou, o da passagem do infinito para o finito.
— A passagem do infinito, do divino, à limitação do universo? — perguntei.
— Sim — confirmou Spinoza, e logo acrescentou:
— Na mesma medida a contração metafórica explica também a passagem do uno divino aos múltiplos limitados e finitos que se encontram no universo.
— Portanto, é possível dizer que é como se tivessem ocorrido uma limitação e uma contração no *Ein-Sof*?
— É como se.
Parecia-me que Spinoza apreciava ocupar-se de um retrato do mundo pleno de imaginação enérgica, como Herrera o delineia por seus meios metafóricos. Ele apreciava ver como Herrera escurece o poder do paradoxo oculto no *Ein-Sof* que se contraiu. Porque na realidade, como pode Spinoza digerir a ideia de que Deus, aquele Infinito Absoluto, de infinitos atributos, seja ao mesmo tempo infinito e também menos do que infinito, isto é, contraído? Com a contração metafórica é-lhe mais fácil viver.

— Herrera utilizou a imagem do *Ein-Sof* como "luz fortíssima", que se contrai de acordo com os graus diferentes da existência.

E aqui leu uma frase do sexto livro: "... do mesmo modo que basta para o intelecto do jovem um pedagogo e um gramático, dos quais ele necessita, e não um filósofo e um teólogo... que o confundirão e o deixarão embaraçado".

Palavras justificadas, pensei comigo. Observei a Spinoza:

— Herrera assemelha a luz que se contrai a um mestre que contrai o seu intelecto de acordo com a capacidade intelectual do aluno, não é assim?

— Exatamente — disse Spinoza, e sorriu com expressão de prazer.

Com o final da conversa brotou em mim um pensamento jocoso, de que também Spinoza contraíra o seu intelecto de acordo com a minha capacidade intelectual.

Aqui Sofia concluiu a sua anotação. Enviei-a imediatamente a Von Rosenroth, junto com a cópia do manuscrito da *Porta do Céu*.

O Enigma e sua Solução

Recebi uma carta de agradecimento de Von Rosenroth em meados de agosto de 1669, que iniciava com emocionadas palavras de louvor a que se seguiram:

> Serrarius, amigo de verdade. Estou a ponto de traduzir, da língua hebraica para o latim, respeitáveis partes da *Porta do Céu*, de Herrera, que o senhor me enviou, e de uns poucos capítulos da sua *Casa de Deus*. Este será um presente valioso para as gerações que vierem depois de nós. O universo da Cabala receberá um desvendamento na roupagem latina, e assim os eruditos da nossa terra conhecerão Herrera, um dos primeiros a interpretar a Cabala do Ari em termos da filosofia neoplatônica.
> Herrera é uma pessoa culta e de amplos horizontes. Basta que eu mencione que na *Porta do Céu* ele traduziu do italiano o poeta Torquato Tasso, do século passado. O trecho traduzido causou-me grande emoção, porque contém uma descrição da eternidade e do tempo. Creio que também Spinoza se interessaria por ele:

"E, como diz o mestre dos poetas toscanos, Torquato Tasso, a eternidade... encontra-se quando ela é especial e encerrada em si mesma, como um lago totalmente tranquilo que não tem marés, fluxo, acréscimo ou perda de água, enquanto o tempo, que se cria à sombra da eternidade, flui como um rio cheio e célere que, ao exaurir-se, renovará as suas primeiras porções em outros lugares, e será feito constante num encadeamento perseverante".

Extraordinário. E Herrera traz as palavras do poeta a fim de fortalecer a sua opinião de que "a eternidade será a medida da realidade infinita e constante, e o tempo será a medida das coisas limitadas e moventes".

Quanto à conversa de Spinoza e Sofia, que o senhor me enviou com sua imensa generosidade, ela traz as observações raras do filosofo Spinoza para o tratado do cabalista e filósofo Herrera. Ela é esclarecedora, e me servirá de introdução à *Porta do Céu* e, com isso, me facilitará a tarefa de traduzir.

Serrarius, meu amigo, mais do que caro, devo lhe confessar: o quadro *Tehiru* perturba o meu sossego o tempo todo. Por isso decidi fazer algo. Sem que você soubesse, percorri um longo caminho e cheguei a Rembrandt em Amsterdã. Ele me recebeu com afeto no seu ateliê abarrotado e, sem que eu lhe pedisse, me proporcionou uma oportunidade rara de observar o processo de criação de um grande mestre como ele.

Ocupava-se com o próprio autorretrato e pareceu-me muito deprimido. De vez em quando parava e contemplava o seu rosto inchado que transparecia do retrato. Rosto passivo, expressando falta de interesse ante a realidade que consome o corpo vivo. As palmas das suas mãos estavam cruzadas como se fossem ociosas. Era o retrato de um homem pronto para o seu último caminho.

Senti que ele desejava me compensar pelos donativos que eu lhe enviara secretamente. Ele sabia que o *Tehiru* não me dá sossego, mas algo ainda o deteve. Por isso, por iniciativa própria, dirigiu a minha atenção a um pequeno detalhe, mas importante para mim. Na parte inferior do quadro, que eu jamais consegui ver, na escuridão estendida sobre as colinas de Safed, assim me disse Rembrandt, estão ocultas três linhas minúsculas que encobrem a assinatura dele. E estas são elas:

"Também me disse que viu escrito na minha testa um versículo para aludir a um assunto difícil do qual é preciso acautelar-se":
bdgw dhkhg blvgh khdkhwgv [בדגו דהחג בלבגה חדחוגב]

Mui ilustre Serrarius, o senhor certamente perguntará quem diz tais palavras. Pois bem, me parece que elas são ditas justamente pelo aluno do Ari, Rabi Haim Vital. Soube disso pelo que foi contado em seu nome na obra *Louvores de Rabi Haim Vital**, onde teria dito algo muito parecido a respeito de outro assunto, e começara exatamente com as mesmas palavras: "Também me disse que viu escrito na minha testa um versículo..." E, portanto, lá a referência é a Rabi Haim Vital, em cuja testa o Ari viu um versículo para aludir à questão dos anos em que se distanciou da Torá e ocupou-se da alquimia.

Nos dois casos o Ari vê um versículo na testa de Rabi Haim. Por isso a pessoa no quadro *Tehiru*, cuja testa brilha, não é o próprio Ari, conforme pensávamos, mas Rabi Haim

---

* Também conhecida como *Sefer ha-Hezionot* (Livro das Visões) (N. da T.).

Vital. É ele quem está postado na colina de Safed. Isso também combina com as palavras do próprio Rabi Haim, que em outro lugar na sua obra *Livro das Visões*, diz:

"Sonhei e vi que eu estava postado no topo da colina grande a oeste de Safed... e ouvi uma voz anunciando: Eis o Messias chegando! E eis o Messias parado à minha frente tocando o schofar..."

Serrarius, grande em sabedoria e feitos. Resta-nos um pequeno passo antes de decifrar o segredo do quadro. E meu coração me diz que não são as palavras do pergaminho que representam o segredo da decifração, mas elas são apenas degraus em uma escala, cujo degrau superior são as palavras na base do quadro.

bdgw dhkhg blvgh khdkhwgv

Palavras que o Ari viu na testa resplandecente de Rabi Haim Vital que se encontra nas montanhas de Safed no quadro *Tehiru*.
O que significam essas palavras obscuras?
Dedicado ao senhor, de coração e alma,

C. K. von Rosenroth

Olhei longamente para essas palavras enigmáticas:
bdgw dhkhg blvgh khdkhwgv

O que significam elas? Quem poderá vir em meu auxílio? Perguntei-me. Necessito da ajuda de uma pessoa que se interesse por assuntos que exijam lógica aguçada como uma navalha.

Mas é importante também que tenha alguma ligação com a língua hebraica e suas letras.

Imediatamente surgiu aos meus olhos o meu jovem amigo, Benedictus Spinoza. Ele demonstra interesse em uma variada gama de assuntos. Enviou a Robert Boyle observações sobre o estudo a respeito dos líquidos e dos sólidos, e também enviou observações sobre o seu estudo a respeito das cores. Para Christian Huygens enviou observações a respeito do seu estudo sobre observações microscópicas. Spinoza costuma fazer isso com muito prazer, e quando está disposto, ajuda os companheiros na solução de problemas diversos e variados. Assim, por exemplo, sei que enviou a Johannes van der Meer uma carta com uma resposta matemática detalhada e séria quanto a probabilidades e riscos do jogador – apostador.

E quanto ao hebraico? A língua ocupa um canto caloroso no coração de Spinoza. Mais de uma vez ele me disse que gostaria muito de escrever na língua em que o criaram, e em que era capaz de expressar os seus pensamentos, o hebraico. Tanto quanto eu sei, ele está trabalhando no momento também no *Kitzur Dikduk há-haschon ha-Ivrit* (Síntese da Gramática da Língua Hebraica), a pedido de alguns de seus companheiros, entusiastas do estudo da língua sagrada.

Por essa razão ele é a pessoa certa. Assim decidi. Não há dúvida de que, mesmo a um assunto que não desperta a sua atenção em especial, ele dedicará o seu esforço, por mim.

Enviei-lhe Sofia com a nítida consciência de ele jamais recusaria nada a ela. Sofia retornou com a resposta de Spinoza e no início da frase tremulavam as palavras: *Não há decifração mais fácil do que essa.*

À vista de meu rosto surpreso, Sofia sorriu e disse: – Segundo Spinoza, este caso é considerado um desafio para os iniciantes na decifração de códigos.

Passei rapidamente pelas palavras de afeto que ele despejou sobre mim no início da carta e cheguei ao principal:

> Serrarius meu caro, merecedor de reconhecimento. Tudo o que devemos fazer é montar um novo alfabeto para as palavras que não têm sentido, **bdgw dhkhg blvgh khdkhwgv**. A base do novo alfabeto serão as palavras que se encontram no pergaminho do quadro – *Tohora, Or Adonai, David*, e *Hamaskilim Izharu**.
>
> Deste modo, conforme a sequência das consoantes do alfabeto hebraico, *álef* será T, *bêit* será H, *guímel* será R, *dálet* será A, e não H, porque H já foi escolhido para ser B, e assim por diante.
> Daqui: **bdgw dhkhg blvgh khdkhwgv** [בדגו דהחג בלבגה חדחוגב] significa: **O Ari diz acautelai-vos com a fala**

Serrarius, caro e ilustre senhor, encontro-me aqui em uma aldeia, solitário, e pondero comigo mesmo qual pode ser o significado da expressão "acautelai-vos com a fala". As rodas do pensamento movem-se intensamente em minha mente, de que "fala" o Ari previne?

Antes que eu imergisse na profundeza da frase obscura, fugi para as sendas serpenteantes da *guemátria*, com que vocês tanto apreciam se ocupar. E veja, a soma das letras da frase *O Ari diz acautelai-vos com a fala* piscou diante de mim e brilhou: 982.

982? A primeira coisa que me vem à cabeça é a soma das letras das palavras "Spinoza", "yuzhar"**, "Oldenburg" que

---

* Respectivamente, "Pureza", "Luz Divina", "David", "Os esclarecidos resplandecerão" (N. da T.).

** "Acautelar" ou "brilhar ou resplandescer", "atentar cuidadosamente", jogo de palavras oriundas da mesma raiz ZHR, que também leva à *Zohar* (N. da T.).

também é exatamente 982. Novamente pousou em mim aquele medo de uma conspiração, em que Spinoza, o amigo do governante De Witt, será acautelado por Oldenburg acerca dos planos dos ingleses. Mas isso foi comprovado como uma história intencionalmente falsa, e a conclusão necessária é: não percamos o nosso tempo em vão.

Fique em paz e queira-me bem, como eu lhe quero de todo o coração.

Bened. de- Spinoza

Estudei o número 982 que Spinoza indicou na carta.

Não seria exatamente o mesmo número que estava escrito na parte inferior da água-forte de Rembrandt? Novamente surgiu diante dos meus olhos a interpretação que fora então dada ao número 982, que seria a soma das letras das palavras *tikun* e *takhav*. O *tikun* do Ari, e *takhav* é o ano do Messias, 1666, que já tinha passado... Seria a mão do acaso que o número na gravação fosse exatamente a soma das letras de "O Ari diz acautelai-vos com a fala"?

Um obstáculo fora na verdade tirado do caminho, porém ainda havia outro diante de mim. Que fala era esta com a qual é preciso acautelar-se, de acordo com o Ari?

Sofia seguiu novamente para Voorburg a meu pedido, e voltou com a resposta de Spinoza que era, para mim, algo divertida. E assim escreveu no final da carta:

> ...E de repente o raio me atingiu. "Pude vislumbrar uma espécie de fulgor de metal candente, como uma visão de fogo", como está escrito no livro de Ezequiel (1, 27). A palavra "fala" — *amirá* — ardeu e brilhou diante de mim. "Fala"

gritei, pois este é o apelido de Sabatai Tzvi, o Messias, entre os seus fiéis. *Amirá* — acrônimo de "nosso senhor e rei que sua majestade seja exaltada". Ou seja, o Ari diz acautelai-vos com Sabatai Tzvi. E é o que repeti inúmeras vezes: acautelai-vos e afastai-vos de todos os atos vãos e apegai-vos à razão. Porque os milagres e as maravilhas que contam todos os que se admiram, são suficientes para enfastiar mil tagarelas.

Todo seu

B. de Spinoza

Meu mundo escureceu. Seria possível? Seria este o segredo da explicação do quadro *Tehiru*?

Rabi Haim Vital, o discípulo do Ari, no monte em Safed, e há noventa anos o Ari divino profetizara, de acordo com o versículo que vira escrito na testa de Rabi Haim, que era preciso acautelar-se com Sabatai Tzvi?

Se fosse assim, seria possível que todos os sinais e signos que preenchiam a minha vida nos últimos anos, tudo fosse em vão? Superstições? Será que o medo preenchia a minha vida? Seria ele, conforme as palavras de Spinoza, o motivo causador que preserva e nutre a superstição? Será que Spinoza também me via como um dos que criam nos devaneios da imaginação, nos sonhos e nos balbucios de bebês, como respostas divinas? Porventura, apesar de tudo, deveria eu continuar firme na minha crença, não obstante os pináculos e abismos que se encontravam no caminho?

A dúvida continuaria a perturbar os pensamentos, como eu disse no início do meu diário, mas na breve vida que me restasse demonstraria uma fé sólida. Seria inconcebível que, em um átimo, eu destruísse um mundo infindável de esperanças, e com isso a minha vida, perdida ante os meus olhos, se tornasse esvaziada de qualquer sentido.

Durante a noite toda me revirei em meu leito e em meu sonho surgiu Spinoza, parado em uma colina nua. Um vento frio despenteava o seu cabelo longo que, de preto como um corvo, se transformou em branco como neve. Sua baixa estatura parecia ter se elevado e crescido, a pele continuava clara como sempre, o seu rosto, muito agradável também, brilhava como sempre, e dele irrompiam os seus olhos escuros, que eram um contraste para a clara sabedoria que deles transparecia.

Em sua mão vi nitidamente o pergaminho erguido para o alto, e nele três linhas minúsculas, que Spinoza costuma citar:

"Afasta de mim a falsidade e a mentira" (Provérbios 30, 8)

"Odeio os que se atêm às quimeras vãs" (Salmos 31,7)

"E os adivinhos tiveram visões mentirosas, prodigalizaram sonhos vazios" (Zacarias 10, 2).

De repente ouvi a sua voz, suave e agradável, mas seus lábios não se moviam:

– Serrarius, meu bom homem. Mais uma vez vou lhe dizer o que já lhe repeti um sem número de vezes. Toda a azáfama do trabalho na busca de palavras secretas, mistérios e alusões vãs, seja nas grandes, seja nas pequenas coisas, rebaixam as pessoas inteligentes à animalização, pois impossibilitam totalmente a pessoa de utilizar seu livre julgamento e de discernir entre o bem e o mal. E o auge da injustiça é que justamente estes que têm devaneios e desdenham o intelecto e a razão, são considerados portadores da luz divina. E assim, palavras mentirosas do ser humano são consideradas uma lição divina. Sábio Serrarius, astuto e sagaz, chega de chamar os enganos inúteis de mistério, e não substitua palavras que ainda não foram pesquisadas, e que ainda não nos são conhecidas, por outras que foram comprovadas como inúteis.

E aqui, em meu sonho, disse-me num sorriso:

– No entanto, tenho algo positivo para você. Também as palavras do Ari, que sinalizaram e acautelaram com a *amirá* e implantaram um grande temor em seu coração, também elas nunca existiram. São de um encanto vão, feitas por mão humana.

Acordei. Eu estava inquieto. Se também as palavras do Ari no *Tehiru* jamais existiram, então aquela calamidade que recaiu sobre nós, com a advertência em relação a Sabatai, o Messias, também ela era algo vão.

Já aprendi em minha longa vida que, quando a escuridão desce sobre nós, é bom que elevemos os olhos ao céu. Um raio de luz irromperá no fim, e lentamente o universo se encherá de novo de uma luz de esperança.

Assim também desta vez. No entanto, eu me perguntei, quem se encontraria por trás do *Tehiru*? Quem quer nos golpear com as palavras desta terrível nova? Seria um ato humano? De magia vã? Como?

No dia seguinte, Rembrandt nos visitou de surpresa.

Desde a morte de seu amado filho mais novo, Titus, alguns meses antes, ele se encerrara em sua casa e quase não se encontrava com as pessoas. Mesmo o nascimento de Tícia, sua neta, há poucas semanas, não conseguira lhe insuflar nova vida. Na verdade, era ele quem poderia dar respostas às minhas perguntas perturbadoras, mas imediatamente desisti. A aparência de sua encurvada figura desleixada, o rosto abatido e sem barbear, o queixo duplo e o cabelo que encanecera mais ultimamente, e que lhe conferiam uma velhice triste, a exaustão que lhe era tão estranha e tomara o lugar dos resmungos que fervilhavam sempre nele, tudo isso me convenceu a deixá-lo expressar-se conforme a sua vontade, e a compreender também o motivo de sua vinda.

– Quero fechar um círculo – disse em voz rouca e baixa –, pintar Sofia na feira de Amsterdã, o vestido arregaçado mostrando as pernas e ela tentando ocultá-las com as duas mãos, como no quadro de Suzana se banhando, que pintei quando Sofia estava com dez anos.

Eu conhecia o quadro. Suzana tenta encobrir a nudez com as duas mãos, depois de ser surpreendida pelos velhos que queriam seduzi-la É difícil esquecer o medo em seus olhos. Ela dirige um olhar ao espectador do quadro, e este olhar de medo transforma o espectador em *voyeur*, assim como os dois velhos impertinentes. Lembro-me de Rembrandt aos trinta anos me contando com entusiasmo a respeito do quadro. Seu amor pela Bíblia e suas personagens o levou a esta conexão exterior conhecida, à bela esposa de um judeu rico da Babilônia, caluniada por dois velhos com a acusação de traição por ter-se negado a eles. Suzana foi condenada à morte, mas com a ajuda de Daniel foi inocentada no julgamento retomado, e os dois velhos foram condenados à morte. – Suzana é para mim um exemplo da mulher fiel – disse-me então Rembrandt com ingenuidade.

Parecia-me que o fechamento do círculo de que falara Rembrandt, não era somente a sua vontade de pintar as pernas de Sofia, depois de ter recusado o meu pedido muitos anos antes. O fechamento deste círculo tinha provavelmente um sentido muito mais profundo. Era o resumo de uma viagem exaustiva, a viagem da vida que talvez estivesse chegando à sua última estação. Mas antes do ponto final é preciso pagar dívidas, com agradecimento e desculpas, aos que os merecem.

Sofia estava muito emocionada. "É uma grande honra para mim que você me pinte" disse ela a Rembrandt, e aqui ouvi pela primeira vez um tom cabalístico em suas palavras:

– Quando você pinta, desvenda o oculto por meio do que é visível ao olho.

– Obrigado – disse ele, juntando forças –, esta é a verdadeira pintura.

Sofia acrescentou num sorriso: – E eu poderei finalmente encontrar a Sofia que ainda não conheci.

Eles marcaram um encontro para a semana seguinte. Depois que ele se foi, percebi um envelope deixado no canto da mesa e, dentro dele, encontrei a seguinte carta:

Ao ilustre e respeitável senhor, culto e sábio
Peter Serrarius
Caro amigo de alma,

Após três anos de inquietações, devo finalmente explicação e desculpas pelo meu comportamento embaraçoso e agressivo em relação a tudo o que se refere ao quadro "Tehiru".

A questão começou quando atendi a sugestão de dois de meus alunos, de atestar com a minha assinatura o quadro que eles haviam pintado, um quadro em que os jogos de *chiaroscuro* estavam completos. A figura do cabalista que ergue a mão para o céu era impressionante. Sua cabeça me lembrava a cabeça de Jeremias no quadro que pintei há quarenta anos, quando ele lamenta a destruição de Jerusalém. As letras do hebraico, espalhadas pelo pergaminho e na parte inferior, davam ao quadro tons de elevação e santidade. Os dois discípulos me convenceram de que no quadro havia uma nova do Ari, que os conhecedores da Cabala decifrariam e da qual fariam uso.

Ouvi na casa de meu amigo Manassés ben Israel pela primeira vez a respeito da Cabala do Ari. A ideia da Cabala do homem santo de Safed me conquistou: a harmonia do mundo todo fora avariada e o reparo do mundo traria consigo a Redenção aos descendentes dos heróis bíblicos, aqueles de que gosto de pintar. Mas o homem santo de Safed eleva-se a um alto grau quando diz que, junto com a Redenção a Israel, virá também a Redenção a todo o mundo. Pensei que isso seria a minha ínfima contribuição e, portanto, dei o meu consentimento. Os dois discípulos também me convenceram a acrescentar o número 982 na parte inferior da água-forte, que, por seu intermédio, passei a Von Rosenroth. Sem perguntar por que, fiz o que eles me pediram.

E eu não percebi que fora pego, sem querer, entre dois grupos que se enfrentavam com violência: os que negam Sabatai Tzvi, de um lado, e os que creem nele, de outro. O quadro fora encomendado por opositores de Amsterdã por uma imensa quantia de dinheiro, grande parte da qual eu também desfrutei, e vocês sabem que não podem me acusar por isso.

Muito rapidamente fiquei sabendo que eu caíra em uma armadilha de impostores e intrigantes. Não era a nova de um Messias que eles vieram trazer, mas ao contrário, introduzir a dúvida no coração dos crentes e levá-los à heresia com a ajuda de frases fabricadas que, supostamente, foram ditas pelo Ari como uma profecia de advertência contra Sabatai Tzvi.

Esses hereges difundiram que o *Tehiru* é muito antigo, que fora trazido de Safed, e que eu o adquiri de um comerciante, em cujo depósito empoeirado ele fora encontrado em estado de quase decomposição, e então eu o pintara de novo, exatamente conforme o original.

A minha vida tornou-se um inferno. Os arrombamentos em minha casa e no meu ateliê eram diários. O quadro foi roubado pelos crentes a fim de não poder influenciar para o mal. Despertou a suspeita de que eu colaborara com eles em troca de dinheiro, e por isso os hereges invadiram a minha casa várias vezes, procuraram o quadro, e como não encontraram nada, enviaram ameaças assustadoras contra a minha vida e contra a vida dos que me são próximos. E como se não bastasse, os hereges e os crentes difundiram boatos, de que haveria no quadro detalhes, atestando as ligações proibidas de Spinoza, de você Serrarius, e minhas, com os ingleses. A tudo isso se acresceu uma demanda agressiva de devolução do dinheiro que nos fora dado pelos que encomendaram o quadro. Deus é minha testemunha, que se eu não tivesse recebido de tempos em tempos o dinheiro que você me repassou de Von Rosenroth, há muito não estaria entre os vivos.

Eu agi segundo as palavras de nosso amigo, o jovem Spinoza. "Sempre me empenhei para não rir dos atos humanos, não lamentar por eles, mas compreendê-los". Compreender? Não consegui compreender aquela inveja capaz de destruir, de exterminar e até de matar. E mais uma vez o nosso jovem amigo tem razão quando argumenta: "A inveja é o próprio ódio", mas eu, no tempo que ainda tenho para viver, estou cansado de ódio e de inveja, e somente me restou amor pela arte que cria vida e pelos meus poucos amigos.

Viva em paz e queira-me bem, como eu o amo inteiramente.

Rembrandt

Dois dias depois Rembrandt desmaiou em seu ateliê em meio ao trabalho no quadro *Simão no Templo*; de acordo com o médico de Spinoza, que trata também de Rembrandt, ele sofre de dores terríveis em todas as partes do corpo, tem dificuldade para respirar, a temperatura subiu e quase não fala com os que estão ao seu redor.

Acompanhei na medida em que me foi possível o estado de saúde dele, mas depois de duas semanas também fiquei acamado. Meu coração começou a me trair, com todo o meu desejo de vida, senti uma certa saciedade depois de meus 89 anos, e Rembrandt, aos 63, parecia-me uma pessoa jovem. Ele precisa viver, eu disse para mim mesmo.

Talvez haja aqui algo egoísta. Não seria o receio de que as pernas de Sofia não sejam pintadas também desta vez?

Despedida

Pelo vidro da janela eu podia distinguir as folhas das árvores que começaram a fenecer este ano mais cedo. Elas caem e se desfazem ao vento. "Como as folhas das árvores, assim é a vida humana", palavras de Homero. Estaria chegando o outono? Assim, de repente, no meio do verão? Escurecendo a vida que ainda palpita?

Minhas forças se vão e faltam. O rosto de Sofia está concentrado em mim, emana sobre mim o esplendor da vida. Dito a ela as minhas palavras e ela as coloca por escrito...

Hoje é dia 7 de setembro de 1669.

Tive ontem um dia triste. Rembrandt, carregado de amarguras, não consegue se recuperar, assim me contaram. Pela primeira vez percebem-se nele sinais de falta de vontade de viver. Quando caiu ao leito e seu corpo ardeu em febre, eu disse para mim mesmo que se dessa vez ele conseguisse vencer o anjo da morte que acompanha a sua vida, eu também continuaria a viver. Mas o seu final que se aproxima prenuncia também o meu. O esgotamento paralisa o meu corpo, mescla-se a todos os meus órgãos...

Antes da morte de um ser humano, tudo o que enxergar parecerá verdadeiro aos seus olhos, ele não conseguirá discernir entre devaneio e realidade. Assim dissera-me certa vez um dos cabalistas de Verona.

Com meus olhos cansados vejo Rembrandt, postado na escuridão do ateliê com um pincel de tinta na mão... Não é Rembrandt no seu autorretrato? Espantoso, a pessoa pintada no quadro é também o seu pintor. Rembrandt cria Rembrandt. A natureza que cria é a natureza criada, conforme as palavras de Spinoza.

Luz e sombra preencheram a vida do artista da luz e da sombra em seus quadros, mas a luz vai se esmaecendo. Uma escuridão está para nos engolir. Será que nós sentimos e sabemos que somos eternos? Não, Spinoza meu caro, não agora...

E o rei-Messias? O que ocorrerá com ele? Redenção ele não trará, você sempre me disse, Sofia, somente restará esperança.

Minha cara, foi maravilhoso viver a vida a partir da esperança, mesmo que falte algo nela. Não se chega à coisa verdadeira. A vida é uma lenda, Sofia, e a lenda é mais verdadeira do que os fatos, diz um velho ditado. A lenda sobre o ser humano, desvenda-o mais do que tentativas de pesquisar a sua vida. A lenda sobre o rei-Messias é a verdade. Ela é um fato que contém força. Nem Spinoza negará isso.

E eu me lembro de suas pernas, Sofia, e sobre elas todo o universo divino... Serei eu parte deste esplendor infinito?

E talvez a nossa vida se perca dentro da bolha vazia, escura do *tehiru*, à qual Deus nos atirou a todos?

E de novo as suas pernas, Sofia. Rembrandt não as pintou, mas elas se acariciam no vento ardente. O seu vestido pesado as cobre. Não há nada mais bonito que as duas colunas de mármore... tão magníficas.

Tehiru
Diário de Escrita e Bibliografia

A ESCRITA DO LIVRO TEHIRU começou com uma ideia que tive no início dos anos de 1960: escrever um livro em cujo centro houvesse uma conversa fictícia entre Barukh Spinoza e um outro grande pensador. Pensei então em Wittgenstein, que havia morrido dez anos antes, como conveniente para esta tarefa. As frases de Wittgenstein construíram de forma metódica um tratado intelectual meticuloso, cujas muitas partes estão interligadas por laços de lógica. Também Spinoza construiu um tratado intelectual meticuloso comprovado em uma ordem geométrica. Ele começou com definições e axiomas claros por si sós e, a partir deles, passou às proposições comprovadas com certeza.

Decidi continuar a estudar Spinoza, e a tentar encontrar um caminho no labirinto de Wittgenstein.

* * *

"A virtude do homem livre é reconhecida em toda a sua grandeza, e de modo igual, seja quando ele se abstém de perigos, seja quando se sobrepõe a eles"[1]. Esta é a proposição capaz de ajudar um jovem de trinta anos. Descobri-a alguns anos depois em um jornal, citada justamente em um artigo político.

✳   ✳   ✳

"Daquilo que não se pode falar deve-se calar."
Essa frase, que encerra o *Tratado Lógico-Filosófico* de Wittgenstein, causou-me uma grande decepção.
Sobre o que conversarão ambos? Deus também pertence às coisas de que é impossível falar. Porque, de acordo com Wittgenstein, a língua apenas delineia uma realidade. Se for impossível confirmar uma afirmação, ela é desprovida de significado. Por exemplo, o dito "Deus existe", ou ainda "Deus equivale à natureza". Na prática, todas as palavras de Spinoza não podem ser ditas. Não se deve falar sobre a felicidade do ser humano, sobre a sua liberdade ou sobre sua submissão, e também sobre ética, estética e religião – é preciso calar. Quanto à pergunta, "Será que Deus existe?" – não só é impossível respondê-la, também é impossível formulá-la, porque ela não tem significado.
Decidi abandonar este diálogo ficcional.

✳   ✳   ✳

O período da primeira guerra do Golfo fez com que muitos de nós permanecêssemos em casa. Voltei a ler *Schabatai Tzvi veha--tenuá ha schabetait bi-yemei haiav*[2], a obra fenomenal de Gershom Scholem. Com a ajuda das descrições detalhadas passei

---

[1] *Ética*, capítulo 4, proposição 69.
[2] Tel Aviv: Am Oved, 1956 (trad. bras., *Sabatai Tzvi: O Messias Místico*, 3 v., São Paulo: Perspectiva, 1996. N. da E.).

pelos acontecimentos tempestuosos do movimento sabataísta, fiquei encantado com a sua força e suas fontes, inclusive com a rica literatura da Cabala.

Espantou-me o fato de que naqueles meses do despertar messiânico de Sabatai Tzvi, que arrastou consigo multidões de crentes em Salonica, Esmirna, Constantinopla, Hamburgo, Frankfurt, Veneza, Livorno, Casale, Mântua e Amsterdã, exatamente naqueles meses, Spinoza escrevia em uma aldeia próxima da agitada Amsterdã, a *Ética* e o *Tratado Teológico-Político*.

* * *

Naquela época, Newton, o gênio da ciência, tecia suas descobertas matemáticas em sua casa numa aldeia inglesa. Mais tarde formulou as leis da física de corpos em movimento, que levam o seu nome, e descobriu a lei da gravidade. Como é possível que este mesmo Newton, homem de pensamento científico, acreditasse que o segundo surgimento de Jesus ocorreria em sequência a um evento traumático, e que os santos governariam o mundo por mil anos? Nessa época, quando as novas descobertas científicas tornaram-se de domínio público, Newton se ocupava também da alquimia, das profecias de Daniel, da visão de João e dos cálculos místicos, que o levaram a estabelecer que o fim do mundo ocorreria no ano de 2060. Como é possível? Como a ideia messiânica, cujas profecias se provaram todas falsas, consegue enfeitiçar homens da ciência e gente comum, ricos e pobres, judeus e cristãos, em países oprimidos e em países desenvolvidos? Esta pergunta não me dá sossego até hoje.

* * *

De acordo com Gershom Scholem, o fator que fermentou e despertou o nascimento do movimento messiânico sabataísta foi a Cabala, principalmente a Cabala do Ari, em sua forma singular configurada no século XVII.

* * *

"No lugar em que você se encontra, ali estão todos os universos". Foi o que encontrei nas palavras de cabalistas como Rabi Mosché Cordovero. As palavras indicavam uma afinidade mútua de todos os universos. Parecia-me ouvir pela primeira vez na Cabala o eco da voz distante e tranquila de Spinoza. Tudo está contido em tudo. Também o universo divino não está fora da natureza.

* * *

Decidi escrever um diálogo ficcional entre Spinoza e Natan de Gaza, o profeta de Sabatai Tzvi. Mas a imaginação conseguiu unir estes dois somente em um capítulo.

* * *

Abandonei, pois, a ideia de um diálogo centrado em Spinoza. Dediquei o fim dos anos de 1990 do século passado a um outro diálogo, entre Maimônides e o sábio muçulmano Ibn Ruschd (Averróis). Assim nasceu o meu livro *Há-Sod ha-Kamus* (O Segredo Guardado)[3]. Aprendi que duas pessoas que jamais se encontraram também podem manter um diálogo.

---

[3] Tel Aviv: Yediot Akhronot, 2002 (trad. bras., São Paulo: Perspectiva, 2006. N. da E.).

* * *

No início do século XXI, o Prof. Tzvi Iavetz chamou a minha atenção para o livro maravilhoso de Marguerite Yourcenar, *Memórias de Adriano*[4]. O imperador romano Adriano conta a sua biografia e a registra por escrito para o jovem Marco Aurélio. A mescla frutífera entre o conhecimento amplo da autora acerca dos acontecimentos da época e a criação de um romance histórico, cujas personagens foram enriquecidas pela imaginação, atraiu-me muito.

* * *

"Se desejarmos ou rejeitarmos, sempre reconstituiremos o edifício ao nosso modo. Porém empenhei-me em utilizar somente as pedras originais, e mesmo isto não é pouca coisa".

Assim escreveu Marguerite Yourcenar. Voltei a Spinoza e ao período sabataísta. Tentei construir uma obra literária imaginária sobre pedras originais, em que a própria personagem conta a sua biografia em primeira pessoa. Essa biografia abrange os acontecimentos da época, as personagens vinculadas a ela, e principalmente aquelas a cujo pensamento eu quis dar expressão. Escolhi Peter Serrarius como a pessoa adequada.

* * *

A história da vida de Peter Serrarius, personagem de *Tehiru*, é ficcional em sua maior parte. Pelo que se sabe, ele era um dos líderes dos círculos protestantes na Holanda, que difundiam a visão

---

[4] Tel Aviv: Zmora Bitan, 1987. Tradução hebraica de Irit Akrabi.

do retorno de Israel ao seu reino, como parte da visão do segundo retorno de Jesus e do Reino dos Mil Anos. Até o final dos seus dias ele acreditou no movimento messiânico de Sabatai Tzvi, e enviou aos seus muitos amigos nos diversos países cartas e folhetos, que fundamentam até o retorno das dez tribos. Mantinha fortes laços com sabataítas e cabalistas, mas também com cientistas e humanistas. Há indícios de que fosse próximo também de Spinoza. Fato é que por ele passaram de um ao outro as cartas de Spinoza e de Heinrich Oldenburg, secretário da Sociedade Real de Ciências de Londres. A ligação de Serrarius com Spinoza por um lado, e com a Cabala e o messianismo, por outro, me conquistou desde o primeiro momento. Coloquei-o no centro do livro e teci a rede de suas relações com Spinoza e com as demais personagens da obra, que em parte são fruto da imaginação.

* * *

Branca, Maria, Sofia, as mulheres que ele amou, não foram personagens históricas, mas foram tomadas da realidade da comunidade de conversos em Amsterdã. A maioria tinha um passado de conversos, ou seja, de judeus convertidos à força, ou, como eram denominados, cristãos-novos. Grande parte deles se tornou em Amsterdã "judeus-novos".

Juan, que era cristão-novo e é descrito no livro como um dos milionários do mundo, tampouco é uma figura histórica. Dentre os judeus e dentre os conversos que não retornaram ao judaísmo em Amsterdã, havia aqueles que dominavam então a economia na Europa.

Christian Knorr von Rosenroth é uma figura histórica: cristão que estudou com mestres judeus e foi um dos grandes pesquisadores da Cabala. Nasceu em 15 de julho de 1636 e faleceu em

8 de maio de 1689. Entre os anos 1677 e 1684 publicou em três grossos volumes, a *Kabbala Denudata*, uma coletânea gigantesca e variada de textos cabalísticos traduzidos por ele para o latim. Mas o negócio que fez com Serrarius, para que obtivesse manuscritos cabalísticos autênticos e informações sobre acontecimentos do movimento sabataísta, é fruto da imaginação.

No meu livro, Rembrandt pintou o quadro *Tehiru*, que todos lutam para obter a fim de nele descobrir segredos cabalísticos vinculados aos passos do Messias Sabatai Tzvi. Na realidade, *Tehiru* nunca existiu; ele também é fruto da imaginação. Utilizei-o como expressão do grande embate entre os fiéis do Messias e os que a ele se opunham. Os dois grupos fizeram uso de todos os meios para combater um ao outro: falsificação de documentos e cartas, modificações intencionais de versões e implantação de indícios com significados na *guemátria*. Rembrandt vivia perto do bairro judaico, e era próximo de alguns de seus moradores, como o Rabino Manassés ben Israel, cujo retrato ele provavelmente pintou. Ele introduziu em seus quadros imagens dos judeus que conhecia, e uma parte importante de suas obras é sobre temas bíblicos.

A conversa noturna entre Sofia e Spinoza, a conversa secreta entre Spinoza e Natan, o profeta, e as anotações de Spinoza sobre a *Porta do Céu*, do cabalista e filósofo Avraham Cohen Herrera, são todas ficcionais, porém baseadas nas palavras autênticas de Spinoza, Herrera e Natan, o profeta.

* * *

No verão de 2001, eu costumava me sentar no porto de Tel Aviv antes do crepúsculo e ler a *Ética* de Barukh Spinoza[5]. Fiz

---

[5] Jerusalém, 1976. Tradução de Y. Klatskin.

isso durante muitas semanas. Dois anos depois, foi publicada a *Ética* de Spinoza, traduzida do latim e com apresentação e notas de Yirmiyahu Yovel[6]. Continuei a ler a *Ética* nas mesmas horas e no mesmo lugar. O mar infindável que estava à minha frente e o círculo avermelhado do sol, despencando cuidadosamente em algum lugar no horizonte, incutiram em mim a sensação spinozista de ser parte daquele Deus-natureza, eterno e infinito. No meio do terceiro capítulo decidi parar de buscar o método de comprovação geométrica de Spinoza na *Ética*, que ele mesmo denomina de "nossa exaustiva ordem geométrica"[7]. E realmente este método de comprovação me remetia sempre de novo a diversos lugares do livro, que serviam de comprovação das proposições. A partir desse momento passei a ler a *Ética* com prazer, sem necessitar de comprovações. Emocionei-me com o quadro de universo espantoso que Spinoza pinta. Passo a passo revela-se um mundo que é Deus, e em que o homem chega à consciência de que sua vida é apenas a vida divina por seu intermédio, e ele próprio é parte de Deus-natureza. Assim desfrutei da *Ética* como um livro que conduz o leitor, pelo caminho de Spinoza, ao cume da felicidade suprema do homem.

* * *

Sem provas, nem fundamentos. Simplesmente navegar e aprazer-se. Encontrei um estímulo para isso em Bertrand Russel. Ele conta ter dito a Wittgenstein que não é suficiente dizer o que pensa, é preciso também oferecer argumentos para as suas palavras. Wittgenstein lhe respondeu que argumentos estragam

---

[6] Tel Aviv: Ha-kibutz Ha-Meukhad, 2003.
[7] *Ética*, Capítulo 4, proposição 18.

toda a beleza, e ele se sentiria como se tivesse sujado uma flor com mãos manchadas de lama[8].

* * *

Antes da leitura da *Ética*, li a introdução de Yirmiyahu Yovel, "A Revolta Filosófica de Spinoza" – um estudo abrangente sobre a teoria de Spinoza na *Ética*, com descrição das suas fontes e seu histórico de filho de conversos, e judeu.

* * *

Precisei da *Ética* em muitos pontos do livro, mas principalmente na conversa que durou uma noite inteira, entre Sofia e Spinoza. Marquei para mim os lugares na *Ética* em que surgem os termos conhecidos de Spinoza, que me serviram em *Tehiru*.

A *causa sui* encontra-se na linha que inicia a *Ética*:

Refere-se a uma entidade que não precisa explicar a sua realidade por nenhuma outra entidade, sua realidade é explicada por si mesma.

* * *

"Deus, ou a natureza" (*deus sive natura*) – a famosa expressão de Spinoza, que descreve a identidade de Deus com a natureza. Consta na Introdução à Parte 4.

"Amor intelectual de Deus". Esta expressão, em que Spinoza descreve o auge da felicidade suprema do homem, encontra-se

---

8 Cf. Ray Monk, *Ludwig Wittgenstein*, Londres: Vintage, 1991, p. 54.

na Parte 5, proposição 32, corolário, até o fim da proposição 36[9].
Em *Tehiru* esta expressão aparece muitas vezes na conversa noturna de Sofia com Spinoza.

"Natureza naturante e Natureza naturada" – Spinoza utiliza estas expressões a fim de explicar dois lados, ou duas faces de Deus-natureza. Um lado é a natureza naturante, que é o lado da união absoluta em Deus-natureza. A natureza naturante, criadora, se expressa, obrigatoriamente, também como natureza naturada, que á multiplicidade de coisas particulares na natureza, que são os "modos" de Deus e existem dentro d'Ele. Spinoza fala sobre *natura naturans* e *natura naturata* na *Ética*[10], observação.

Conatus – o esforço de cada coisa particular para se conservar na existência, um esforço que é a essência de cada coisa na prática. Li a respeito do *conatus* na Parte III, proposições 6 e 7[11].

Li a respeito do *conatus* específico do ser humano – o esforço para a compreensão (*conatus intelligendi*), na Parte 4, proposição 26[12].

E para algumas frases que escrevi em *Tehiru* ao pé da letra:

"Não nos esforçamos, queremos, desejamos ou ansiamos algo porque avaliamos que ele é bom; ao contrário: avaliamos que algo é bom porque nos esforçamos, queremos, desejamos ou ansiamos por ele". Esta frase famosa de Spinoza encontra-se na Parte 3, proposição 9, observação[13].

* * *

---

9   *Ética*, p. 392-396.
10 Parte 1, proposição 29.
11 Idem, p. 203-204.
12 Idem, p. 305.
13 Idem, p. 205.

"Não há nada que a pessoa livre pense menos do que na morte, e sua sabedoria não é uma meditação a respeito da morte, mas da vida". Encontrei este conselho na Parte 4, proposição 67[14].

* * *

"Observarei os atos humanos e seus instintos como se fossem uma questão de linhas, planos e corpos"[15].

* * *

E a frase de encerramento da *Ética*, no ponto alto do livro:
"Toda coisa excelente é tão difícil como é rara."
Spinoza fala da "redenção da alma", que se não fosse rara sendo possível alcançá-la sem dificuldade, por que então quase todos a abandonaram? Em uma das raras vezes que Spinoza fala sobre "a redenção da alma", (o que acontece?) não a religiosa do mundo vindouro, mas a deste mundo, quando o homem chega por meio da compreensão intelectual à percepção de si mesmo como parte de Deus, e à vivência do "amor intelectual de Deus", que é a sua felicidade. Uma tal felicidade é algo excelente, mas tão difícil como rara.

* * *

Spinoza publicou o *Tratado Teológico-Político*[16] em 1670 de forma anônima, mas a sua identidade foi revelada pouco tempo

---

14 Idem, p. 344.
15 Prólogo à Parte 4, idem, p. 194.
16 Jerusalém: Magnes Press, The Hebrew University, 2000. Tradução e notas de Chaim Virschubsky.

depois. A resposta de Spinoza à carta de Oldenburg, que se encontra no capítulo "Resposta de Spinoza" do meu livro, está baseada no final do terceiro capítulo do *Tratado Teológico-Político*. Na realidade, Oldenburg perguntou, em sua carta a Spinoza, sobre o significado da questão do retorno dos judeus à pátria, ligada a Sabatai Tzvi. Spinoza jamais respondeu à carta, porém no meu livro Spinoza envia uma missiva de resposta e suas palavras são, na maior parte, semelhantes às do terceiro capítulo acima mencionado[17].

No capítulo "Resposta de Spinoza" do meu livro, Sofia diz a Serrarius palavras no espírito das ideias de Spinoza. Tais palavras sobre os milagres e maravilhas baseiam-se no sexto capítulo do *Tratado Teológico-Político*[18].

Na conversa de Spinoza com Sofia e Serrarius no capítulo "A Traição", Spinoza explica aos seus visitantes que a palavra de Deus não é um conjunto de livros, mas regras de como praticar o bem e a justiça, gravados no coração do ser humano e em seu espírito. Nessas questões apoiei-me no *Tratado Teológico-Político*, capítulo doze, que trata da verdadeira palavra de Deus.

* * *

Li também dois textos de Spinoza que não foram publicados durante a sua vida:

Tratado da Correção do Intelecto[19].

Yossef ben Schlomo editou e acrescentou uma introdução e observações a esse *Tratado*, que é conveniente ler antes de imergir

---

17 Sobre os Hebreus, *Tratado Teológico-Político*, p. 42-43.
18 P. 64 e s.
19 Jerusalém: Magnes Press, 1973. Tradução do latim por Nathan Spiegel.

na *Ética*. Yossef ben Schlomo editou também o segundo tratado: *Breve Tratado sobre Deus, o Homem e sua Felicidade*[20]. Este texto foi descoberto apenas no século XIX.

* * *

A coletânea de cartas de Spinoza, escritas ou recebidas, ajudou-me a conhecer sua personalidade, suas opiniões em diversos assuntos, seu ambiente próximo e seus amigos e opositores. Essa coletânea abre uma janela para o período de Spinoza, os seus acontecimentos, pessoas de destaque e o desenvolvimento da ciência e das humanidades de então. Efraim Schmueli traduziu do latim e acrescentou um prefácio importante, explicações, notas e índices[21].

Sobre os motivos para a escrita do *Tratado Teológico-Político* li na carta 30; sobre a pergunta de Oldenburg a Spinoza, quanto ao retorno dos judeus, na carta 33; sobre a filosofia verdadeira, na carta 67; sobre o belo e o feio, nas cartas 32 e 54; sobre o pacto de amizade entre as pessoas que amam a verdade, na carta 19; sobre a parábola da pedra que se encontra em movimento e tem consciência, na carta 58; sobre Deus, como causa interna das coisas, na carta 73. Nesta carta surge também a famosa frase: "Tudo – digo eu – vive e se move e existe em Deus".

* * *

Eis alguns livros a respeito de Spinoza:

---
20 Jerusalém: Magnes Press, 1978. Tradução do holandês por Rachel Holander Steingert.
21 *Baruch Spinoza, Igarot* (Barukh Spinoza, Cartas), Jerusalém: Mossad Bialik, 1963.

Spinoza, de Roger Scruton[22], é um livro básico e abrangente que acompanha principalmente a *Ética* de Spinoza.

Um livro adicional do mesmo autor, em inglês, é bem mais amplo e compreende também um apanhado sobre a vida e a personalidade, o pano de fundo da obra e a influência de Spinoza[23].

Considerei muito interessantes os cinco capítulos sobre Spinoza do quarto volume do bom e velho livro que me foi útil ainda na minha época da universidade[24].

Por fim, o livro do Prof. Yossef Ben Schlomo sobre Spinoza[25]: Um estudo abrangente e claro da teoria de Spinoza, em que assuntos complexos tornam-se simples e compreensíveis. O estudo tem início com Descartes, que é um fator marcante na formação do sistema de Spinoza, e depois trata dos pontos centrais de seu método: Deus como realidade necessária, descrições e modos, corpo e alma, teoria do conhecimento, teoria dos sentimentos e por fim a felicidade suprema. Um ótimo livro.

A especialização de Yossef ben Schlomo em Spinoza, além de seu conhecimento e compreensão do pensamento judaico, incluindo naturalmente a Cabala, me conquistou. Ben Schlomo foi discípulo de Gershom Scholem e depois também seu amigo. Entre outras coisas, traduziu *Pirkei Yessod Le-Avanat ha-Kabalá U-Semaléa* (A Cabala e seu Simbolismo)[26] de Gershom Scholem, e na coletânea de artigos *Od Davar* (Mais uma Coisa), de

---

22 Traduzido do inglês por Reuven Meiran, editor da versão hebraica, Yehuda Meltzer. Tel Aviv: Yediot Akhronot; Sifrei Hemed; Sifrei Aliat Há-Gag, 2001.

23 *Spinoza*, Nova York: Oxford, 1986.

24 Fredrick Copleston, *A History of Philosophy*, Nova York: Image Books, 1963. Um livro introdutório simples e ótimo para a teoria de Spinoza é o de Stuart Hampshire, *Spinoza*, Londres: Penguin, 1951.

25 *Perakim Be-Torató schel Barukh Spinoza* (Capítulos da Teoria de Barukh Spinoza), Biblioteca da Universidade Aberta, 1983.

26 Jerusalém: Mossad Bialik, 1980. (Trad. bras., 2 ed., São Paulo: Perspectiva, 2006. N. da E.)

Scholem, há uma dedicatória emocionada dele a Ben Schlomo[27]. As palavras que Ben Schlomo pronunciou no trigésimo dia da morte de Scholem trataram, incrivelmente, também de um dos temas que acompanham o meu livro. Suas palavras falaram da pesquisa de Scholem sobre o panteísmo na Cabala. Elas foram publicadas posteriormente em *Gerschom Scholem, al ha-Isch U-poaló* (Gershom Scholem, sobre o Homem e sua Obra)[28].

Yossef ben Schlomo escreveu, também, sobre Rabi Mosché Cordovero, que foi o mestre do Ari e morreu dois anos antes dele, e cuja Cabala foi muito popular antes da Cabala do Ari.

* * *

Torat ha-Elohut schel Rabi Mosché Cordovero (A Teoria da Divindade de Rabi Mosché Cordovero)[29]. E também: "Yakhassó schel Rabi Mosché Cordovero La-filosofia Vê-Lamadaím" (A Relação de Rabi Mosché Cordovero com a Filosofia e as Ciências)[30].

Como mencionado, Yossef ben Schlomo traduziu do alemão o importante livro de Gershom Scholem, *Pirkei Yessod Le-Avanat ha-Kabalá U-Semaléa*. A respeito de *tehiru*, "homem primevo", *tzimtzum* (contração), "ruptura dos vasos" e *tikun* (reparo ou restauração), li nesse livro, no terceiro capítulo[31]. Sobre o Tikun de Raquel e o Tikun de Lea li no quarto capítulo[32]. Sobre Lilit, que põe em risco o acasalamento do homem com

---

27 Tel Aviv: Am Oved, 1992, p. 504.
28 Jerusalém, 1983, p. 17-31.
29 Jerusalém: Mossad Bialik, 1996.
30 *Sefunot*, 6, 1962, p. 185-196.
31 P. 105 e s.
32 P. 144 e s.

a esposa, li no quarto capítulo[33]. No sétimo capítulo[34] li sobre o simbolismo sexual existente na Cabala, e no oitavo capítulo[35] encontrei questões sobre a Schekhiná como o fundamento feminino da Divindade.

Não se pode imaginar uma leitura sobre a Cabala e sobre a ideia messiânica sem a coletânea de artigos de Gershom Sholem, *Devarim Begô* (Explicações e Implicações)[36]. Na primeira parte interessei-me pelos artigos pertinentes ao meu livro. Li nas páginas 155 a 216 os dois importantes artigos: "Para a Compreensão da Ideia Messiânica em Israel", e "A Ideia de Redenção na Cabala". Nas p. 225 a 269 li os três artigos: "Discurso sobre Cabala", "O Mistério Judaico e a Cabala", e "Após a Expulsão da Espanha".

Um livro que é uma espécie de continuação a *Explicações e Implicações* foi editado após a morte de Gershom Scholem, com o título *Od Davar* (Mais uma Coisa). Li neste livro, sobre a terrível história de Rabi José Della Reina[37]. A história aparece no meu livro, quando Serrarius tenta obtê-la para Von Rosenroth. Esse é o relato conhecido do cabalista que quis trazer a Redenção por meio de artifícios da Cabala prática. Desse livro de Gershom Scholem servi-me também dos capítulos "Pesquisa da Cabala de Reuchlin até os Nossos Dias" e "Posição da Cabala na História das Humanidades na Europa"[38]. Palavras esclarecedoras sobre a contribuição dos cristãos para a ciência da Cabala: O conde Pico della Mirandolla, Johannes Reuchlin, Guillaume Postel, o intelectual convertido Paulus Riccius, Knorr

---

33 P. 151 e s.
34 P. 228 e s.
35 P. 276 e s.
36 Tel Aviv: Am Oved, 1982.
37 P. 249-262.
38 P. 309-329.

von Rosenroth e Johann Georg Wechter, que viu na Cabala um tratado panteísta ao estilo de Spinoza.

* * *

A Guerra de Gog e Magog – Messianismo e Apocalipse no Judaísmo no Passado e no Presente, na excelente série Judaísmo Aqui e Agora organizada por Iochi Brandes[39]. Achei bastante interessante os seguintes artigos: "A Literatura Apocalíptica entre Judaísmo e Cristianismo", de autoria de Yossef Dan[40].
"Sobre a Verdade acerca do Messias considerado Mentiroso", de Eli Schai[41].
Este artigo excelente trata de Sabatai Tzvi, e é rico em opiniões originais e grande conhecimento a respeito dele e de seu movimento.
Messianismo e Escatologia: Coletânea de Artigos[42] – o artigo neste livro que me auxiliou na compreensão da personalidade complexa de Sabatai Tzvi foi: Yehuda Liebes, "A Crença Religiosa de Sabatai Tzvi"[43], sobre o segredo da divindade de Sabatai Tzvi e por que seu Deus quis a sua conversão. No mesmo livro, mais dois artigos para a compreensão do messianismo: Moshé Idel, "Padrões de Atividade Redentora na Idade Média"[44] – uma análise de modelos de atividade messiânica redentora na Idade Média. E o artigo de Yossef Dan, "Primórdios do Mito Messiânico na Teoria da Cabala do Século XIII"[45].

---

39 Tel Aviv: Yediot Akhronot; Sifrei Hemed, 2001.
40 Idem, p. 11.
41 Idem, p. 76.
42 Jerusalém: Mercaz Zalman Schazar, 1984.
43 Idem, p. 293.
44 Idem, p. 253.
45 Idem, p. 239.

Conheci a Dra. Gitit Holzman, especialista em filosofia judaica medieval, depois que ela me enviou uma carta tocante sobre o meu livro *O Segredo Guardado*. Quando comecei a trabalhar em *Tehiru*, ela trouxe ao meu conhecimento que Nissim Yoscha escrevera um livro maravilhoso sobre Rabi Avraham Cohen Herrera: *Mito e Metáfora*[46]. Procurei o livro por meses, até que por fim o encontrei na "Semana do Livro" há dois anos. A excelente obra trata da interpretação filosófica de Rabi Avraham Cohen Herrera à Cabala do Ari. Obtive toda a informação sobre a personalidade e pensamento do cabalista e filósofo Herrera neste livro. Foi-me útil principalmente para o capítulo "Porta do Céu", do meu livro, mas também em outros lugares. Sobre a ligação de Herrera com Spinoza li da página 147 em diante, e da 362 em diante. Li sobre o significado que Herrera atribuiu à teoria da contração do Ari, não uma contração ao pé da letra, mas contração metafórica, nas páginas 190 e seguintes, e nas páginas 351 e seguintes. Sobre a emanação e símiles em "uma chama presa à brasa", e aquele que acende velas a partir de uma única vela, li nas páginas 178 e seguintes.

O capítulo doze do livro de Yoscha, "O Legado de Herrera", é uma espécie de resumo do pensamento de Herrera, e é difícil desligar-se do livro sem ler este capítulo repetidas vezes.

Baseei os trechos do meu livro, em que Spinoza explica os princípios neoplatônicos e a sua ligação com a Cabala de Herrera, na pressuposição de que Spinoza conhecia os escritos neoplatônicos. E Nissim Yoscha escreve em seu livro[47]:

> A pesquisadora Giuseppa Saccaro-Battisti argumentou em um artigo publicado nos anos de 1970, que o pensamento

---
[46] Jerusalém: Magnes Press, 1994.
[47] *Mito e Metáfora*, p. 367-368.

inicial de Spinoza abrangia uma estrutura ontológica, que é basicamente neoplatônica [...] a estrutura ontológica neoplatônica destaca-se principalmente na carta a Oldenburg de 1661.

Nissim Yoscha escreve ainda: "Gershom Scholem tendeu em geral a aceitar que Spinoza realmente foi influenciado pela *Porta do Céu*, de Herrera"[48]. E em outra parte: "Saccaro-Battisti [...] também pressupôs que o jovem Spinoza recebeu a sua educação filosófica com base nas ideias neoplatônicas, absorvidas pelas Cabalas judaica e cristã, ainda antes que analisasse os escritos de Herrera"[49].

* * *

Diálogos de Amor, de Yehudá Abravanel, traduzido do italiano e com introdução e notas de Menakhem Dorman, Mossad Bialik, Jerusalém, 1983.
No capítulo "Sofia", do meu livro, Sofia conta a Serrarius sobre a grande influência que a obra tivera sobre ela. Suas palavras estão baseadas principalmente no final da terceira conversa dos *Diálogos de Amor*. Menakhem Dorman acrescentou uma excelente introdução que abrange a história da família Abravanel, uma informação ampla sobre as muitas traduções do livro, inclusive as que foram feitas para francês, latim, espanhol e hebraico, e a influência das ideias de Yehudá Abravanel sobre Rabi Avraham Cohen Herrera e sobre Spinoza.

---

48 Idem, p. 366.
49 Idem, ibidem.

Em tudo o que se refere ao *Zohar*, e principalmente aos textos aramaicos e a sua tradução para hebraico, apoiei-me no *Mischnat Ha-Zohar* de Yeshayahu Tischbi[50]. As citações que usei do *Zohar* em hebraico são deste livro.

Encontrei uma base para algumas das personagens centrais no livro na florescente comunidade de conversos de Amsterdã, cuja vida social, econômica, religiosa e espiritual iluminara também o desenvolvimento do jovem Barukh Spinoza. Li detalhes instrutivos a respeito no livro de Yirmiyahu Yovel, *Spinoza Vê-Kofrim Hakherim* (Spinoza e Outros Hereges)[51].

Introduzi sinais e signos no misterioso quadro *Tehiru*. Baseei-os nos números de Fibonacci e no número maravilhoso que é o valor exato da "razão áurea". Li a respeito em *The Golden Ratio and Fibonacci Numbers*, de R. A. Dunlap[52].

* * *

As personagens do livro transitam em dois círculos: o de Spinoza, que tentou chegar com a ajuda da razão à redenção da alma laica, e o da religião e da mística, que deram origem ao movimento messiânico com as suas promessas de Redenção. A respeito deste movimento, Mosché Hess escreveu em *Roma e Jerusalém*, quando Herzl ainda estava com dois anos: "O profeta da mentira deste movimento era Sabatai Tzvi, o profeta da sua verdade – Spinoza". Mas o meu Serrarius, que amava Spinoza, permaneceu até os seus últimos dias um grande crente nos erros vãos do Messias. E apesar disso, no momento de sua morte, ele

---

50 Jerusalém: Mossad Bialik, 1982.
51 Tel Aviv: Sifriyat Poalim, 1988, v. 1, cap. 2, p. 18 e s.
52 Singapura: World Scientific, 1998.

se lembra somente das pernas bem torneadas de Sofia, sobre as quais [se encontra] todo o mundo divino.

* * *

Quando me distanciei disso tudo, vieram-me à mente os versos de Dália Rabikovitsch, do poema "A Vinda do Messias"[53]:

> Uma noite inteira aguardaram às suas portas
> O Messias não lhes apareceu para conduzi-los,
> Talvez o Messias seja como todos os homens
> Já que mudou a sua fala e se arrependeu.

---

53 *Todas as Tuas Vagas e Ondas*, Tel Aviv: Ha-Kibutz Há-Meukhad, 1995.

Este livro foi impresso em São Paulo, em novembro de 2009,
nas oficinas da Yangraf Gráfica e Editora Ltda.
para a Editora Perspectiva S.A.